语文新课标名家选

外国短篇小说精选

李 莉/选编

WAIGUODUANPIANXIAOSHUOJINGXUAN

让孩子阅读属于自己的经典,为孩子引读适合他们的名著

一本好书,就是一轮太阳,灿烂千阳,照耀成长

 阅读的孩子,前途无可估量

线装书局

图书在版编目(CIP)数据

外国短篇小说精选/李莉选编 . —北京:线装书局,2010.9

(语文新课标名家选)

ISBN 978-7-5120-0233-3

Ⅰ.①外… Ⅱ.①李… Ⅲ.①短篇小说—作品集—外国 Ⅳ.①I14

中国版本图书馆 CIP 数据核字(2010)第 186829 号

外国短篇小说精选

选　　编:	李　莉
责任编辑:	赵安民　孙嘉镇　朱　华
排　　版:	腾飞文化
出版发行:	线装书局
地　　址:	北京市鼓楼西大街41号(100009)
电　　话:	010-64045283　64041012
网　　址:	www.xzhbc.com
经　　销:	新华书店
印　　刷:	北京市通州富达印刷厂
开　　本:	710mm×1000mm　1/16
印　　张:	15
字　　数:	199 千字
版　　次:	2010 年 10 月第 1 版　2010 年 11 月第 1 次印刷
定　　价:	24.80 元

目录 ———— CONTENTS ▶▶▶

外国短篇小说精选

语文新课标名家选

导　读

　　小说是作者通过对社会生活进行艺术概括,塑造人物形象,展开作品主题,表达作者思想感情,从而艺术地反映和表现社会生活的一种文学体裁。与其他文学样式相比,小说的容量较大,它可以细致地展现人物性格和人物命运,可以表现错综复杂的矛盾冲突,同时还可以描述人物所处的社会生活环境。小说的优势是可以提供整体的、广阔的社会生活。

　　所谓短篇小说,即指平均篇幅在万言左右的小说。短篇小说在现代甚为流行。所有小说基础,其发展初期并无长短之分,随时代而区分。今短篇小说多要求文笔洗练,且受西洋三一定律一时一地一物观念影响,使其更生动翔实但也限制其发展。短篇小说所反映的生活虽不及长篇、中篇广阔,但也同样是完整的,有些还具有深刻、丰富的社会意义。

　　外国小说是我们今天面对的文学世界的一个庞大的组成部分,是不可忽视的人类智慧的结晶,其精彩的写作值得我们推敲。各国小说异彩纷呈,既有欧美各国应时的众多流派,又有前苏联以及受其影响的世界各国的无产阶级文学和社会主义国家流行的社会主义现实主义文学,更有拉美的魔幻现实主义文学,灿烂辉煌,在世界文学史上展现着各自的风采。

　　为了扩大读者的阅读范围,增加对外国文化的了解,我们精心呈献了这一本书。本书在入选作品时,以通俗性和可读性为原则,或选作家的代表作,或选他们特点鲜明的小说,反映了当代短篇小说领域最主要的创作流派、题材热点、艺术形式上的微妙变化,可谓名家荟萃,佳作纷呈。

外国短篇小说精选

知识链接

一、世界三大著名短篇小说家

莫泊桑、契诃夫、欧·亨利被合称为"世界三大著名短篇小说家"。三个人的短篇小说颇负盛名,对世界有很大的影响,他们三人出生的年月相似,皆是19世纪末资本主义露出许多破绽的时期。三人写作风格也极为相似,但在相似中亦不乏他们三人特殊的风格,都是以谐谑的话语讽刺了资本主义的黑暗与腐朽,还有人们那些趋炎附势与赤裸裸的金钱关系。

二、外国短篇小说风格流派简介

魔幻现实主义

魔幻现实主义是20世纪50年代前后在拉丁美洲兴盛起来的一种文学流派。它不是文学集团的产物,而是文学创作中的一种共同倾向,主要表现在小说领域,限于拉美地区。

这一流派的作家,执意于把现实投放到虚幻的环境和气氛中,给以客观、详尽的描绘,使现实披上一层光怪陆离的魔幻的外衣,既在作品中坚持反映社会现实生活的原则,又在创作方法上运用欧美现代派的手法,插入许多神奇、怪诞的幻景,使整个画面呈现出似真非真、似假非假、虚虚实实、真假难辨的风格。这种把现实与幻景融为一体的创作方法,拉丁美洲的评论家称它为"魔幻现实主义"。

表现主义

表现主义文学是20世纪初期以德国为中心兴起的一场国际性文学运动。表现主义文学是表现主义艺术在文学领域的体现,涉及文学的各个领域,其中戏剧和诗歌的成就最为突出。

表现主义的主要特点：

（1）凭借主观精神进行内心体验，并将这种体验的结果化为一种激情。

（2）舍弃细节描写，追求事物的深层"幻象"构成的内部世界。

（3）作品中的人物常以某种类型的代表或某种抽象本质的体现代替有个性的人。

（4）情节不连贯，发展线索不明晰。

（5）均以怪诞的方式表现丑恶和私欲的"疯人院"式的人世罪孽和无穷痛苦。

意识流文学

意识流文学泛指注重描绘人物意识流动状态的文学作品。"意识流"一词是心理学词汇，是在 1918 年梅·辛克莱评论英国陶罗赛·瑞恰生的小说《旅程》时引入文学界的。意识流文学是现代主义文学的重要分支，主要成就局限在小说领域，在戏剧、诗歌中也有表现。

意识流文学的创作高峰期基本上集中于 20 世纪二三十年代。关于它是一种文学流派还是一种创作方法的问题，长期以来争论颇多。实际上，它难以算作一种严格意义上的文学流派，一方面因为被公认的意识流作家之间在创作上没有沟通，没有发表宣言阐述共同的宗旨，也未形成具体的组织；另一方面，意识流文学发展的时间较长，早在 19 世纪末，这种方法就在文学创作中得到运用，而整个 20 世纪世界各国不同时期仍有意识流文学作品出现。这种情况是"文学流派"的概念难以涵盖的。

首　领

[保加利亚]卡拉维洛夫

卡拉维洛夫(1834～1879),保加利亚作家和思想家,曾为保加利亚走向民族觉醒作出贡献。他生于科普里弗什蒂查城,卒于鲁谢城。卡拉维洛夫1857年入莫斯科大学语文系学习,受到革命民主主义者的影响。1863年因受沙皇政府迫害,流亡贝尔格莱德、罗马尼亚等地。他在俄国求学时即用俄语发表了数部作品,如中篇小说《统领》(1860)、《冬乔》(1864)等。还写有不少杂文、小说、诗歌和政论。

一

"小伙子们,我的弟兄们! 你们千万不要相信这些玩意儿,这些都是虚幻的,都是一场骗局……对于这类胡马荣法令、谢里夫法令和鸠尔哈奈法令,我都见怪不怪了。这些土耳其法令和权利并不是根深蒂固的,几乎一阵风就可以把它们吹走。这就是属于土耳其的东西! 尽管纸上写得满满的,嘴里也说得满满的,但却连一点实际的好处都没有:就好像嘴唇上布满了喜人的油水,但也只是停留在嘴唇上而已,它是不可能流到最里面的! 现在你们问我一些问题——我抛弃我年迈的父母的原因是什么? 我亲爱的父母现在生活得好吗? 上帝是让他们生存下来为我这个不孝的儿子哭泣,还是已经把这两个虔诚的灵魂招了回去? 我一点都不知道。只要我一想起我小时候和生我养我的家园,亲爱的小伙子们,我就会难受到极点啊:当初在家园的生活是多么幸福啊! 而如今,我却像一个可怜的疯子,当疲乏的时候,我沉重的脑袋连个依靠的地方都没有,也没有一个地方可以让我说一声'感谢上帝'。小伙子们,你们跟着我做了这么长时间的海杜克,并且推选我担任了首领,可是从开始到现在你们都没有问过我这样一个问题:你是谁,你的父母是谁,当初你干这一行的原因是什么?"在小伙子和同伴们的面前,老首领说道。

1

"斯托扬大叔,那你跟我们说说这一切吧!"斯托扬的起义队伍把自己英勇的首领围在正中间,大声地问道。

斯托扬用指头指了指地面,大家按他的指示都坐下来听他讲话。整个队伍围坐下来,就好像一串念珠①,所有人围坐在篝火旁边,周围死一般的宁静。

"只有我把所有的事情一件不剩地全部告诉你们,你们才能明白我是谁和我这些年来的经历。对于我所讲的一切,你们一定要用心去听,并且要牢牢记住。"斯托扬一边说一边坐在了队伍中间。

一开始的时候,他一副认真思考的表情,似乎要回忆起所有的思想和遭遇。然后他把帽子往上拉了拉,掏出一杆小烟袋,把烟叶装在黑色的烟袋锅里,用手指按紧,最后用火中烧红的木炭把眼袋点着,开始缓缓地讲他的经历:

"我来自一个叫麦奇卡村的地方。我们一共兄弟三个,我年龄最小,大哥叫普罗丹,二哥叫波尔万。两个哥哥早已经离开人世了,但愿上帝原谅他们的罪。普罗丹因为和母亲生得几乎一模一样,所以深受老母的喜爱。他每天围在母亲的身边,帮她干活,播种,在瓜地、葡萄园、菜园里刨地,种圆白菜,栽葱头,养花,植树。'虽然上帝没把一个女儿赐给我,但却给了我普罗丹。'我的母亲几乎把这句话挂在嘴边。

"伙伴们,我大哥可是一个不错的年轻人,就好像花园中最美丽的一朵花!……平时他就把自己打扮得很好看,等到过节的时候,他穿上漂亮的新衣服,这时无论是谁看到他,都会被他迷住!礼拜天他很早就起床,在皮便鞋上擦上鞋油(每逢礼拜天和重大的节日,他总是要穿皮便鞋),那鞋被擦得像镜子一样。然后他穿上白色的紧腿裤和亚麻布花衬衫,衬衫的袖子和前襟上修满了红、蓝、绿、黄、黑各色各样的花;头上戴着新羊皮小帽;腰上系着红腰带,捻翘两撇儿小黑胡子……做完这一切之后,他就去教堂做礼拜,点圣烛。当他完成任务走出教堂时,所有的人——男的、女的、年轻的、年老的,结婚的、未婚的都会停下来看他。那些做完礼拜的人都看着他,用一种特喜欢的眼光,似乎要把他吞到肚子里似的!男人们看到他总是先对他点点头,然后友好地问他:'亲爱的普罗丹,你怎么样,最近身体可好?''感谢上帝的关爱,我很好,你们好吗?'说完这些话,普罗丹就干活儿去了。那些看到普罗丹的老人们总是会指着他说自己的儿子:'我的孩子们,你们看看人家普罗丹。如果你们也和他一样懂规矩、爱干活、爱管家,那么好心、那么勤

---

① 念珠:祈祷时记数用的念珠串,特指天主教祈祷时记数用的一种念珠;也指佛教徒诵经时用来计算次数的成串的珠子。

快、那么勇敢的话就好了。'而老婆婆们就不同,她们总会叹息着说;'真羡慕那个生了这孩子的妈妈和那个说他是自己的儿子的爸爸!'妇女们和姑娘们聚在一堆儿互相说:'你看,姐姐!你看,姨妈!你看,婶娘!'另一个说:'你看,娘!'母亲对女儿说:'你看,我的宝贝儿,特列诺老大爷家的儿子长大了,长得多好啊!好像不是个男孩,而是一滴露珠!'普罗丹只顾轻轻地走着,好像没有听见人家说他什么,装作不知道这一切,只是微微地笑着。我不知道,小伙子们,是什么原因,全村人都喜爱普罗丹:姑娘们为他惊叹,想他都想瘦了,妇女们喜欢他,老人们疼爱他,小伙子们喜欢他,肯为他赴汤蹈火。他也为他们大家做了很多好事:他讲各种道理给他们听,帮助他们造车子,给他们买便宜的牲口,替他们挑选奶牛,还做了很多别的好事。他常常回到家里,吃点东西,又去干活了,他不能像修道士那样闲坐着,总是一会儿望望耕牛,看看有没有草料,一会儿又去喂鸡鸭。用一句话来说吧:他总是到处转,到处看,一切在他心里都有数儿,他把一切都打点得井井有条。小伙子们,告诉你们,像普罗丹这样的单身汉你们永远也不会见到!我的父亲也是个爱干活的人,尽管他已经上了年纪,连他也经常对普罗丹说:'你,普罗丹,没有活儿干就受不了,你各个角落都要转到,一切都要照管,又喂牲口,又喂鸡鸭;在园子里种菜,种萝卜;在家里修理家具,还要帮助母亲干活儿!我的好儿子,你歇一下,让波尔万和斯托扬他们干一会儿,忙一会儿吧!'普罗丹把手一挥,笑了一下说:'唉,爹,这算得上什么活儿!'对这样聪明、能干、机灵、勤快的小伙子,你有什么办法呢,他一点儿也不能安稳地坐着不干事,天生的一个管家人。说真的,他只有睡觉的时候才休息。

"可是,忽然一下普罗丹开始变样了,没有多久完全变成了另一个人。他总在沉思,总是愁眉不展,不吃,不喝,不唱,觉也睡不着。如果他到地里去,你会看到他不是在那儿干活,而是坐在一棵酸苹果树或核桃树下,用手掌托着头,眼巴巴地望着村子;要不就看到他在草地上滚来滚去,或是来回徘徊,唉声叹气,一点儿田地也耕不出来。

"'普罗丹啊,儿子,你是怎么啦,我的宝贝儿?你准是病了?你哪儿疼,我的孩子?'妈妈问他。

"'没什么,娘!我哪儿也不疼。'他说道,接着叹口气就走开了。

"妈妈望着自己的孩子,哭个不停,爸爸只是一个劲地咳嗽,叹气,捻着胡子,皱着眉头。

"一天晚上,普罗丹走出村子,波尔万随后也出去了,悄悄地跟在他后面走,不让他看见；波尔万想知道他这么晚，又下着雨，到哪儿去呢。普罗丹走着，走着，在肯乔老大爷的篱笆旁停了下来；肯乔老大爷有一个漂亮得出众、艳丽得出奇的姑娘：一对黑眼睛像两颗熟樱桃，那样的眼睛只有羚羊才有；她的脸蛋儿白里透红；她快活得像只燕子，敏捷得像只鹌鹑，驯服得像只格奥尔基节的羊羔。她的名字叫拉廷卡。

"那是一个伸手不见五指的黑夜，下着瓢泼大雨。波尔万只有透过闪电的亮光才能看见普罗丹怎样跳过篱笆，拉廷卡怎样从家里出来朝着干草棚走去，普罗丹正在那里等候着她。波尔万把耳朵贴近篱笆，只能听到：

"'怎么样，拉廷卡，是不是让我托媒人来说媒？我想明天让我母亲去托媒人要你。我已经准备好了二十个金币，皮拖鞋也买好了，只等你告诉我个信儿——托不托媒人来说媒？'

"'你托吧，普罗丹，你托吧！'她说。

"'那哈桑呢？他爱你，要娶你……我怕这个害人虫，他会给我们使坏的……'

"'哈桑？使坏？……'拉廷卡只是重复了一句，接着沉默了一下，说：'你托媒吧，普罗丹，你托媒吧！上帝恩赐什么就是什么；命该怎么样就怎么样！'

"两个人还说了许多话，可波尔万却听不清了，他只听到拉廷卡让普罗丹拿走她戴的花球，让他放在腰带里；普罗丹对她说他要把这花球永远放在衣襟里紧贴着心窝。"

二

"我到城里去枭麦，回来的时候正赶上大喜事：普罗丹已经订了婚，喝过了订婚酒，准备再过两个礼拜，过了节就举行婚礼。那时正是歇伏节，在这个节日里既不好干活儿，也不好结婚，更不好生孩子。至少老奶奶们是这样说，是不是真要这样，我不知道。伊赫提曼的神父，也就是科留老大爷说，人在歇伏节干活是无罪的，可是奈迪亚尔科神父说这是有罪的；鬼才知道他们谁说得对！过了节，大家都去干活了。波尔万到葡萄园去压条和剪枝，在那里碰见了哈桑。哈桑是我们村里护村的。这人是个土耳其痞子，又是个酒鬼：他把自己的破烂衣服都换酒喝了，只剩下一条破粗呢裤子，一杆老式长枪、一把刀子、一把短枪，别的一无所有。他衣衫褴褛，一身虱子，浑身散发着令人作呕的气味，可他是一个真正的伊斯兰教徒，一个阿嘎。因此，他知道，无论到哪里他都能找到吃的。阿嘎的权力可不小啊，弟兄们！这个

痞子一看见波尔万就走到他身旁,坐在土堆上喊道:

"'喂,我说下贱的异教徒,波尔万,你过来!'

"波尔万放下割葡萄枝的镰刀,走近哈桑,挺着胸脯问他:

"'你要干什么,哈桑?'

"我说你,犟家伙,告诉普罗丹别娶拉廷卡吧! 他难道不知道她是我的心上人吗? 他不知道我要娶她,要把她带回老家去吗? 向真主发誓,我要把普罗丹的脑袋从肩膀上拧下来! 他要敢跟我斗,我就让他知道他是个异教徒①,而我是个土耳其人。'

"就算你是个土耳其人,你头上也没长着角,你是人,普罗丹也是人! 你不能硬抢走人家的姑娘,因为现在已经颁布了胡马荣法令,进行了革新。'

"'革新!'哈桑重复了一遍,啐了口唾沫,'革新,我说异教徒,你知道什么是革新吗? 什么都比不上革新法令那样能狠揍你们。苏丹皇帝的革新会狠揍你们,会重压你们,会抢劫你们,会喝你们的血。让革新法令保护你们吧,但愿如此! 我说波尔万你们别指望胡马荣法令了! 你们很明白,土耳其人和异教徒之间是不能有革新的;你们明白,革新法令是一个装核桃的空口袋。土耳其人说这是"没底的斗,空谷仓"。法官也好,帕夏也好,村长也好,都听我哈桑的;可是普罗丹呢,连魔鬼都不想知道他。我们马上就会看到——胡马荣法令会不会保护你们。我说波尔万,让这张纸来听你的吧。我让你记住:把胡马荣法令拿去糊窗户吧。你要知道,胡马荣法令对谁都没有用,除了对做哈勒瓦的,他们可以用它来包哈勒瓦。可是你,波尔万,别再指望革新和胡马荣法令了。波尔万,你知道土耳其历书上是怎么说的吗? ——"锅盖给异教徒,煎盘给土耳其人。"'

"'我知道,'波尔万回答说,'可你,哈桑,知道吗,已经到了煎盘变锅盖,锅盖变煎盘的时候了。这个时候马上就要到了! 啊! ……这个时候很快就要来到我们面前了,那时,哈桑,你知道会发生什么事情吗? 我们要用真正的伊斯兰教徒的皮做鼓,用这些鼓敲出穆罕默德进行曲。当这一天到来的时候,我就会告诉你,哈桑老爷,保加利亚历书上是怎么说的:"灵魂啊,忍耐吧;皮肉啊,受苦吧——总有一天会熬出头!"哈桑老爷,你喜欢这本保加利亚历书吗? ——你为什么不说话呀? 我看,你是不喜欢啰! 你听着,哈桑,要是你不相信我,那你就去问问你们的法官和阿訇,他们会告诉你,你们的历书上写了些什么。'

---

① 异教徒:在基督徒嘴上变成了深刻的贬义,专指犹太人和穆斯林,为骂人的词汇;但是在伊斯兰教中引用"异教徒"一词为"卡菲尔",为中性词,指不同教派的信奉者。

"'住口,异教徒,住口,要不然,向真主发誓,我就会砍下你的脑袋!快干你的活儿去,别惹恼了土耳其人……去告诉普罗丹别娶拉廷卡,要不他不会有好下场的。'

"哈桑把枪往肩上一扛,朝树林走去,唱起了流氓小调:

密塔姑娘病在床,

病在床上快死亡。

那密塔谁也不相信,

谁能相信这样的事一桩——

年轻的骑兵去索非亚,

去索非亚,去收敛,

去收敛骑兵的财产:

向姑娘们要项链,

向小伙子们要宝剑,

向老太婆们要钝刀,

向新娘子们要手绢。"

"自波尔万碰到哈桑那天起,已经过去三个星期了。我们给普罗丹娶了亲,把新娘和新郎从教堂里接了回来。我是最小的弟弟,当了男傧相。穿着结婚礼服的拉廷卡漂亮得让人一看见她就不能不着迷——我们大家看了她都不禁惊叹得叫起来。她头上戴着一个用樱桃枝编成的插有各种花的花环,肩膀上垂着丝线一样的发辫儿;辫子上缀着珠子、古钱、金币、蚌壳、珊瑚和珍珠;脸上罩着一条绣花的红纱巾;衬衫上绣满了花边,下摆和袖口发出耀眼的闪光,那是用极薄的亚麻布做的。从这里也可以看出拉廷卡是个大家闺秀!她的短上衣是用墨绿色的平呢做的,里面衬着狐皮;短上衣的下摆和呢马甲的下摆都是用肯乔老大爷从赛雷斯克集市买来的伊斯坦布尔花边镶起来的。再看她那件外衣!那样的外衣你们从来没见过,今后也不会见到了!你们哪里能见到这样的外衣啊!肯乔老大爷就只有这么一个孩子,只有这么一个独生女,所以老人家既舍得花钱,也舍得家产——一切都给了孩子。她的新房里画满了那么好的各种颜色的花纹和蝴蝶,人们一看就会想到这是仙女们用了七十七年才画出来的!拉廷卡穿着一双浅黄色的埃德尔内皮拖鞋;

手腕上戴着包金链镯;她的胸前像明月闪闪发光,脖子上挂着一串红珠金币相间的项链;项链上面是一串金币,再上面是一串古钱,看起来她那纤细的脖子简直经不住这些沉重的饰物。

"普罗丹的婚礼开始了。婚礼可是件大喜事,小伙子们! 人人都唱歌,人人都跳舞,人人都欢笑——所有的坏事都被遗忘,一切痛苦都停止,一切悲伤都远离婚礼而去。在我们村里,婚礼可不像城里那些希腊化了的保加利亚人那样,那些人忘记了自己是保加利亚人,是基督教徒。在我们村里,婚礼是按老规矩办的。在教堂里给新郎新娘举行结婚仪式后,就把他们接回新房,众人列队而行。走在最前面的是吹奏音乐的吉卜赛人,他们之后是男宾,接着是领着新娘的大小叔子;新娘之后是大小姑子和女证婚人;再后面是女宾,接着是新郎和小伙子们、同伴们。婆婆在院子里迎接参加婚礼的队列,欣喜万分,她跳着老婆婆舞,问大小叔子说:

"'你们给我领来了什么人,灰色的雄鹰?'

"'给你领来了勇敢的新郎和贤惠的新娘。'大小叔子回答道。

"'愿你们的话变成金口玉言!'婆婆说完就转向大小姑子,'什么人走在你们前面,我的像燕子一样的姑娘们?'

"'长着能干的双手的年青勇士,还有女管家,一位温顺恬静的新娘。他们像蜜糖和黄油一样。'大小姑子们答道。

"'愿上帝赐福,让你们的嘴里也流蜜糖和黄油,让你们手里也总有蜜糖和黄油。'

"接着婆婆转身向新娘,问她:

"'你给我家带来了什么,我亲爱的媳妇?'

"'带来了幸福和勇敢的儿子。'新娘答道。

"'愿吉祥永远不离开你,我这甜得像蜜一样的媳妇! 愿你的一切都吉祥、顺利、甜蜜、快活! 愿上帝赐福给你,让我抱个大孙子!'

"新娘弯下身去亲吻婆婆的手;婆婆亲吻她的前额和面颊。然后,婆婆转身向儿子,问他:

"'你,我的儿子,给我带来了什么?'

"'我给你,妈妈,带来了一个好伙伴,她将跟我有难同当,有福共享,时时处处会帮我的忙。妈妈,我给你家带来了一个好人,她将成为我的帮手,你的替手,服侍爸爸的人。我的这个新娘将给我生儿子添助手,给你们生孙子,让你们晚年有慰藉。'

"'愿上帝听见你的话,我的儿子,愿他双手赐福于你!'婆婆说完就转身向亲友们问道:

　　"'那你们,我的亲友们,给我带来了什么?'

　　"'带来了上帝的恩赐和家庭的吉利。'亲友们答道。

　　"接着婆婆又说:

　　"'你们大家给我带来了吉利和天意,那就愿上帝赐福于你们,赐给每一个人他所向往的东西:赐给小伙子们善良快活的新娘;赐给姑娘们勤劳能干的新郎;赐给老头儿们善良温顺的儿媳妇;赐给老太婆们善良体面的新姑爷;赐给女人家好丈夫;赐给男人家多子多孙,一家生十二个儿子,每个儿子又生十二个孙子!请进吧,请进吧!'她接着说,'你们大家给我带来幸福,愿上帝也赐给你们幸福!'

　　"公公在门口等着亲友,亲友走近他时,他就拥抱他们,亲吻他们,并且问自己的老伴儿:

　　"'老伴儿,咱们的宝贝儿和他的小鸽子给我们带来了什么呀?'

　　"'带来了健康和吉祥!'婆婆答道。

　　"公公再一次亲吻了儿子和儿媳妇,对他们说:

　　"'欢迎你们,欢迎你们来到我家,把我家变得更年轻,更快活,更漂亮!'接着他转身对儿子说,'告诉我,儿子,你给我家带来一个什么样的新娘,什么样的鹌鹑?'

　　"'她温顺得像羔羊,勤快得像蜜蜂,漂亮得像孔雀,嘴甜得像夜莺,快活得像燕子。'新郎回答道。

　　"'愿你一切顺利,像清泉一样流畅!'父亲回答后第三次拥抱了两个孩子。接着又对亲友们说:'欢迎你们,请进吧,亲友们,先生们!'

　　"接着,新娘和大小叔子们走进屋里,然后是男主婚人、女家客人、男家客人、女主婚人和其他亲友,大家全坐下来喝李子白酒,说着吉利话,谁知道什么就说什么,知道多少就说多少。保加利亚人的婚礼可真热闹啊!

　　"普罗丹的婚礼延续了整整一个星期。婚礼过后,大家都去干自己的活儿,有的到葡萄园,有的到大田,有的到玉米地。普罗丹和新娘收割去了。

　　"按我们村里的规矩,婚后的第一个礼拜四,新娘要回娘家行洗头礼;这是最后一次在娘家洗头了。跟新娘一起去的还有新郎、婆婆、小叔子、小姑子。礼拜四一大清早普罗丹就起床了,他对自己的小鸽子说:

　　"'今天,我的小心肝儿,我们要去你母亲家回门;你拿出镰刀来,我们先下地

干点儿活儿——现在正是干活儿的时候。'

"拉廷卡连忙拿来两把镰刀，递了一把给普罗丹，轻轻对他说：

"'我们走吧，我亲爱的！告诉我，普罗丹，谁来准备要带走的东西呢？我们要带好多东西到妈妈家去——大家都是这么做的。'

"'我娘会准备的。'普罗丹答道，然后对妈妈说，'娘，你今天得忙活点儿了，我们去干点儿活儿。你做上馅饼，把木酒壶灌满葡萄酒，预备好蜂蜜和白干酪，等我们回来。你可别忘记，我的老妈妈，穿上那件新呢马甲，戴上我结婚时送给你的那条头巾！'

'好的，儿子，好的。你们就好好儿去干活儿吧，一切都会准备停当的。'

"她亲吻了两个孩子的前额，两个孩子亲吻了她的手，她就准备东西去了。普罗丹转过身来朝着波尔万和我，对我们说：

"'波尔万和斯托扬，你们注意快点儿把活儿干完，吃午饭以前要准备好。我们今天要去肯乔老大爷家吃午饭，再畅畅快快地狂欢一次。'接着他就带着新娘走出去了。

"这一年是个大丰收年，简直像奇迹一样！黑麦、小麦、玉米、谷子——你只要看一下就会高兴万分！人们好像也变得更快活、更善良了！他们三五成群地互相说道：'今年上帝创造了奇迹。'活了一百多岁的特连乔老爷爷也是这样惊奇地说：'小伙子们，我一辈子也没见过这样的好收成。'也真是怪事！所有的田野都黄得像柠檬：小麦、黑麦、裸麦、大麦、谷子——一切都长得那么好、那么熟，好像从大田里一收下来就可以放到谷仓里似的。啊，小伙子们，庄稼汉看到这样的好收成是多么高兴啊，他多么希望尽快把活儿干完，把汗水再洒到谷仓里去啊！"

四

"'唉哟，普罗丹呐，我心口不好受！觉得心揪得慌。我害怕，我也不知道怕什么。'拉廷卡说道。

"'别害怕，我的小心肝儿！你为什么难受呢？难道我没有跟你在一起吗？你为什么害怕呢？有什么可怕的？高兴起来吧，我的小燕子！'

"'我高兴不起来呀，我亲爱的。'拉廷卡说完就坐了下来。

"'唱支歌儿吧，我的小鸽子，唱起歌来难受就会过去的。'普罗丹说。

"拉廷卡唱道：

绿树林中一声枪响，

正打中格尤罗不幸的心脏。

格尤罗高声喊，喊声入云端：

妈妈在哪里，心上人在何方？

她们快来看看我已倒在血泊中央……'

"她没有唱完，难受地看了普罗丹一眼，又叹了一口气。普罗丹瞪大了眼睛，呆呆地望着自己美丽的妻子。

"'你听我说，普罗丹，'拉廷卡说完沉默了好一会儿，'你知道我夜里做了一个多么不吉利的梦？'

"'你梦见什么了，我的小鸽子？普罗丹问道。

"'你听着，我亲爱的，听我跟你说。我烤了一个面包——那么白，那么香，简直没法儿说有多好！我们俩挨着坐在一起，好像正把一个南瓜放到火里去烤，等着把它从红炭里扒出来吃似的。忽然飞下来两只乌鸦，黑得跟煤焦油一样，我看见了害怕得像一片树叶似的浑身发抖。这两只乌鸦从晴朗的天空冲下来，把面包抢去飞走了。我吓得要命，躲在你身后，扯着嗓门儿喊，让你护着我，可你还在睡觉，不搭理我。我看了你一眼，只见你满身鲜血，我就喊得更凶了，后来就醒了。我想，普罗丹，这不是个吉兆，是真的吗？人家说，要是梦见面包，有人就要生病；要是梦见乌鸦，家里就会有人死亡。'

"普罗丹是一个心地善良的小伙子，但是却像老婆婆一样胆小怕事，因此，他也相信梦和老太婆的那些说法。他听了拉廷卡的梦后也吓得面色苍白，他低下头去想了一会儿，用颤抖的声音说：

"'梦不见得总是应验的，我的小羔羊，特别是在礼拜三晚上做的梦更少应验。今天，我的小鸽子，是礼拜四，你不必再害怕了。'

"'可你听着，普罗丹，我要告诉你！你记得吗，土匪杀死斯托伊尔大伯是在礼拜四，妈妈恰巧是在礼拜三夜里梦见人家给她拔牙，她把牙带回家放在神龛里，忽然不知从哪儿出来了一只乌鸦，它飞进屋里，用尖喙把牙叼走了。第二天早上妈妈把梦跟神父说了，神父对她说："没事儿，没事儿，我的孩子，梦是魔鬼。看来你昨天睡觉前没有向上帝祷告。"妈妈跟神父争吵起来，说她祷告了，神父对她说："也许你是祷告了，可是你的祷告不是出自诚心的。""也许是吧，这我可没法儿说，我只是告诉你反正我祷告了。"妈妈说道。跟我们一排房子住着诺娜·蔡诺娃，这个穷婆子是一个大女巫——愿她安息！妈妈到诺娜家去……'拉廷卡继续叨唠着，连她自己也不知道在叨唠些什么。普罗丹望着小树林，从那里走出来了两个土耳其人。'妈妈把梦告诉了诺娜，诺娜老奶奶摇了摇头轻轻地说："你们家有人要死去……就是这么回事……一定有人要死的。"就在那天晚上来了人告诉我们说，土耳其人把斯托伊尔大伯打死了。'

"普罗丹已经不在听拉廷卡说话了，而是望着慢慢走过来的哈桑。普罗丹面色惨白，两腿发软，在拉廷卡身旁坐了下来。

"'你怎么啦，普罗丹？你的脸白得像白布一样！'拉廷卡说。

"'没什么！我不知道我是怎么了……我大概是累了。'他说。

"'我回家去叫小叔子波尔万来吧，让他把你扶回去……你病了。'

"'别去，不需要……我不知道我为什么不好受，大概一会儿就会过去的……'他痛苦地、悲伤地看了拉廷卡一眼。

"'你干吗这么可怕地望着我，亲爱的？我害怕，我要去叫个人来。'她说。

"'去吧，快去吧，'普罗丹叫了起来，把拉廷卡朝着村子的方向猛推了一把。'快跑，我的拉廷卡，快快跑……快点儿跑，把全村的人都叫来……'

"'我去……好吧……我这就去……'"她还没有把话说完就大喊一声，'哈桑！'

"哈桑从黑麦地里走了出来——黑麦长得很高，因此拉廷卡一直没有看见他——他一出来就像个凶神恶煞①。拉廷卡吓得要命，一把搂住普罗丹，叫道：

"'保护我，普罗丹，保护我！天哪，可别把我交到这个吃人狼的手里！天哪，天哪，普罗丹，你可别把我交出去啊！'

"普罗丹站了起来，这时他的瘫痪劲儿已经过去了，他挺起胸脯等着听哈桑讲什么。

"'啊，异教徒，'哈桑说，'我不是告诉过你，我说普罗丹，别娶拉廷卡吗！让波尔万现在带着他那革新法令来听听我哈桑的话吧！'

"普罗丹跪下来说：

"'饶了我吧，老爷！'

"可是这个恶棍并没有发慈悲。

"我们等着普罗丹和拉廷卡回来，他们就是不回来。馅饼烙好了，放凉了，葡萄酒、蜂蜜、白干酪……一切我们都准备好了，可他们还是没有回来。我们等了一个

---

① 凶神恶煞：形容非常凶恶的人。

钟头,两个钟头、三个、四个钟头,他们还没回来。爸爸几次走到街上,朝着地头张望,后来又走回来,急得直在地上跺脚。最后,他忍耐不住了,对波尔万说:

"'波尔万,去,儿子,到地里去看看——为什么普罗丹这么久不回来。快去,我的儿子!'

"'好的,爹。'波尔万说完就出去了。

"我们焦急地等着他回来,但是过了好久,他也不回来。

"'出了什么怪事?'父亲说,'波尔万去了,连他也不回来!'

"'唉,爹,那块地离这儿不是很近吗?'

"'不,儿子,这里边儿有事!准是出什么事了!'

"过了一个半小时,波尔万回来了,面色苍白,浑身发抖,见到我们就大哭起来,我们大家都愣住了。从他脸上的表情可以看出是出了大祸。父亲像疯子一样跳了起来,母亲跌倒在床上,号啕大哭。

"'普罗丹在哪儿?拉廷卡在哪儿?'大家异口同声地问道。

"'他们死了!'波尔万说,'死了!那个万恶的痞子哈桑把他们杀死了!'

"痛哭声、喊叫声乱作一团。父亲一语不发,只是踱来踱去,悲戚地呆望着。他流不出眼泪来,只是头发和胡子全竖了起来。母亲倒在地上,一个劲儿地大声呻吟。啊,我亲爱的伙伴们,我永远也忘不了这一天——就是在坟墓里也会记得的。"

首领低下了头,沉默了一会儿,又开始说:

"我的母亲,那苦命的老妇人,像死人一样躺了很久;父亲像醉汉一样跟跄着,只是翻来覆去地说:'普罗丹哪,我的儿子普罗丹哪!我们失去了你,我的儿子!'整整一个钟头我们就处在这种可怕的境地里,没有一个人能说出话来。忽然间大门开了,乡亲们把普罗丹和拉廷卡,还有一个受了伤可是还活着的土耳其痞子抬了进来。亲戚、街坊、朋友,总之,全村的人都跟在死者后面进来了,所有的人都在痛哭。我们给死者换上他们结婚时穿过的礼服,把他们并排放在屋子当中,肯乔老大爷和肯乔维察老大娘一到就哭嚷起来,急忙向自己的孩子、自己的独生女冲过去,把她抱住。直到这时父亲才清醒过来,开始大哭;母亲也醒了过来,跳到普罗丹跟前,搂着他痛哭。我的天啊,她这个可怜的妇人,哭得多么厉害啊!我觉得连死者听了也会伤心,连石头听了也会落泪的。她哭着,揪着自己的头发,悲痛地轻声说道:

"'儿子啊,儿子!难道我是为了这个才生你的吗?难道我是为了这个才养育你,才把你养大成人的吗?难道我就是为了这个才喜欢你,才把你看成是我的天使吗？竟然让那万恶的害人虫把你杀死了，我的宝贝孩子！坟墓和大地为什么不先把我收走，而让我留下来哭你啊？普罗丹哪，我的儿了普罗丹啊，我的心肝儿啊，你睁眼看看你的老母亲吧！你安慰一下你这苦命妈妈的心吧，是她把你当作自己的眼睛一样养大了的啊！你是我的全部希望，你是我的全部财产，万恶的吸血鬼把你从我手中抢走了。'

"肯乔老大爷和肯乔维察老大娘各在一旁搂着拉廷卡，悲痛欲绝地哭着。

"普罗丹就是死了也是个美男子，小伙子们，只是面色有点儿苍白，他的新媳妇漂亮得像教堂门上画的天使。

"那个受伤的土耳其痞子一直没有人搭理他，他用手招呼我们村的神父过去，求他听他讲话。特莱诺神父和我们村的其他几位老人围着他站着问他想说什么。那个痞子开始说道：

"'在普罗丹离开家到地里去的时候，哈桑把我叫住对我说："你听着，麦密什，要是你跟我来，帮我把普罗丹杀死，我就给你五百格罗什；要是你再帮我把拉廷卡绑架走，我就给你一千。""你钱包里连半文钱都没有，还答应给我一千格罗什呢！"我说着笑了起来。"怎么没有！麦密什，你不知道我很容易就能弄到钱吗，今天我杀死了一个商人，就从他身上弄到两千格罗什。"我信了哈桑的话，因为我知道他是什么事情都干得出来的，而我是一个穷光蛋，一千格罗什对我来说是一笔很大的财产。我想，我用这笔钱可以回老家，娶媳妇，过太平日子——于是我就同意了。我们一到地里，就藏在地头的小树林中，从那里可以看到普罗丹和拉廷卡，听到了他们俩的全部谈话。'

"后来，麦密什就说了拉廷卡怎么把她做的梦告诉了普罗丹，她怎样唱了歌，接着又说：

"'在普罗丹跪下来求哈桑饶命时，哈桑就拔出刀子扎进他的肋骨。普罗丹倒在地上，拉廷卡扑他抱住，亲吻他，接着就举起镰刀朝哈桑砍去。哈桑抓住拉廷卡的右手，对她说："拉廷卡，抛弃那个异教徒嫁给我吧，我要娶你，把你带到老家去。"这时普罗丹站了起来，说："你死吧，死吧，拉廷卡，别落到这个万恶的土耳其人手里！"拉廷卡开始哭喊起来。这时哈桑对我说："抓住她，麦密什！帮我把她捆上，堵上她的嘴别让她喊！"当我走近她身边时，她用左手把镰刀从右手接过去，用镰刀砍我这里！

"麦密什用手指着脖子说，'忽然，'麦密什接着说，'她像羚羊似的跳到一旁，从哈桑的爪子下把手挣脱出来，又朝哈桑冲过去；可是哈桑没有让她靠近，他拔出短枪朝着她的胸脯开了一枪。拉廷卡抖动了一下，倒在普罗丹身上，对他说："亲爱的，让我们一起到天堂去吧。"普罗丹那时还活着，他搂住自己的新媳妇，两人就同时断了气。我的伤势不重，还能逃跑，但是哈桑走到我面前对我说："你受伤了，麦密什，不能跟我一起逃走了；他们会把你抓住，你会把我供出去的。""我的伤势不重，哈桑，还能逃跑，你只要给我五百格罗什，我就会像箭一样离开这里的。""给你这五百格罗什，"哈桑说，"你也死吧，像那两个异教徒一样死去。"他把刀子扎进我的肋骨，就走了，我倒下了……'

"麦密什再也说不下去了。从他嘴里流出了鲜血，他沉默不响了，过了一会儿，他又清醒过来，说：

"'唉，饶了我吧，好心的人们！我全错了。我这么多年吃你们的面包和咸盐，而没给你们做……'

"最后一个字没说完，他那罪恶的灵魂就离开了他。

"麦密什在哈桑来以前是我们的护村人——给我们村看守葡萄园。普罗丹和父亲总是给他鞋穿，给他烟抽，给他吃的，给他衣服，给他钱花；母亲也常给他衬衣、脸巾、袜子，让他吃饱喝足。可是他呢？你们知道吗，小伙子们，对土耳其人，你就是把心都掏给他，他也不会满足的，他还要你的灵魂。土耳其人不杀狗，因为那是有罪的；可是杀人，却没有什么，基督教徒比狗还不如！你们看，我的弟兄们，由于我们有罪，上帝把我们交到什么民族的手里了！主啊，我的上帝！圣格奥尔基！我们还要长期忍受下去吗？"

首领抬起头来，望着苍天，在他那黑油油的脸上淌着泪水。这时，他在祷告。起义队伍虔敬地沉默着，眼望着地下；但是，当首领开始自豪地、愤怒地说起话时，起义队伍立刻又活跃起来了：

"我们要报仇，小伙子们，我们报仇！我们要向敌人报仇雪恨，我的弟兄们！"

"我们要报仇！"斯托扬的起义队伍喊道，接着又对斯托扬说，"告诉我们后来怎么样了，斯托扬大叔！"

"让我休息一下吧，小伙子们！明天早上提醒我，我会把后来发生的一切全部都告诉你们的。"

起义队伍站了起来，向四方散去：有的去休息，有的去站岗，有的到挤奶场去找食物，有的在篝火旁打瞌睡。死一般的沉寂又笼罩了一切。

五

　　那是一个清晨。人们很难想象，巴尔干山的清晨是多么瑰丽，多么富有活力，特别是在春天。没有到过皮罗特和勒扎纳村之间的维索什卡山的人，是不可能知道我们保加利亚有多么美丽，这个人间天堂有多么雄伟的。你爬上最高峰，环顾一下四周吧。在你面前的山脚下坐落着皮罗特城，城里点缀着各种花卉，周围是富饶的葡萄园。尼沙瓦河和绿色的河岸尽收眼底，它像一条蛇似的蜿蜒前进，爬进一个黑糊糊的山洞，在山里不见了，接着又流入塞尔维亚，那蓝色的平静的河水冲刷着美丽的河岸，岸上是一片片丁香树、苹果树、李子树、梨树和核桃树；山洞里流着淙淙的泉水，汇向大河。那边，雨水积成的高山湖泊，在有无数飞禽走兽的翠绿色草地当中像镜子一样闪闪发光。山脚下种着大片的玫瑰，散发着难以形容的芳香；头上戴着玫瑰花环的年轻姑娘们，正在采摘玫瑰花，准备把它们制成玫瑰油，运往国外，夜莺在她们周围歌唱。一个农村姑娘手拿锄头到葡萄园去锄地，唱着民歌鼓舞精神，一个漂亮的农村小伙子套好了两头大灰牛到田里去犁地，一个牧童赶着羊群去吃草；她身后跟着一只灰色的牧羊狗，它像新郎望着新娘一样望着它的主人。小羊羔互相追逐嬉戏，小山羊用那刚长出来的角互相抵着玩儿，像小妖魔似的在山岩上爬来爬去；青蛙演奏着那通常的音乐会。向左面看看：一道道高山伸延着，雪峰直入云霄。那里什么生灵都看不到，只有一头灰色的秃鹰在山岩上空翱翔，它正在寻找一个合适的地方，好落下来安心地吃自己的猎获物——可能是一只兔子，一只田鼠，或者是一头小羊羔。往下可以看到低矮浓密的山毛榉灌木丛；再往下是多年的古橡树，在这些古树周围长着各色各样的茂盛的花草。右边，在你的四周则是洼地、秃岩、湍急的山溪和清澈的小河，以及由红土、蓝土、白土构成的五颜六色的陡岸。再过去就是一个幽暗的王国——一片黑黝黝的高树林，立在悬崖峭壁上；一条又窄又陡的羊肠小路穿过树林，它的一边是深渊，另一边是又高又平的岩石；可是突然一座新的高山挡住了小路，你就走进一个阴湿可怕的大洞，除了黑暗和潮湿什么也看不见了。

　　就在这些难于穿行的密林里活动着一队队的海杜克。这里你可以找到保加利亚人、塞尔维亚人、波斯尼亚人、信奉基督教的阿尔巴尼亚人。你在那里就是住上几辈子，魔鬼也不会找到你的！真的，所有被赶出来的人，所有自由的人，所有诚实的人，所有热爱民族的人，所有受苦难的人，都到那里去生活，过着人的生活，同土

外国短篇小说精选

耳其人作战,为祖国而忧伤,所有这些勇士都殷切期待着那召唤他们出征并给他们以自由、和平和幸福的号角。

但是,我们离开了原来这条路,不再看我们面前的一切……请你转过身来往后看,就能看到另一幅更美妙的图景。广阔的平原一望无际,那里散落着城市、村庄、树林、河流、金黄色的田野和青翠的草地;你看那远处有一条明亮的、细长的、弯弯曲曲的带子,在阳光照耀下像钻石一样反射着光芒,这就是多瑙河。再远就什么也看不见了,一切都消失在云雾之中……

起义队伍聚集在火旁,火上用铁钎烤着一只公羊;一个漂亮的小伙子在来回翻动着它,不时用手指摸摸,然后又舔舔指头……斯托扬坐在小伙子们当中,抽着烟袋,他突然说道:

"当我要杀死某个不能自卫的土耳其人的时候,我常常听到内心有个声音对我说:残忍的斯托扬,你不是个人! 莫非你不是基督教徒? 你那基督教徒的心哪里去了? 难道你的父母是这样教育你的吗? 难道你的特莱诺神父是这样告诉你的吗? 于是我就不想抬手了,我开始后悔了。但是我一想起那些可怕的万恶的日子,我就变得非常凶狠,没有人性,遇到谁就杀谁。"

"难道土耳其人怜悯我们吗?"起义队伍答道,"难道他们不是把我们当狗一样地杀死吗? 为什么我们要关照他们,爱护他们呢? 难道他们怜悯我们的妇女和孩子们吗?"

"告诉我:他们能怜悯我们吗? 难道他们是像我们一样的基督教徒吗? 难道他们知道基督教徒也要爱自己的敌人,他正是为我们而死的吗? 土耳其人是下贱的狗,必须让他们到地狱里去。"

"那么既然土耳其人是基督教徒的敌人,为什么基督还把我们交到敌人的手里呢?"小伙子们问道。

"不是上帝把我们交给土耳其人,而是我们自己投降到他们手里的。我们受到了惩罚,因为我们当时不团结,因为我们没有热爱我们的祖国和自由。"

"我们还要长期受奴役吗? 斯托扬大叔?"

"不会的,小伙子们,这种日子很快就要结束了! 一个土耳其人对我说过,在他们的历书里写道,土耳其人还能再统治十来年;然后我们就会自由了,就会有我们自己的帝国了。"

"那怎样才能做到这一点呢,斯托扬? 难道土耳其人能把我们的帝国还给我们吗?"

"不会的,小伙子们,他们是不会同意还给我们的,我们必须用武力把它夺回来。他们说:我们是用血把它夺来的,我们也要用血把它交出去。因此我们要战斗,我的弟兄们,我们要战斗!"

"我们有过,小伙子们!我们什么都有过,只是后来我们互相不团结才把它丢掉了。"

"如果我们团结一致,如果我们同土耳其人奋勇作战,我们会再有自己的帝国和自己的自由吗?"

"如果我们是英雄好汉,我们就能争得自由!如果我们有大无畏的精神,如果我们不害怕土耳其人,我们就会有好的长官和正直的法官。"

"我们,斯托扬,我们会成为勇士的,告诉我们,斯托扬,哈桑害死普罗丹受到了审判吗?"

斯托扬接着说:

"当时大家把新婚夫妇抬到墓地,掩埋在又黑又潮的土里。妈妈,那可怜的老妇人,抱住普罗丹的头喊叫……妈妈当时看起来样子真可怕啊:这可怜的女人跑来跑去,大声哭嚎;头巾从头上掉下来,满头白发披散在背上。只经过一天,小伙子们,她的头发就全变白了!……大家把死者放进墓穴,当神父念'愿上帝饶恕他们'时,妈妈竟然扑进墓穴;我们把她拉了出来,她却笑了。这可怜的人,上帝取走了她的理智,这个可怜的人竟然疯了。

"六天以后,索非亚的帕夏派来了几个保安队员把哈桑带到城里。他们把父亲、波尔万和几个年纪较大的老乡也带走了,这些人在城里待了三四天就回来了。帕夏根本不愿跟他们谈话。只有波尔万留在城里。讯问了他一两天,最后把他关进了监牢,为什么,却没有对他说。一个月后,他们把他从牢里带出去见法官,法官问他:

"'你说说,异教徒,是谁杀死麦密什的?'

"他只字也不问是谁杀死普罗丹的!

"'是哈桑。'波尔万答道。

"'有证人吗?'

"'有。'

"'谁是证人?'

"'我们村的神父,密托老大爷、彼特罗老大爷,还有别人。'

"'你们没有土耳其证人吗?'

"'没有。'

"'哈哈,如果是这样,我可有证人说是你杀害了麦密什的。'

"'让这个证人出来当面作证吧。'

"这时走出来一个衣衫褴褛、骨瘦如柴的土耳其痞子,法官问他:

"'你说,麦赫麦德,是谁杀害了麦密什?你看见波尔万杀害了他吗?'

"'我确实看见了!'那个痞子答道。

"'你看见没有,异教徒,是谁杀害了麦密什?你还想骗我。快说实话,要不就把你绞死!'

"'随你把我绞死,随你把我像狗一样绞死,随你怎样折磨我,但我要对每一个人说实实在在的话。我跟你说的也是我们村所有老乡要对你说的,他们都看见了也听到了麦密什亲自向大家坦白交代的话,他是被哈桑杀害的。大家都知道谁是谁非,大家都会告诉你真相的。'

"'低下头去,基督教狗杂种!你竟敢这样放肆!'法官气呼呼地喊道,接着就把警察叫来。要他们打波尔万后脚跟五十棍。

"他们打完可怜的波尔万又把他投入牢中。第二天,法官又叫人把波尔万带到他面前,戏谑地说:

"'喂,异教徒,你身体怎么样?夜里过得好吗?怎么样?我不是告诉你要放聪明点儿,说老实话吗?现在你说吧,如果你不想再让他们打你的话。你告诉我棍子的滋味好受吗?啊?棍子可不像馅饼!现在你说吧——是怎么一回事?'

"波尔万默不作声。

"'你是不是还要尝一次棍子的滋味呢?啊?'

"于是法官下令再打波尔万。

"我们听到了这一切以后,就到城里找帕夏去作证,但是帕夏对我们只说了几句话:

"'你们没有土耳其证人,我有什么办法呢?我并没有错,法律就是这样的!五十个保加利亚人作证也比不上一个土耳其人。'

"事情就这样完结了。

"三个月后,法院判决波尔万因拒不认罪而在大桥处绞刑。我当时在场。我两眼冒金花,热血全涌到头上,我喊道:

"'死去吧,波尔万,死去吧!你也成为恶狗们的牺牲品吧!可是我在上帝面前对你发誓,我要向杀死你的刽子手报仇!'

"说完我就跑了,警察追了上来,但是我已经跑远了。

"你们看到没有,小伙子们,我的头发都白了,我已经成了老人,但是我并不是年纪大,而是心老,你们叫我老大爷、大叔,可你们不知道我还不到三十五岁呢。这些伤心事把我弄得多么苍老啊!随它去吧,我还会苍老下去的,可是当时机来到,当有需要时,小伙子们,你们的斯托扬大叔还会再变年轻的——你们会认不出他来的。'这就是我们的斯托扬老大爷吗?'你们会这样说,'他比年轻人还能杀敌呢!但愿我们也有他这两手儿!'

"一年以后,他们把哈桑放了。小伙子们,你们还记得我在特里乌什卡山上杀死的那个痞子吗?你们一定还记得,你们觉得很奇怪,我为什么对他大发雷霆,亲手把他杀死,还用脚像踢一只狗那样踢他,你们感到奇怪,因为在那以前你们从来没有见我亲手杀死过人,这个痞子就是哈桑,除了哈桑还有三个人等着我;而那——就由上帝去安排吧……你们知道那三个人是谁吗?"

"你领导我们吧,斯托扬,领导我们吧!为了你就是地狱我们也决心去的!"起义队伍大声喊道。

半张纸

［瑞典］斯特林堡

奥古斯特·斯特林堡(1849～1912),是瑞典戏剧家、小说家、诗人。《在罗马》《被放逐者》《奥洛夫老师》是其代表作。

连最后一辆搬运车也离去了。

那位帽子上戴着黑纱的年轻房客还在空房里没有离开,他正在检查着,怕自己会遗漏下什么东西。但是什么都准备好了,没有遗漏掉什么。

走到走廊上,他下定决心,让自己不去回想曾在这个寓所里经历的事情。但是在墙上,在离电话机很近的地方,有半张被写满字的小纸条。纸条上的字是由好多种字迹写成的;那些用黑墨水写成的字很好认,另一些用黑、红和蓝铅笔写成的字就比较潦草。

这张纸上记载着两年间发生的所有事情,里面有他经历的一些浪漫的事情。

他不想回忆的东西都被记载在这半张小小的纸上了。

他把这张泛着淡黄色有些光泽的纸条拿了下来。他将它铺平在起居室的壁炉架上,然后低下头认真读了下去。

第一行开头是一个女人的名字:艾丽丝——这对他来说是最美丽的一个名字,因为名字的主人是他的爱人。名字的旁边是一个电话号码,15,11——与教堂唱诗牌上圣诗的号码有些相似。

接下来有一行潦草的笔迹:银行。这是他工作的地方,同时在他心中这也是两个神圣的字眼——对于他来说,因为这份工作他才能有面包、住处和家庭,而这三点正是生活的基础。旁边的电话号码被一行粗线划掉了,因为他工作的银行倒闭了,所以他只能重新找了另外一份工作。

接着是出租马车行和鲜花店,那个时候他还有一些钱,而且和爱人订婚了。

家具行,室内装饰商——这些人把他们所住的地方装饰好。搬运车行——这些人帮他们把东西搬好。

歌剧院售票处,50,50——在他们结婚后,每个星期日都去这些地方看歌剧。他们时常安安静静地坐在那里,享受那时幸福的时光,两个人完全沉浸在歌剧营造的和谐氛围中。

下一行是一个男人的名字(已经被划掉了),这是他的一个朋友。这个朋友让他明白荣华富贵不过是一场虚梦,不会天长地久。本来这个朋友很成功,但因为事业太顺利,他就被冲昏了头脑,最后又到了穷困潦倒的地步。在这对新婚夫妻的生活中出现了一个新奇的字眼,那是一个女人用秀气的笔迹写的两个字"修女①"。修女是什么? 哦,是那个温柔的女人,她总是穿着灰色长袍,不需要经过起居室,而直接从走廊进入卧室。她的脸上始终挂着迷人温柔的微笑。在她的名字下面是 L 医生。

接下来在这半张纸上出现了第一个与亲戚有关的字眼——母亲。这个母亲不是生育他的母亲,而是他的岳母。自从他们结婚后,她一直很小心地躲避着,因为她不想打扰这对新婚夫妻。后来因为他们需要她,这个老人就接受了邀请来到了他们身边。

下一行是用红蓝铅笔写的字:佣工介绍所。因为原先的女仆走了,所以他们只好另外找一个。药房——这可不是个人愿意去的地方。牛奶厂——他们开始订牛奶了,而且是消毒牛奶。

接下来是一些店铺——杂货铺、肉铺等等,从那时开始,所有的家务活都得依靠电话来处理了。看到这里,你一定很好奇,这家的女主人干什么去了呢? 她生产了。

因为所有的一切在他头脑中已经模糊了,所以他无法辨认下面的字迹。接下来那黑色的字迹写的是三个字:承办人。

后面有一个括号,里面用黑笔写着三个字"埋葬事"。它后面还有几个文字,这些文字足够让我们明白所有悲伤的源头了! ——两个棺材:一个大的,一个小的。

是的,这就是结果。

所有的一切都被埋葬了,被埋葬在一个地方,一个所有人都将终结的地方。无论我们是高贵还是卑微,最终都会归于那里。

---

① 修女:天主教中离家进修会的女教徒,通常须发三愿(即"绝财"、"绝色"、"绝意"),从事祈祷和协助神父进行传教。

经过了慎重考虑之后，他做了决定。

他把这半张黄色的纸条仔细折叠，然后小心地揉了揉，最后把它放在了上衣的口袋里。

这两年间发生的事情在两分钟内他又重新经历了一次。

但是他走出去时并不是垂头丧气的。相反的，他高高地抬起了头，像是个骄傲的快乐的人。因为他知道他已经尝到一些生活所能赐予人的最大的幸福。有很多人，可惜，连这一点也没有得到过。

皇帝与小姑娘

[爱尔兰]萧伯纳

萧伯纳(1856~1950),爱尔兰剧作家,1925年因为作品具有理想主义和人道主义而获诺贝尔文学奖,是英国现代杰出的现实主义戏剧作家,是世界著名的擅长幽默与讽刺的语言大师。

这是一个漆黑的晚上。这种漆黑的夜晚往往不会让人们心神安定,似乎人们总会看到一些鬼影。因为月亮总是闲不住,刚从云层里钻出来就又钻进去。天空中飞过一团团云,有的很透明,你甚至可以看到它后面的月光,有的就像一层层羽毛,似乎要把月光拦截在后面,除了这些,还有那种大片乌云,一旦月亮被它挡住,那可是一点月光都不会显现的。

在这种黑乎乎的夜里,胆小的人就会把自己困在明亮而暖和的房间里,而且还会找人来做伴。但是并不是每个人都那么胆小,还有一些人,他们总喜欢到外面去。这些人喜欢到处走,并且喜欢看月亮。他们喜欢这种漆黑的夜,因为此时他们可以陷入无尽的遐想,他们认为在黑暗中那些看不见的地方,有一些新奇的东西存在。有时候,他们甚至会幻想从黑暗的角落会走出一些人,并且这些奇怪的人会和他们一块去探索世界的神秘。

今晚这个黑夜可不同于以往的黑夜,在外面黑暗中甚至比在白天还要安全呢!今晚有无数个黑暗的角落,但在某一个黑暗的角落里,英国人和法国人正在同德国人进行一场激烈的战斗。白天,所有的人都得躲到壕沟里,只要他们稍稍把头探出,就会被乱飞舞的子弹打死。在一些地方有一些帷幕,这里是不允许通过的。这些帷幕很特殊,它不同于以往的窗帘,那是炮弹爆炸之后,像雨点一样的碎片堆积在一起后形成的。因为地面被炸弹炸出一个又一个的大洞,人和牲口以及花草树木都被炸成碎片,所以人们给这起了一个名字叫火幕。在晚上的时候没有火幕,而且这时那些守候在外面随时准备向你开枪的大兵也不会那么容易就看到你。可是夜晚也不是百分百安全的,这样的夜晚可没有让你想象鬼怪的闲情逸致。在这种黑暗的夜晚中,充斥到头脑中的只有炮弹和枪弹,以及那些被打死和打伤的人。正因为这些危险性的存在,才没有人散步或者放烟花。不过这里倒是有一些烟花,那些守望者看到开枪的人就会发射一颗颗照明弹,它们在空中就变成了星星,明亮得把地面上的一切都照得很清楚。每当这种情况出现,那些正在外面探测敌情的人,寻找伤员的人,或是在壕沟边上装上铁丝网作保护的人,都以最快的速度趴在地上,直到所有的"星星"消失干净才敢起身。

刚刚十一点半多一点,有一个地方,没有一个人会蹑手蹑脚地在那里走动。因为照明灯离得很远,所以地面上的东西不能清楚地看到。正在这时,有个人迈着特别的步子昂首挺胸地走了过来。这个人很奇怪,他不是侦察敌情,更不是寻找伤员,当然,很明显,他也不是一个士兵。他只是在那里瞎逛着,东走走西走走,不时弯下腰在捡着什么东西。如果照明灯近的话,你可以清楚地看到他。他停下来后,会站得笔直,然后把手臂交叉到胸前;当亮光过去之后,他又会迈着高傲的步子大步向前走。尽管这么神奇,但因为地面被炸弹炸得坑坑洼洼的,而且地面上有很多死人,所以他必须得仔细把路看清楚之后再潇洒地往前走。这个人就是德国皇帝。等到在光线好一点的地方,比如在月光明亮的地方或者有照明弹的地方,你就能清晰地看到他的胡子尖儿,和照片上的一模一样。因为天上有许多云将月亮遮了起来,而且照明弹又在远处,所以如果不是离得很近,你几乎什么都看不到。虽然德国皇帝小心翼翼地走着,但因为天太黑了,所以他还是掉进了一个大坑里。这些大坑是被地雷炸出的,被称为弹坑。幸亏他捉住了东西,否则一定会狠狠地跌倒在里面。幸运的皇帝还以为自己抓住的是一簇草,但后来才发现他抓住的是一个人的胡子。这是一个法国人,而且已经死了。一会儿月亮出来了,借着月光,有好多尸体出现在德国皇帝的眼前,这些尸体都是一些士兵的,有法国的也有德国的。这些被地雷炸死的尸体都倒在坑里,睁着的眼睛很吓人。眼前的场景让德国皇帝很吃惊,似乎都没加思考,一句德国话就从他口中冒了出来:"Ichhabe es nichtgewollt。"这句话在英语中是这样解释的:"我不是有心这样做的"或是"这不是我愿意的"。除了上面两种解释之外,还可以解释为:"你可不能怪我。"就是人家骂你做错了什么事时你说的话。后来他爬出坑来,向另一个方向走去。可是他心里感到很不是滋味,只走了几步,就坐了下来。当然,要是他硬挣扎着走,也能往前走去,可是路上正好放着个子弹箱,坐下来实在太方便了,所以他想,不如歇歇,等好受一点再走。

接着发生的事就很意外了。一个黄乎乎的东西从黑暗里走出来。假如那东西不是发出叮叮当当、哗哗啦啦的响声，还夹着脚步声的话，他还会以为那是一只狗呢。等到它走近前来，他看到了，那是一个小姑娘。这么小的孩子不该在差一刻就到十二点的半夜里还不睡觉呀。那叮叮当当、哗啦哗啦的响声是从她手里拿着的锡壶发出的。她在哭，不是大声哭，而是抽抽搭搭地哭。她看到皇帝时一点儿也不害怕，也不觉得奇怪，只是用力地吸了一下鼻子，抽噎了一下，就不哭。她说："对不起，我水壶里的水都用光了。"

"真不巧！"皇帝说，他和孩子们是很合得来的，"你渴得很了吧？你看，我这里有个瓶子。可是那里面的东西又辣又浓，我怕你喝不了。"

"我不喝。"小姑娘说，她觉得奇怪了，"你自己为什么不喝呢？你没受伤吗？"

"没有，"皇帝说，"你为什么哭呀？"

小姑娘又想哭了。"那些兵欺负我，"她说，一面走到皇帝跟前，将身子靠在他的腿上，"那边的地雷坑里有四个大兵，有一个汤米、一个哈利和两个波希。"

"你可不能管德国士兵叫波希，"皇帝严肃地说，"那是很不对、很不对的。"

"不，"小姑娘说，"保证是对的。英国兵就是汤米，法国兵就是哈利，德国兵就是波希嘛。我妈妈就是那样叫的。人人都那样叫。有一个波希戴副眼镜，像个大学教授，另外一个在那里已经躺了两夜了。他们都动不了啦。他们真坏，我给他们水喝，起先他们还谢谢我，向上帝祷告，让上帝保佑我，只有那个大学教授没说。后来一个炮弹打过来，虽然离得挺远，可是他们就轰我走。说要是我不马上飞跑回家去，林子里就会有个大狗熊出来把我吃掉，还说我爸爸要用鞭子抽我。大学教授大声嚷嚷，说他们太婆婆妈妈了，说我在那儿有什么要紧，可是他也悄悄地让我赶快回家。你能让我跟着你吗？我知道爸爸不会打我，可是我怕大狗熊。"

"你就跟着我吧！"皇帝说，"我不会让狗熊咬你的。说真话，哪里有什么狗熊。"

"你肯定没有吗？"小姑娘问，"那个汤米说有的。他说有个特大的大狗熊，把小孩子吃下去，然后在肚子里把他煮熟。"

"英国人不说实话。"皇帝说。

"一开头他特别好，"小姑娘说，又哭了，"要是他不相信有狗熊，他不会那样说的。要不就是他的伤口太疼了，疼得他想到狗熊那样叫人害怕的东西。"

"别哭了，"皇帝说，"他不是故意欺负你。他们怕你也和他们一样受伤，所以才让你回家去的，免得有危险呀。"

"嗨,我对那些炮弹都看惯了,"小姑娘说,"我夜里出来到处给伤兵水喝。我爸爸就是因为没有人管,在外面足足躺了五夜,他渴得难受极了。"

"Ich habe es nicht gewollt。"皇帝说,心里又感到不是滋味起来。

"你是个波希吗?"小姑娘问,因为皇帝本来用法语和她说话,"你说的一口好法语,可是我还以为你是英国人呢。"

"我是半个英国人。"皇帝说。

"那可有意思,"小姑娘说,"那你就得特别小心了,因为这样一来,两边就都要向你开枪的。"

那皇帝轻轻地发出了一声古怪的笑声。这时月亮出来了,小姑娘对他看得清楚点儿了。"你这件披风可真漂亮,你的军服也挺干净的,"她说,"照明弹一亮,你就得在泥地里趴下,你的军服怎么这么干净呀?"

"我不趴下,我站着,所以我的军服很干净。"皇帝说。

"可是你千万别站着呀,"小姑娘说,"他们看见你就要向我们开枪啦。"

"那好吧,"皇帝说,"你跟着我的时候,为了保护你,我就躺下好啦。现在我得把你送回家去了。你的家在哪儿?"

小姑娘笑了。"我们没有家了,"她说,"最初德国人用炮轰我们的村子,然后占领了它。于是法国人又用炮轰我们的村子,后来英国人来了,他们用炮把德国人轰跑。现在是德国人、法国人和英国人都一齐用炮轰这个村子了。我们家的房子被打中了七次,牛棚打中了十九次。你想想吧,可是连那头牛都没炸死。我爸爸说的,把牛棚炸倒花了二万五千法郎呢。为了这,他挺得意的。"

"Ich habe es nicht gewollt。"皇帝说,心里又是一阵难受。等到他觉得好一点时,他说,"你们现在住在哪儿呢?"

"能住哪儿就住哪儿呗,"孩子说,"嗨,那还不容易,用不了多久你就习惯了。你是谁?你是抬担架的人吗?"

"不是的,我的孩子,"皇帝说,"我就是那叫做德国皇帝的。"

"我没听说过有两个德国皇帝呀。"小姑娘说。

"有三个呢。"德国皇帝说。

"他们都非得把胡子尖儿往上撅起来吗?"小姑娘问。

"不,"德国皇帝说,"他们的胡子撅不起来的话,就可以留山羊胡子。"

"他们该像我在复活节里用卷发纸把头发卷起来那样把胡子卷起来,那就行了,"小姑娘说,"德国皇帝都干些什么事儿哪?他打仗吗?他把伤员找到,一个个把他们抬走吗?"

"严格地说,他并不做什么事儿,"皇帝说,他只用脑子想事儿。"

"他想些什么呀?"小姑娘问。这孩子就像所有的小家伙那样,不懂人情世故,碰到人,就问个没完没了。有时候大人不让他们这样追根问底。她妈妈总是跟她说:"少问少上当。"

"要是德国皇帝告诉别人他想些什么,那就不叫想了,那就成了说了。"皇帝说道。

"当个德国皇帝准是特有意思,"小姑娘说,"可是不管怎么说吧,这么晚了,你还在这儿干什么呀?你又没受伤。"

"要是我告诉了你,你答应不去告诉别人么?"皇帝说,"那是个秘密呢。"

"我保证不告诉,"小姑娘说,"说给我听吧,我可爱听秘密事哪。"

"好吧,"皇帝说,"今天早上我跟我的士兵们说——这话我是非得跟他们说不可的——我说我不能和他们一样在战壕里冒着枪林弹雨打仗,心里很抱歉。我不去的原因是我得好好地为他们想些事情,要是我到战壕里被打死了呢,他们就不知道该干什么了,就会吃败仗、被打死了。"

"你真不乖,"小姑娘说,"你说的不是实话。这你也知道,是吧?我哥哥一死,马上就有人站到他的位置上,接替了他,仗还照样打下去,就像没出什么事似的。我还以为会停下来一会儿呢。没有。你要是被打死了,难道没有人接替你吗?"

"有人,"皇帝说,"我儿子接替我。"

"那你干吗跟他们说这么个大瞎话呀?"小姑娘问道。

"我当个德国皇帝就得说这样的话,"皇帝说,"当个德国皇帝就是为了干这个的,就是为了让他说些自己不信、旁人也不信的话。今天我说话时,我看到有的人的脸色,我看出来了,他们不信我说的话,他们以为我是个胆小鬼,不出来打仗是在找借口呢。所以到了晚上,我就上床去假装睡着,等到人一走开,我就起床独自偷偷地走出来。我要证明一下我确实是不害怕。所以照明弹一亮,我就站起来。"

"那你为什么不在白天呢?"小姑娘问,"白天才真有危险呀。"

"他们不让。"皇帝说。

"可怜的德国皇帝!"小姑娘说,"我真替你难受,我希望你别受伤,要是你受了伤,我就给你送点儿水喝。"

听到她这样说,那皇帝心里喜欢她极了,他亲亲她,然后站起身来,拉着她的手领到安全的地方去。她也喜欢他。那工夫她什么别的事都忘了。正因为这样,他们俩都没有注意到，这时一颗照明弹在他们头顶上亮了。虽然小姑娘个儿小，穿着一件肮里肮脏的棕色衣服，脸儿也不干净，远远看去也就不过像一堆蚂蚁，可是皇帝的高个儿却被照明弹照得老远也看得见。接着是一声可怖的巨响，炮弹飞快地穿过空中，向他们射来，把隆隆的炮声抛在了后面。皇帝连忙转身去看，正在转身时，又有两颗照明弹点燃了，一颗炮弹从远处向他们飞来。这两颗巨型炮弹，皇帝可以看到，像疯了的大象，嘶嘶地冲过空气，发出火车通过隧道时的轰隆声。第一颗炮弹在不远处哗啦啦地爆炸了，那响声，就像炸在皇帝的耳边。正在这时，第二颗炮弹又像可怕的疾风那样飞过来。

皇帝一下子趴到地下，用手拼命抓泥土，想把自己埋起来，躲过危险。

然后他忽然记起了孩子，当他想到她可能会被炸得粉身碎骨时，他忘记了自己，挣扎着跳起来，想扑在她身上掩护她。

可惜思想总是比行动快得多，而炮弹的速度却和思想不相上下。皇帝还未来得及把指头从泥土中伸出来，刚把脚一缩要站起来的时候，就听到了天崩地裂的一声巨响。虽说他从远处听炮弹声已经习惯了，但是却从来也没有听过这样可怕的响声。那不是"砰"的一声，也不是一声吼，也不是哗啦哗啦打碎东西的声音，那是一声恐怖的、刺耳的、爆裂的、震耳欲聋的、轰隆轰隆、哗啦哗啦、夹杂着咆哮怒吼的霹雳声，地动山摇，就像到了世界末日一样。足足有一分钟，皇帝觉得自己的五脏六腑都炸出来了。因为有时炮弹没打中人，却把人的五脏六腑都炸出来。等到他起得身来，他也搞不清楚自己到底是头顶地倒立着呢，还是脚着地站着了。事实上他也不是站着，也不是倒立着，而是站了起来又跌倒，跌倒了又起来。最后他到底靠在一个什么东西上使自己站稳了脚跟。这个什么东西原来是一棵树。这棵树在炮弹打来时离他相当大的一段距离，现在呢，他是被爆炸的气浪冲到那里去了。他对自己说的第一句话就是："那孩子在什么地方？"

"在这儿哪。"头顶的树上传来了一个声音，是小姑娘的声音。

"Gott sei dankt。"皇帝说，大大地放下心来。这句德国话的意思是"感谢上帝！""你受了伤吗，我的孩子？我还以为你已经炸得粉身碎骨了呢。"

"我是炸得粉身碎骨了呀，"孩子说道，"把我炸成了整整两千零三十六块小不点儿的碎片了。那炮弹正好打进了我的大腿。我身上剩下最大的一块就是我的小拇指了。我的小拇指飞到半里路以外去了；有一片大拇指指甲在另一个方向的半里路外；我有四根睫毛在那躺着四个死人的地雷坑里，给他们一人一根；我有一个门牙嵌进了你头盔的带子里，这一点儿也不奇怪，因为这门牙早就松了，剩下的我已经全部烧成灰、炸成粉了。""Ichhabe es nicht gewollt。"皇帝说。那声音，让谁听到都由不得会可怜他的。可是小姑娘却一点儿也不可怜他，她只是说："咳，都到了这会儿了，谁还管是你干的不是你干的呀！刚才我看到你穿着这身漂亮的军服一下子趴下去，我就笑了，我笑呀笑的，连炮弹打中我都没觉得。那炮弹准是狠狠地戳了我一下。你现在的样子也还怪好玩的呢，手扶着树摇来晃去，就像我爷爷喝醉了酒那样。"

皇帝听到她说的话又笑了。他还听到别的笑声，像是嗓门粗野的男人的笑声，他吓了一跳。

"还有谁在笑？"他问道，"有人跟你在一起吗？"

"哎，好些人呢，"小姑娘说，"地雷坑里那四个人都在这上面呢，第一颗炮弹就把他们解放了，他们自由啦。"

"Du hast es nicht gewollt，Willem，was？"一个粗嗓门说。于是所有人都笑起来。听到一个普通的士兵管皇帝叫比利当然是好笑的。不是吗？

"你们过去一直教我让我事事都唯我独尊，现在你们可不能不尊重我。"皇帝说，"又不是我自己要当德皇的，是你们把我推上去的。你们不让我做个普通人。一个普通人，自然和一般人一样平等，清清白白。现在我命令你们，对待我要用对偶像的态度，不许你们像对待普通人那样对我。偶像是你们造的，普通人是上帝造的。"

"跟他们说没有用，"小姑娘说，"他们都飞走了。他们对你没兴趣，不爱听你说话。现在除了我跟戴眼镜的波希，再也没有别人啦。"

这时从树上传来一个男人的声音："我不和他们一块儿走，因为我不愿意和那些大兵混在一起，"这声音说，"他们知道，我在你祖父的事上撒了谎，你才让我当上了教授的。"

"蠢东西，"皇帝粗暴地说，"你自己祖父的事儿，你对他们说了吗？"

没有回答。静了一会儿，女孩儿说道："他也走了。我不相信他祖父比你的祖父和我的祖父好到哪儿去。我也该走了。我很难过，因为在炮弹让我得自由之前，我是很喜欢你的。可是现在，我喜欢不喜欢你，你也无所谓了。"

"我的孩子，"皇帝说，因为她要离开他，他心里充满了悲哀，"你喜欢我不喜欢我，这对我是很重要的呵。"

"是的，"小姑娘说，"可是，我不关心你。我从来就不关心你，你知道吗，除了我特别傻，以为你会把我杀死那会儿之外，我一直觉得你和我没有什么关系。我那时还以为被人杀死会疼的呢，不知道反而会得到自由。现在我自由啦，这比挨饿受冻、担惊受怕可好多了，我不管你了，再见吧！"

"等一等呀，"皇帝恳求道，"别着急走，我一个人孤单得很哪！"

"那你为什么不让你的兵用大炮轰你一下，就像他们打我一样呢？"小姑娘说，"那时你也自由了，你爱和我飞到哪儿，我们就可以飞到哪儿去。不然我也就不能和你待在一起了。"

"我不能呀。"皇帝说。

"为什么不呢？"小姑娘说。

"因为那就太不寻常了，"皇帝说，"当个皇帝要是干了件不寻常的事，他就完了。因为他不是别的，只不过是个'寻寻常常'罢了。"

"什么叫'寻寻常常'呀，这个字儿挺长的，我从来也没听说过，"小姑娘说，"是不是就是泥胎子的意思呢？就是说，不管他使多大的劲儿，他也离不开这世上？"

"对啦，"皇帝说，"正是这个意思。"

"那我们就非得等到那些汤米，要不就是哈利用大炮戳你一下才行了。"小姑娘说，"别泄气，要是你在亮光下站起来的话，他们肯定会给你来一下的。现在我可要亲亲你，和你说再见了。你在找得到自由以前，那么香香地亲我一下吧。可是我恐怕你感觉不出来。"

她说得对。皇帝虽然使劲想感到小姑娘的亲吻，却怎么也感觉不出来。

惹得他更难受的是他看见一样东西：当小姑娘说要亲亲他，他把脸转过来，向上朝着小姑娘发出声音的方向时，他看见从树上飞下来一个最最可爱的、通身都是玫瑰色的小小的女孩儿，长着双翅，干干净净、完全光着身子却一点也不在意。她用双臂搂着他的脖子，吻吻他，然后飞走了。他看得清清楚楚。这是很奇怪的，因为周围除了月亮光之外，没有别的光。而且月光下她应该是灰色或是白色的，像一只猫头鹰那样，不会是玫瑰色的，不会那么漂亮。和她离别的悲伤使得他的心剧痛起来。但是，这种感情完全被突如其来的几个凡人向他说话的声音破坏了，他没有注意到他们走过来。这是他的两个军官，毕恭毕敬地问他有没有被炮弹打伤。他们刚一开口，小天使就不见了。这两个人把天使赶走，使他非常生气。他足足有一分钟没有说话，生怕控制不住自己。后来他粗声粗气地说了一句话，问那两个军官回监牢的路怎么走。那两个军官被弄糊涂了，他们直勾勾地看着他，好像他疯了似的。看到他们这样子，他又问，回军营该走哪条路，意思是指他的帐篷。

他们给他指了路，他在前面，大步走回去。到了帐篷，所有的门哨都拦住他，问他要口令。军官们回答了口令后,他们便向皇帝肃立敬礼。皇帝简单地对他们道了晚安后,就上床睡觉去了。这时一个军官小心翼翼地问要不要向他汇报刚才发生的事。皇帝只说了一句:"你们是一对×××蠢材。"而这×××是一句最厉害的骂人的话。

他们你看我我看你。一个说:"皇帝陛下醉得很像个××",而这××也是一句恶毒的骂人的话。幸而皇帝还在想着那个小姑娘,没听见军官说的话。但是,即使听到了也没有什么关系,因为所有的大兵都说脏话,而这些脏话却又没有什么坏的意思。

喀布尔[①]人

[印度]泰戈尔

泰戈尔(1861～1941),印度著名诗人、文学家、作家、艺术家、社会活动家、哲学家和印度民族主义者。1913年他获得诺贝尔文学奖,是第一位获得诺贝尔文学奖的亚洲人。他与黎巴嫩诗人纪·哈·纪伯伦齐名,并称为"站在东西方文化桥梁的两位巨人"。

我的女儿叫敏妮,今年五岁了,她每天从早到晚都叽叽喳喳说个不停,几乎没有一刻是安静的。针对这个情况,她的母亲很生气,恨不得粘住她的舌头,可是我却没有这个想法。如果敏妮忽然变得沉默,我就感觉像少了什么似的。从开始到现在,每一次我们的谈话都是非常热闹的。

举个例子吧。有一天我正在写小说,刚刚写到第十一章,忽然可爱的女儿跑到我房间,然后把手放在我的手里说:"爸爸!明明是乌鸦,但看门的拉蒙达雅却说是'五鸦'。他们是错误的对吧?"

我正想告诉她世界上每种语言都是不同的,她却忽然把我引向另一个话题。"我告诉你一件奇怪的事啊,爸爸。普拉说有一只大象躲在云里,天下雨是因为它的鼻子在喷水!"我正努力思考着怎样回答这个问题,她的下一个问题又来了:"爸爸啊,你到底和妈妈是什么关系啊?"

我不自觉地轻声脱口而出:"从法律上讲,她是我的妹妹!"然后我拉下脸搪塞道:"乖女儿,我正忙着呢,你去和普拉玩吧!"

我屋子的窗户旁边正是一条街道。敏妮靠近我的书桌坐着,轻轻地用手敲着

---

① 喀布尔:阿富汗首都喀布尔,位于该国东部的喀布尔河谷、兴都库什山南麓,北纬34度、东经69度。海拔1800米,喀布尔河穿城而过,将城市一分为二,南岸为旧城区,北岸是新城区,全市呈现U字形,四周群山环抱,城市开口处面对西面的高山峻岭,是两座风景异常优美的高原城市,也是世界上地势最高的山区都城之一。

她的膝盖。我正在用心地构思小说的第十六章。小说正在上演着高潮情节：主人公普拉达·辛格，把女主人公康昌拉达抱住，正要带着她从城堡的三层楼窗子里逃出去。正在我集中注意力想的时候，敏妮忽然指着窗户外面喊道："快看快看哪，一个喀布尔人！"

我顺着她手指的方向看了过去，果然有一个喀布尔人正在慢慢走着。他身上的喀布尔族服装很宽大，看起来脏兮兮的，头上裹着高高的头巾；背着一个口袋，手里拿着几盒葡萄干。

我正猜想着敏妮看到这个人会有什么举动，忽然她开始大声招呼他："哎！"

"这个人快要进来了，"我在心里暗自想，"看来我的第十七章是没机会告终了！"

那个喀布尔人听到她的招呼回转过身来，看了看她。敏妮却像被吓到似的，以最快的速度跑到她母亲的背后躲了起来。她一开始还以为这个人背上的口袋里是和她差不多大的孩子呢。这时那个喀布尔人已经走进我们的门口和我们微笑着打招呼。

虽然小说中的情节十分危急，但既然他已经来了，我就先停下来去买一些东西。买完之后我就和他聊天，其中的内容有阿卜都·拉曼、俄国人、英国人和边疆政策。最后他要离开的时候问我："先生，和我打招呼的那个小女孩呢？"

我感觉以敏妮的性格，她不应该感到害怕的，所以就让人把她带了过来。

她紧紧地靠着我的椅子，一直盯着喀布尔人和他的口袋。他送给她一些干果和葡萄干，但敏妮好像更加害怕了。这次算是他们两个的第一次见面。

就在这件事之后没几天，当我早上正想出门的时候，却发现门口长凳上坐着两个聊得开心的人。更让我出乎意料的是，那两个人居然是敏妮和那个喀布尔人。到现在为止，除了我这个做父亲的，还没有谁愿意耐心这样听她说话呢。她的小纱丽的角上塞满了客人送给她的礼物——杏仁和葡萄干。

"你为什么给她这些东西呢？"我一边问道，一边把一个八安那的银角子递给了这个人。他不经意地把银角子接过去然后随意地扔到了口袋里。

一小时之后我回来时，发现了一件让我不安的事，而这件事正是由我的那一个银角子引起的。那个喀布尔人并没有拿走我送给他的银角子，而是把它送给了我的女儿。当这个亮晶晶的东西被她母亲发现后，她的母亲就不停地问这个银角子的来历。

"哦，这是那天那个喀布尔人送给我的。"敏妮高兴地说。

"什么？喀布尔人？是他给你的！"我的妻子似乎很吃惊,"啊,敏妮！你当时是怎么想的？怎么会拿他的钱呢？"

这时我走进了门,把女儿从母亲的盘问中解救了出来,然后开始自己的询问。

我发现这两个人会面不止一两次了。喀布尔人用干果和葡萄干这种有力的贿赂,把这孩子当初的恐怖克服了,现在这两人已成了很好的朋友。他们常说些好玩的笑话,给他们增加许多乐趣。敏妮满脸含笑地坐在喀布尔人的面前,大人似的低头看着这个大高个儿:"喂,喀布尔人！喀布尔人！你口袋里装的是什么?"

他就用山民的鼻音回答说:"一只象！"也许这并不可笑,但是这两个人多么欣赏这句俏皮话！依我看来,这种小孩和大人的对话里面,带有一些非常引人入胜的东西。

这喀布尔人也不放过开玩笑的机会,便反问道:"那么,小人儿,你什么时候到你公公家去呢?"

孟加拉的小姑娘,多半早就听说过公公家这一回事了;但是我们有点新派作风,没有让孩子知道这些事情,敏妮对于这个问题一定有点莫名其妙,但是她不肯显露出来,却机灵地回答道:"你到那里去么?"

可是在喀布尔人这一阶层中间,谁都知道,"公公家"这几个字有一个双关的意思。那就是"监狱"的雅称,一个不用自己花钱而照应得很周到的地方。这粗鲁的小贩以为我女儿是指这个。

"哦,"他就向幻想中的警察挥舞着拳头说,"我要揍我的公公！"听到他这样说,想象到那个狼狈不堪的"公公",敏妮就哈哈大笑起来,她那了不起的大个子朋友也跟她一起笑着。

那些日子是秋天的早晨,正是古代的帝王出去东征西讨的季节;我却在加尔各答我的小角落里,从来也不走动,却让我的心灵在世界上漫游。一听到别的国家的名字,我的心就飞往那边去,在街上一看到一个外国人,我的脑子里就要织起梦想的网——他那遥远的家乡的山岭啦、溪谷啦、森林啦,布景里还有他的茅舍和那些远方山野的人们自由独立的生活。也许因为我过的是植物一般固定的生活,叫我去旅行,就等于当头一个霹雳,所以在我眼前幻现的漫游景象,加倍生动地在我的想象中重复地掠过。看到这个喀布尔人,我立刻神游于光秃秃的山峰之下,在高耸的山岭间,有许多窄小的山径蜿蜒出入。我似乎看见那连绵不断的、驮着货物的骆驼,一队队裹着头巾的商人,有的带着古怪的武器,有的带着长矛,从山上向平原走来。我似乎看见——但是正在这时,敏妮的母亲就来打扰了,她央求我"留心那个人"。

敏妮的母亲偏偏是个极胆小的女人。只要她一听见街上有什么声音,或是看见有人向我们的房子走来,她就立刻断定他们不外乎是盗贼、醉汉、毒蛇、老虎、疟疾菌、蟑螂、毛虫,或是英国的水手。甚至有了多年的经验,她还不能消除她的恐怖。因此她对于这个喀布尔人充满了疑虑,常常叫我注意他的行动。我总是笑一笑,想把她的恐惧慢慢地去掉,但是她就会很严肃地向我提一些严重的问题。

小孩从来没有被拐走过么?

在喀布尔不是真的有奴隶制度么?

说这个大汉把一个小娃娃抱走,会是荒唐无稽的事情么?

我辩解说,这虽然不是不可能,但多半是不会发生的。可是这解释还不够,她的恐怖始终存在着。因为这样的事没有根据,那么,不让这个人到我们家里来似乎是不对的,所以他们的亲密友谊就不受约束地继续着。

每年一月中旬,拉曼,这个喀布尔人,总要回国一趟,快动身的时候,他总是忙着挨家挨户去收欠款。今年,他却匀出工夫来看敏妮。旁人也许以为他们两人有什么密约,因为他若是早晨不能来,晚上总要来一趟。

有时在黑暗的屋角,忽然发现这个高大的、穿着宽大的衣服背着大口袋的人,连我也不免吓一跳,但是当敏妮笑着跑进来,叫着"呵,喀布尔人!喀布尔人!"的时候,年纪相差得这么远的这两个朋友,就沉没在他们往日的笑声和玩笑里,我也就觉得放心了。

在他决定动身的前几天,有一天早晨,我正在书房里看校样。天气很凉。

阳光从窗外射到我的脚上,微微的温暖使人非常舒服。差不多八点钟了,早出的小贩都蒙着头回家了。忽然我听见街上有吵嚷的声音,往外一看,我看见拉曼被两个警察架住带走了,后面跟着一群看热闹的孩子。喀布尔人的衣服上有些血迹。一个警察手里拿着一把刀。我赶紧跑出去把他们拦住,然后带着迷惑的表情问到底发生了什么事。

众口纷纭之中,我打听到有一个街坊欠了这小贩一条软浦围巾的钱,但是他不承认他买过这件东西,在争吵之中,拉曼把他刺伤了。这时在盛怒之下,这犯人正在乱骂他的仇人,忽然间,在我房子的凉台上,我的小敏妮出现了,照样地喊着:"喂,喀布尔人!喀布尔人!"

拉曼回头看她的时候,脸上露出了笑容。今天他胳臂底下没有夹着口袋,所以她不能和他谈到关于那只象的问题。她立刻就问到第二个问题:"你到公公家里去么？"

拉曼笑了，说："我正是要到那儿去，小人儿！"看到他的回答没有使孩子发笑，他举起被铐住了的一双手。"哦，"他说，"要不然我就揍那个老公公了，可惜我的手被铐住了！"

因为蓄意谋杀，拉曼被判了几年的徒刑。

时间一天一天地过去，他被人忘却了。我们仍在原来的地方做原来的事情，我们很少或是从来没有想到那个曾经是自由的山民正在监狱里消磨时光。说起来真不好意思，连我的快活的敏妮，也把她的老朋友忘了。她的生活里又有了新的伴侣。她不再是一个不懂事的孩子，她和女孩子们在一起的时间更多了。她几乎每天都和她的女同伴在一起，甚至不像往常那样到她爸爸的房间里来了。我几乎很少有机会和她攀谈。

一年一年过去了。又是一个秋天，我们把敏妮的婚礼筹备好了。婚礼定在杜尔伽大祭节举行。在杜尔伽回到凯拉斯去的时候，我们家里的光明也要到她丈夫家里去，把她父亲的家丢到阴影里。

早晨是晴朗的。雨后的空气给人一种清新的感觉，阳光就像纯金一般灿烂，连加尔各答小巷里肮脏的砖墙，都被照映得发出美丽的光辉。打一清早，喜事的喇叭就吹奏起来，每一个节拍都使我心跳。拍拉卑的悲调仿佛在加深着我别离在即的痛苦。我的敏妮今晚就要出嫁了。

从清早起，房子里就充满了嘈杂和忙乱。院子里，要用竹竿把布篷撑起来；每一间屋子和走廊里要挂上叮叮当当的吊灯。真是没完没了的忙乱和热闹。我正坐在书房里查看账目，有一个人进来了，恭敬地行过礼，站在我面前。原来是拉曼，那个喀布尔人。起先我没认出他。他没有带着口袋，没有了长头发，也失去了他从前的那种生气。但是他微笑着，我又认出他来。

"你什么时候来的，拉曼？"我问他。

"昨天晚上，"他说，"我从监狱里放出来了。"

在我听来，这些话多少有些刺耳。我从来没有跟伤害过自己的同伴的人说过话，我一想到这里，我的心瑟缩不安了。我总感觉他选择这个时候来，这不是什么好的预兆。

"这儿正在办喜事，"我说，"我正忙着。你能不能过几天再来呢？"

他立刻转身往外走，但是走到门口，他迟疑了一会儿说："我可不可以看看那小人儿呢，先生，只一会儿工夫？"他相信敏妮还是像从前那个样子。

他以为她会像往常那样向他跑来，叫着："喂，喀布尔人！喀布尔人！"他又想象他们会和往日一样地在一起说笑。事实上，为了纪念过去的日子，他带来了一点杏仁、葡萄干和葡萄，好好地用纸包着，这些东西是他从一个老乡那里弄来的，因为他自己的一点点本钱已经用光了。

我又说："家里正在办喜事，今天你什么人也见不到。"

这个人的脸上露出失望的神色。他不满意地看了我一会儿，说了声"再见"，就走出去了。

我觉得有点抱歉，正想叫住他，发现他已自动转身回来了。他走到我跟前，一边递上他的礼物一边对我说："先生，我带了这点东西来，送给那小人儿。您可以替我交给她吗？"

我把它接过来，然后准备从口袋里掏钱给他，但是他抓住我的手说："您是很仁慈的，亲爱的先生！永远记着我。但不要给我钱！——您有一个小姑娘；在我家里我也有一个像她那么大的小姑娘，我想到她，就带点果子给您的孩子——不是想赚钱的。"

说到这里，他伸手到他宽大的长袍里，掏出一张又小又脏的纸来。他很小心地打开这张纸，在我桌上用双手把它抹平了。上面有一个小小的手印。

不是一张相片，也不是一幅画像。这个墨迹模糊的手印平平地捺在纸上。当他每年到加尔各答街上卖货的时候，他自己的小女儿的这个印迹总在他的心上。

眼泪涌到我的眼眶里。我忘了他是一个穷苦的喀布尔小贩；而我是——但是，不对，我又哪儿比他强呢？他也是一个父亲啊。

在那遥远的山舍里的他的小帕拔蒂的手印，使我想起了我自己的小敏妮。

我立刻把敏妮从内室里叫出来。别人多方阻挠，我都不肯听。敏妮出来了，她穿着结婚的红绸衣服，额上点着檀香膏，打扮成一个小新娘的样子，含羞地站在我面前。

看着这景象，喀布尔人显出有点惊讶的样子。他不能重温他们过去的友谊了。最后他微笑着说："小人儿，你要到你公公家里去吗？"

但是敏妮现在懂得"公公"这个词的意思了，她不能像从前那样地回答他。听到他这样一问，她脸红了，站在他面前，把她新娘般的脸低了下去。

我想起这喀布尔人和我的敏妮第一次会面的那一天，心里多少有些难过。她走了以后，拉曼长长地吁了一口气，就在地上坐下来。他突然想到在这悠长的岁月里他的女儿一定也长大了，他必须重新和她做朋友。他再看见她的时候，她一定也和从前不一样了。而且，八年，听起来也挺长的。在这么长时间里，她怎么可能不发生什么变故呢？

婚礼的喇叭吹起来了，温煦的秋天的阳光倾泻在我们周围。拉曼坐在这加尔各答的小巷里，却冥想着阿富汗的光秃秃的群山。

我拿出一张钞票来，给了他，说："回到你的家乡，你自己的女儿那里去吧，拉曼，愿你们重逢的快乐给我的孩子带来幸运！"

因为送了这份礼，在婚礼的排场上我必须节省一些。我不能用我原来想用的电灯，也不能请军乐队，家里的女眷们感到很失望。但是我觉得这婚筵格外有光彩，因为我想到，在那遥远的地方，有一个久出不归的父亲和他的独生女儿重逢了。

伊泽吉尔老婆子

[前苏联] 高尔基

高尔基(1868～1936),前苏联伟大的无产阶级作家,社会活动家。他出身贫苦,亲身经历资本主义残酷的剥削与压迫,这对他的思想和创作发展具有重要影响。登上文坛后,他塑造了一系列工人和无产阶级革命者的英雄形象,抨击了西方资本主义制度和反动思潮。他的代表作有《海燕之歌》,自传体三部曲《童年》《在人间》《我的大学》等。

这都是我在比萨拉比亚阿克曼城附近的海边上听到的故事。忙完了白天采葡萄的工作,到了晚上,那些摩尔达维亚①人都到海边去了。最后,只剩下我和伊泽吉尔老太婆两个人躺在地面上,在葡萄藤的浓荫底下看着那些到海边去的人的背影,一直到他们的背影与深蓝色的背景融为一体。

那些摩尔达维亚人边走边笑。其中男人们的皮肤是古铜色的,他们的黑胡子和浓密的鬈发非常漂亮,每个人都穿着短上衣和宽大裤子;女人们和姑娘们都非常漂亮,她们的眼睛是深蓝色的,很迷人。温暖的微风吹过她们的头发,挂在头发上的小铜钱发出清脆的声音。风不经意地变动着,有时候均匀地吹过,而有时候又好像轻柔地越过什么看不见的东西,然后激起一阵激烈的狂风,使那些女人们的头发高高耸起。在这种奇特的效果下,所有的女人就像神话中的仙女一样奇特。在夜幕的笼罩下,离我们越来越近的女人们显得更加迷人。不知是谁在拉着提琴,还有一个姑娘用柔和的低音唱着,在歌声中还弥漫着欢乐的笑声……空气中弥漫着一种特殊的混杂的味道:既有大海特有的强烈气息,也有被黄昏不久以前所下的那场雨冲刷的土地散发出的泥土香味。天空中漂浮着形状各异的云朵,而且还带着不同的颜色。在不同的地方有不同的云片:这边的是青灰和淡灰以及天蓝色的云片,

---

① 摩尔达维亚:东欧的一个地区。包括了今罗马尼亚东北部、摩尔多瓦、乌克兰的局部地区。位于喀尔巴阡山和普鲁特河之间。

像袅袅的炊烟;那边是些阴黑色和褐色的云片,犹如山岩的碎片。在云片的间隙中,还有一颗颗金色的星星在闪烁着,把天空点缀得很美丽。这所有的所有——温柔的歌声、清新的空气、奇怪的云片、欢快的人们——几乎构成了一个美丽而凄凉的故事的开头。而这个故事好像是因为某种意外而突然停止:喧嚣的声音都消失了,取而代之的是一连串的叹息声。

"为什么你不加入到他们的队伍中?"伊泽吉尔老太婆一边点头一边问道。

她的身上完全充满了岁月的痕迹:原本或许迷人的眼睛已经失去了光泽;原本或许挺直的腰被年龄弯成两节;原本或许清脆的声音变得沙哑,发出咯吱咯吱的声音,使人听了联想到断裂的骨节。

"不想去。"我简单地回答说。

"唔! ……你们俄罗斯人总是让我们的姑娘害怕呢! 似乎你们一生下来就成了小老头……其实你还年轻着呢……"

月亮升起来了。月轮好像是从这片草原最深邃的地方升起来的,发出淡淡的血红色。这片草原之所以如此富饶,也许是因为它当年吞噬了无数人的血肉吧。这个时候,我和老太婆被葡萄叶的花边似的影子笼罩着,就好像被罩在网下一样。我们右边的草原上有一些云片变得很透明,可能是由于被月光照透了的缘故吧。

"瞧,在那边走着的是拉那!"

老太婆用她那弯曲战栗的手指指着远方,我随着她手指的方向望过去。在那里有许多飘动的影子,其中有一个比其他的更浓更暗,比它周围的姐妹们更低。仔细一看,原来是一块比其他云片漂浮得更低的云片投在地面上的影子。"你看错了,那里根本什么都没有!"我说道。

"你怎么还不如我这个花眼的老太婆呢! 你瞧那边,就是沿着草原奔跑的那个影子。"

我顺着那个方向又看了一下,可还是什么都没看到。

"明明就是一个影子啊,你为什么说是拉那啊?"

"因为那确确实实是他。上帝总是这样惩罚那些傲慢无礼的人。他离去几千年了,太阳把他身体和血液都晒干了,而风把它们吹散……现在,他已经变成了一个影子——这就是他受到的惩罚!"

"讲给我听吧,这究竟是怎么一回事?"

我要求这个老太婆,觉得在我的前面就有一个在草原上所编成的最美丽的故事。

于是,她就把这个故事讲给我听。

"自从这件事发生的那个时候起,它已经过去好几千年了。远在大海的彼岸,就是在太阳上升的地方,有一个大河的国家,据说在这个国家里,每一片树叶和每一根草茎都投射出人们需要多少就有多少的阴影,足够人在阴影里躲避太阳光,因为那儿酷热得可怕。

"这个国家的土地是多么富饶呀!

"在那儿住着一族强悍的人,他们放牧着牲畜,并用狩猎来消磨他们的精力和表现他们的勇敢,在狩猎之后他们就设宴庆贺、唱歌、同姑娘们嬉戏。

"有一次,在庆宴当中,一只从天空飞下来的老鹰,攫走了其中一个黑头发的温柔得像黑夜一样的姑娘。男人们向这只老鹰射过去的许多可怜的箭,都落到了地上。他们就派人四处去寻找这个姑娘,却始终没找到。后来大家就像忘掉世界上一切的事情一样,把她也忘记了。"

老太婆叹了一口气就静默不语了。她的咯吱咯吱发响的嗓音,就好像是所有那些被遗忘了的年代在诉苦悲泣,而这些年代是以化成回忆的影子在她的心胸中体现出来的。海静悄悄地重复着这个古老传说的开头部分,也许,这些传说就是在它的海岸边创造出来的。

"但是过了20年,她自己跑回来了,她已是一个受尽折磨的憔悴的女人,身边还带着一个青年,美丽和强壮得像她本人在20年前一样。当大家问她这许多年来她在什么地方时,她告诉他们:老鹰把她带到山里面去,像和妻子一样地同她住在那儿。这是鹰的儿子,可是父亲已经不在了;当鹰衰老了的时候,它最后一次高高飞上天空,从那儿收敛起翅膀,沉重地跌到陡峭的山岩上,摔成碎片……

"大家都带着惊奇的眼光,看着这个老鹰的儿子。看来他并没有什么比他们更优越的地方,只是他的那双眼睛,冷酷而又傲慢,正像鸟中之王的眼睛一样。当大家和他讲话的时候,他高兴回答就回答,否则,就静默不语。当族中的长老们跑来,他和他们讲话就像对待平辈一样。这件事侮辱了长老们,他们称他是一枝未磨尖箭头的没有装上羽毛的箭。大家就告诉他,有几千个像他那样的人和年纪甚至比他还要大两三倍的人,都是尊敬他们,服从他们的。而他却大胆地看着他们,回答说世界上再没有像他一样的人;假如所有的人都尊敬他们,那么他也不愿意这样做。哦!……那时候长老们差不多全都生气疯了,发着怒说道:

"'在我们当中没有他生活的地方!他高兴到什么地方去,就让他到什么地方去吧。'

"他大笑着，就走向他想去的地方——他走向一个正聚精会神看着他的美丽的姑娘；他向这个姑娘走过去，当走近的时候就一把抱住她。而她正是刚才训斥过他的一位长老的女儿。虽然他很美丽，她还是推开了他，因为她害怕自己的父亲。她把他推开就走到一边去，可是他却去追打她。当她跌倒的时候，他就用脚站在她的胸口上。于是鲜血就从她的嘴里冒出来，喷向天空，这个姑娘叹息了一声，就像蛇一样蜷曲起来死掉了。

"所有亲眼看见这件事的人都被恐怖所震骇了——在他们眼前如此杀死一个女人，这还是第一次。大家沉默了很久，看着这个大张着眼睛和口流鲜血的躺在地上的姑娘，同时也看着他。他一个人孤独地站在她的身旁，准备对付所有的人，神情是那样傲慢——他并没有低下头来，好像在等待惩罚一样。后来，大家一齐动手把他捉住，绑起来放在一旁。这时大家觉得立刻把他杀死——这未免是太简便了，也不会感到解恨。"

黑夜扩展着，黑更加深了，充满了各种奇异的轻微的声音。在草原上，金花鼠凄凉地叫着，在葡萄树的叶丛中，蟋蟀在弹着玻璃似的琴弦，树叶子叹息着，私语着；丰满的月轮本来是血红色的，现在变得苍白失色远离开地面了，苍白的光辉愈来愈多地流进了草原的淡青色的雾霭……

"这时候他们都聚集过来，在考虑这种罪行应得的惩罚……有人主张用四马分尸的办法——他们觉得这还是太轻了；又有人想起一齐用箭来射死他，但是这个办法也被推翻了；又来有人建议把他烧死，但是篝火的烟会使得大家看不见他受难；他们提出了很多的办法，但是始终找不出一个能使大家都满意的。而他的母亲就跪在他们前面，沉默不语，因为无论是眼泪，无论是话语，都求不到大家对她儿子的饶恕。他们讨论了很久，其中一个聪明人想了很久之后才说道：

"'我们问问他，他为什么要这样做？'

"大家就问了他，他说道：

"'放开我！绑着的时候我是不说的！'

"当大家放开他的时候，他问道：

"'你们要什么？'他这样发问，就好像他们都是奴隶似的……

"'你已经听见了……'聪明人说道。

"'为什么我要向你们解释我的行为呢？'

"'为了让我们了解你这个傲慢的人。听着吧！不管怎样，你总归要死的……让我们了解你做的事。我们还要活下去，我们要知道更多的对我们有益的事……'

"'好吧,我说,虽然我自己不十分清楚刚才所发生的事。我杀死她,我觉得是因为她推开了我……而我是需要她的……'

"'可是她不是你的呀!'大家回答他。

"'难道你们只使用你们自己的东西吗?我想每个人所有的只是语言、两手和两脚……而你们拥有牲畜、女人、土地和其他很多很多的东西……'

"大家就告诉他这一点,凡是人所有的东西,都是付出了代价凭智慧和力量而得来的;有时候还是拿生命换来的。而他回答道,他想保全他自己的完整。

"大家和他谈了很久,最后看出他认为他自己是世界上的第一个人,除了他自己之外,别的什么都没有看见过。当大家了解到他命定了要过孤独的生活时,大家甚至都害怕起来了。他身边从没有过同族人,也没有母亲、牲畜、妻子,他什么都不想要。

"当大家看出这一点时,他们又重新考虑如何来惩罚他。这一次他们还没有谈得很久——那个聪明人也没有妨碍他们讨论,却自言自语地道:

"'停住!有了惩罚啦。这是一个可怕的惩罚。你们就是想上一千年也不会想出来的!对于他的惩罚,就在他自己身上。放了他,让他去自由吧!这就是对他的惩罚!'

"这时候马上就发生了一个伟大的奇迹。天空里响了一声霹雳,虽然天上并没有一片云。这是上天的力量,承认了聪明人的话。大家都弯身行礼,随后就分散开。而这个青年,现在得到一个名字,叫做拉那,意思就是说,他是个被排斥和放逐了的人。这个青年向那些丢下他的人们放声大笑起来,他笑着,现在剩下他一个人了,自由得像他父亲一样。但他的父亲并不是一个人……而他却是一个人啊。于是他就开始像鸟儿一样自由自在地生活着。他跑到部落里去,抢走牲畜和姑娘——抢走他所想要的一切东西。大家用箭射他,但是箭穿不透他的身体,好像他的身上披了一层看不见的超等的皮膜。他敏捷,好掠夺,强健而又残暴。他从不和人们面对面相见的。大家只能远远地看着他,他长久地,孤独地,这样在人们的周围盘旋着,长久得不止一二十年。但是忽然有一次他走近人群,当大家向他冲过来的时候,他却站着不动,并且丝毫没有想自卫的表示。这时有一个人猜中了他的心意,就高声地叫道:

"'别动他!他想死啦!'

"于是大家都站住了,既不想减轻这个曾经对他们作过恶事的人的罪过,也不想杀死他。大家对他嘲笑着。而他听到这个笑声也就战栗起来,他总是用力在胸口搜索着什么东西，并且用手紧抓住它。突然间他举起一块大石头，向人们冲过去。可是他们都躲避开他的打击，没有一个人还他的手，都跑到一边去观察他的情形。这时候他又拾起刚才某个人手中掉下来的刀子，用它刺向自己胸膛。但是刀断了，就好像是碰在石头上一样。他又重新跌倒在地上，用头向大地猛撞了很久。但是大地也避开他，在他的头撞击时也随之深陷下去。

"'他不能死啊！'人们高兴地说道。

"后来大家都走了，却把他留了下来。他脸朝天躺着，望着天空有一群巨鹰像黑点似的在高高地浮动着。而在他的眼睛里却有那样无限多的忧愁，好像足以用它来毒害死全世界上所有的人。这样从那时候起，他就一个人孤独地、自由自在地在等待着死亡，或者到处游荡……瞧，现在他已经变成了一个影子，而且会永远是这样！他既不了解人类的语言，人们也不了解他的行动——什么都不了解。他总是在寻找着，走着，走着……他既然没有生命，死亡也就不再向他微笑了。他在人当中是没有位置的……这就是一个人为了傲慢所遭受到的打击！"

老太婆叹了一口气，静默不语了，她的头低垂到胸口，奇怪地摇晃了好几次。

我看着她。我觉得睡梦把这个老太婆征服了。并且也不知道为什么，异常地怜悯起她来。她是用这种高昂的威风凛凛的音调讲完她的故事的结尾，可是在这种音调里，依然响着一种胆怯的奴性的调子。

人们在海岸边唱着歌——唱得很奇怪。最初是一个女低音——只唱了两三个音符，接着就传出了另一个声音，又开始唱这支歌，但是第一个音还是在它的前面飘荡着……第三个，第四个，第五个声音，也按着同样的顺序加入了歌声。突然间，男声的合唱又重新开始唱起这支歌。

每一个女人的声音，都是完全各自响着，它们就像五颜六色的溪流，从高处的什么地方飞流下山坡，跳跃着，喧闹着，流进了那个向上涌流着的男声的浓密的波涛，又沉溺到它里面去，然后从里面迸裂出来，爆发出更多更清晰而又更强有力的声音，并且，一个接着一个地向上高扬滚动。在这些声音之外，再也听不见波涛的喧嚣了……

"你听过吗，还有什么地方是这样唱的？"伊泽吉尔问道，她抬起头来，用没有牙齿的嘴微笑着。

"没有听过，从来没有听过……"

"你没有听见过。我们是爱唱的。只有美丽的人能唱得好——美丽的人是热爱生活的，我们热爱生活。你瞧，那些在那边唱歌的人，难道没有因为白天的工作而疲困吗？他们从太阳爬上山时起一直工作到太阳落山。月亮一出来，他们已经在唱歌了！那些不会生活的人，只有躺着睡觉。对于那些觉得生活是可爱的人他们就唱歌了。"

"可是健康呢……"我开口说道。

"健康一生永远都是够用的。健康呀！难道你有了钱就不花掉它们吗？健康也就是黄金。你知道当我年轻的时候做了些什么？我从太阳上升一直到落山，都在织着地毯，差不多从来没有站起来过。我那时候活泼得像太阳的光线一样，可是必须像石头一样坐着不动。我一直坐到全身的骨头发出裂响，可是当黑夜来临了，我就奔到我心爱的人那儿去，和他亲吻。这正是恋爱的时候，我这样奔跑了三个月。在这个时期，每一夜我都在他那儿。我这样一直活着——只要心血足够的话！我爱过多少个人呀！我接受过也给过多少个吻呀！"

我看着她的胸，她的那双黑色的眼睛始终是黯淡无光的，就是回想也不能使它们活跃起来。月光照着她干枯的龟裂了的嘴唇，照着她长着白毫毛的尖削的下巴，和有皱纹的弯曲得像猫头鹰嘴似的鼻子。在她的前额上有些黑色的小涡，其中一个小涡里，有一绺从破红布头巾下面挂下来的灰发。她的脸上、颈上和手上的皮肤，完全被皱纹所分裂开。而在老伊泽吉尔的每个动作里，似乎可以预感到这干枯了的皮肤会全部破裂，裂成碎片，而一副长着黯淡无光的黑眼睛的赤裸裸的骨骸，会站在我的面前。

她又重新用她的咯吱吱的声音开始讲道：

"我和我的母亲住在法尔米附近——就在贝尔拉特河的岸边上。当我的心上人出现在我们农庄里的时候，我才 15 岁。他是一个身材高高的，灵活的，长着黑胡须的愉快的人。他坐在小船上，向我们的窗口响亮地高叫道：'喂，你们有葡萄酒？……有没有什么给我吃的东西吗？'我从窗口透过桦树的枝叶看去，看见整条河都被月亮的光照成天蓝色的了，而他穿着白衬衫，系着一条宽腰带，一只脚站在小船上，另一只脚站在岸边。他身子摇晃着，在唱着什么。当他看见我的时候就说道：'在这儿住了一位多么漂亮的姑娘！……而我竟然不知道这件事！'就好像他在知道我以前已经知道所有美丽的姑娘啦！我给了他葡萄酒和煮熟了的猪肉……可是再过了四天，连我自己也全部都给了他啦……每天夜里，我们两个人都乘着小船游逛着。他驾船来的时候，就像金花鼠一样地轻轻地吹着口哨，我就像鱼一样地从窗口跳到河岸下去。这样我们就乘船游逛着……他是来自普鲁特河上的渔夫，后来，当母亲知道了所发生的一切事情的时候，痛打了我一顿。而他就劝我跟他到多布鲁加去,然后再远一点,到多瑙河口去。但这时候我已经不喜欢他了——因为他老是唱歌和接吻,其他就什么也没有了,这多么使人厌烦。这时候,有一伙古楚尔人的匪徒在当地出没,在他们中间也有很可爱的人……这就是说,当时他们的生活也是过得很快活的。他们中有个姑娘,经常等待着她的喀尔巴阡山的青年小伙子。不过她并不了解他是被关在监狱里还是被打死了——但是小伙子有时是一个人,有时候又带着两三个伙伴,像从天上突然掉下似的来到她面前。他带来了丰富的礼物——难道这些东西都是他轻易得来的吗?他就在她家里宴饮,并在自己的伙伴面前称赞这个姑娘。这使她很高兴。我就恳求古楚尔人中的一位女朋友,要她把他们介绍给我认识……她叫什么名字呢?我已经忘记了……忘记得干干净净了。她介绍我认识了一个青年小伙子,是个很好的人……头发是火红色的,他整个人都是火红色的——连胡须,连鬈发!他还有一颗火一样红的脑袋。他又是那样的忧愁,有时候也很温柔,而有时候则像野兽一样地咆哮和乱打。有一次他打了我的脸……而我就像小猫儿一样地跳上他的胸口,用牙齿咬他的面额……从那时候起,在他面额上就留下了一个小涡。当我吻他这个小涡时,他是很高兴的……"

"那个渔夫到哪儿去了呢?"我问道。

"渔夫吗?他呀……在那儿……他加入了他们,加入到这伙古楚尔人中间去。最初他总是想劝说我,并且威胁我说要把我丢到水里去,可是后来什么事也没有,他加入了他们中间去并且结交了另一个女人……他们这两个人——这个渔夫和那个古楚尔人最后都被吊死在一起啦。我曾去看他两个人是怎样被吊死的,这是在多布鲁加的事。渔夫赴刑的时候,脸色全是苍白的,并且还哭了,可是那个古楚尔人却抽着烟斗,他一边走着一边抽着烟。两只手插在口袋里面,一绺胡须搭在肩头上,另一绺胡须垂挂在胸口上。当他看见我的时候,他拿开烟斗,叫道:'永别啦!'……我整年都为他难过。唉!……当这件事发生前,他们正想动身回喀尔巴阡山的故乡去。当他们跑到一个罗马尼亚人家里去做客告别时,他们就在那儿被抓住了。当时只抓到两个人,有几个人被打死啦,而其余的人都逃走了……可是后来这个罗马尼亚人也终于得到了报应……庄子被烧了,磨坊和所有的粮食也被烧掉了。他变成了一个乞丐。"

"这是你所干的吗?"我偶尔顺口沉思自语。

"古楚尔人有很多朋友,并不只是我一个人……谁是他们最好的朋友,谁就应该去追悼他们……"海岸边的歌声已经静息下去了,现在只有海涛的喧嚣声在应和着老太婆的声音——这种沉思的叛逆的喧嚣,好像是应和着这个叛逆生活故事的

第二部优美和音。黑夜变得愈来愈温柔了,月亮的清光,在黑夜里更加扩展开来,而黑夜中那些看不见的人们的忙碌生活的不可捉摸的声音,也愈来愈静息下去,被波浪不断增长的响声所淹没了……因为这时风力增强了。

"此外我还爱过一个土耳其人。我在斯库塔里城他的妻妾们的内室里住过。整整地住了一个星期——还好……但太寂寞啦……——全是女人,女人……他一共有八个女人……她们就整天地吃呀、睡呀和讲着各种无聊的蠢话……否则就像一群母鸡一样,吵骂呀,咯咯地叫呀……这位土耳其人已经不年轻啦。他的头发差不多快灰白了,他很神气,而且很有钱。讲话的时候,很像个君王……他的眼睛是乌黑的……一双直视人的眼睛……似乎能看透你的心。他很喜欢祈祷。我是在布库勒什蒂看见他的……他像皇帝一样在市场上走着,他那样神气地威严地看着人。我向他微笑了一下,在当天晚上,我就在大街上被人抓住并被带到他那儿去了。他是卖檀香和棕榈的,这次到布库勒什蒂来想买一些什么东西。'你到我那儿去吗?'他说道。'我,对,我去!''好的!'这样我就去啦。这个土耳其人已经有了一个儿子——是个黑黑的孩子,非常灵活……已经16岁啦。我就和他一起从土耳其人那里逃跑出来……我奔跑到保加利亚①的隆巴兰卡去……在那儿有一个保加利亚女人,用刀子刺伤了我的胸口。原因是什么,是为了她的未婚夫还是为了她自己的丈夫——我已经记不得了。

"我病了,在一所修道院里待了很久。这是一所女子修道院。有一个波兰姑娘看护着我……那时候,她的兄弟也是一个修道士,从另一所修道院,我记得大概是在阿尔采尔——巴兰卡来看望她……他像条蛆虫老是在我的前面蠕动着……当我病好了的时候,我就和他一起走了……到他的波兰去。"

"等一下!……那个小土耳其孩子在什么地方呢?"

"那个孩子吗?他死掉啦。那个孩子,是因为想家或者说是因为爱而死的……他就像一株还没有长结实的小树那样地枯干死的,这株小树被太阳照得太厉害啦……就这样憔悴干枯了……我记得他躺着的时候,就已经像冰块一样地透明和发蓝,但是在他的心里面还是燃烧着爱情……他老是请求我弯下身子去吻他……我很爱他,我记得,我吻了他很多次……后来他已经完全不行了——差不多不能动弹了。他躺着,像求施舍的乞丐那样哀求我,让我躺在他的身边,温暖他的身体。我躺下去了,和他并排睡着……他马上全身就热起来了。有一次我醒转来,而他已

<hr>

① 保加利亚:欧洲东南部巴尔干半岛上的一个国家。它与罗马尼亚、塞尔维亚、马其顿、希腊和土耳其接壤,东部滨临黑海。国土面积110910平方公里,位列世界第103名。

经完全冰冷了……死啦……我伏在他身上哭着。谁能说呢？也许，这是我杀死他的。那时候我的年纪比他大两倍，身体是那样的健壮，丰满……可是他呢？还是个孩子！……"

她叹息了一声，我也第一次看见她一连画了三次十字，还用干枯的嘴唇在絮语着什么。

"喏，那么你就到波兰去啦……"——我提醒她一句。

"是的，……同那个小波兰人。他是个可笑而又卑鄙的人。当他需要女人的时候，他就像雄猫似的同我亲热起来，从他舌头上流出甜蜜的话语；当他不需要我的时候，就用像鞭笞的话语来抽打我。有一次我们沿着河边走，他向我说了些傲慢的使人难堪的话。哦！哦！……我生气了！我像柏油一样地沸腾起来！我用手把他像小孩子似的抓住——他是很小的——把他朝上高举起来，使劲紧捏他的腰部，这足可以使他浑身发青。接着我一使劲儿，就把他从岸上丢到河里。他大叫着，他那样可笑地大叫着。我在岸上看着他，而他在水里面挣扎着。这时我就走开了，以后就没有再见过面。在这一点上我是高兴的，就是我此后从没有再遇见过我曾经爱过的那些人。这是些不好的相遇，就像遇见了的都是些死人一样。"

老太婆静默不语，在叹息着。那时我就想起那些被她所复活了的人们。这儿是那个火红头发的长着胡须的古楚尔人，他在去就刑时，还平静地抽着烟斗。大概他有一对冷漠的天蓝色的眼睛，能集中而又坚定地看着一切事物。而在他旁边的，是从普鲁特河来的长着黑胡须的那个渔夫，他哭泣着，不愿意死，在他临死前因为忧虑而变得苍白的脸上和两只眼睛里都显得黯然无光，被泪水弄湿了的胡须，凄惨地垂挂在歪斜的嘴角上。这儿是他，那个年老的曾经是神气十足的土耳其人，多半是个宿命论者，又是个专制的暴君。在他旁边的是他的儿子，那是被接吻所毒死的一朵东方的苍白而又脆弱的小花朵。还有就是那位充满虚荣心的波兰人，多情而又残酷，善于口才而又冷漠无情……所有这些人——不过是些苍白的影子，而被他们所吻过的那个女人，现在却活生生地坐在我的旁边，已经被时间损耗得枯萎了，没有肉，没有血，怀着一颗没有愿望的心，两只没有火光的眼睛——差不多也是个影子。她继续讲道：

"在波兰我的生活困难起来了。那儿住着的都是些冷漠无情和虚伪的人。我不懂他们那种蛇一样的语言。大家都唑唑地叫着。他们唑叫些什么呢？这是因为上帝给了他们一条蛇的舌头，因为他们都是好撒谎的。那时候我也不知道要到哪儿去好，眼看着他们准备造反，反对统治他们的俄国人。我到了波赫尼亚城，一个犹太人买下了我,他并不是为了自己买的,而是要拿我去做买卖,我同意了这件事。为了生活——就应该会做些什么事,可是我什么都不会,因此我就得出卖自己的身体。不过我当时也想,假如我能弄到一些钱,我便可回到我的家乡贝尔拉特去,到那时候不管锁链是怎样的牢固,我一定要弄断它们的。于是我就在那儿住下来了。许多有钱的地主老爷都到我那儿去,在我那里举行盛宴。在我这他们要花很多钱的,他们还因为都想占有我而打架,有的还破了产。其中一个地主老爷占了我很久,有一次他做出这样的事:他来了,而听差带了一个钱袋跟在他后面走着。这位地主老爷拿起那个钱袋,从我的头顶上倒下来。虽然金币打着我的头,我也非常喜欢听到金币落到地板上的响声,但我还是把这个地主老爷赶走了。他有一张非常肥胖而粗糙的脸,他的肚子就像一个大枕头,他看人时像一头吃饱了的肥猪。是的,虽然他说过,他为了用黄金撒满我全身而卖掉了他所有的田地、房产和马匹,但我还是把他赶走了。那时候我爱着一个面孔有刀伤的体面的地主老爷。他的面孔完全被土耳其人用军刀划成了许多道十字交叉形的伤痕,因为他不久之前为了替希腊人出力和土耳其人打过仗。他就是这样一个人!……假如他是个波兰人,那么希腊人又与他有什么关系呢!可是他去了,和他们一起反对他们的敌人。当他被用刀砍时,他有一只眼睛被打得冒了出来,左手上的两只手指也被砍断了……假如他是个波兰人,那么希腊人又与他有什么关系呢?这就是因为:他好大喜功。而当一个人好大喜功的时候,他随时都能找到可以做出这些功绩的时候,他也随时都能找到可以做出这些功绩的地方。你知道,在生活里总有人做出英雄举动的事情。"

接下来,老太婆又讲述了发生在她身上的事情。在故事结束之后,草原上开始了一阵可怕的寂寞。

最后,老太婆打起了瞌睡,然后渐渐睡着了。我为她把被风刮起的衣服盖上,自己躺在她旁边的土地上。草原上黑暗而静寂,只能听到海发出的低沉的声音……

罗生门

[日本] 芥川龙之介

芥川龙之介(1892~1927),他是日本大正时代小说家。他全力创作短篇小说,在短暂的一生中,写了超过150篇短篇小说。他的短篇小说篇幅很短,取材新颖,情节新奇甚至诡异。作品关注社会丑恶现象,但很少直接评论,而仅用冷峻的文笔和简洁有力的语言来陈述,便让读者深深感觉到其丑恶性,因此彰显其高度的艺术感染力,其代表作品如《罗生门》《竹林中》,已然成为世界性的经典之作。

有一天晚上天下起了雨,一名家将就在罗生门下避雨。

如此宽阔的门下,避雨的只有他一个人。在朱漆斑驳的大圆柱上,还停着一只蟋蟀。罗生门正靠近一条繁华的大路,在这种天气,应该有不少男人和女人来这里避雨;而此时在这里躲避雨水冲击的却只有他一个。为什么会这样呢?最近数年来,这里连续遭受了地震、台风、大火、饥饿等灾难的袭击,如今这里已经是非常荒凉了。如果你看到那时留下的记载的话,还可以了解在当时那种情况下,有人把佛像、供具打碎,将带有朱漆和飞金的木头堆在路边当柴卖的。京城尚且如此,因此像修理罗生门那样的事情当然更没人管了。趁着这一派荒凉之景,那些狐狸和强盗就趁机在此做窝。到了后来,有人甚至把无主的尸体扔到门里来,使得这里一到夜晚就显得很阴森,让人们不敢靠近。后来不知从什么时候开始,这里飞来了很多乌鸦。白天时,成群结队的乌鸦在高高的门楼上鸣叫;到了傍晚时分,就好似布满天空的黑芝麻,显得格外清晰。这些乌鸦到这里来到的目的只有一个——捉死人肉。因为现在已经很晚了,所以一只都看不到,但是倒塌了的砖石缝里,长着长草的台阶上那些点点白色的鸟粪还是可以看得很清楚。此时,这个家将穿着洗旧了的宝蓝袄,正坐在最高一级台阶上。他的手护着右颊上一个大肿疮,用茫然的眼神望着正在下着的雨。

我们说的是这家将正在这里避雨,但他却不知道等雨停后他的下一个目的地是哪里。你一定会说：当然是回他的主人家了。但是他的主人在四五天前就把他辞退了。我们已经说过这个城市的繁华已经消失殆尽，如今只剩一片萧条，所以他的主人把他辞退也是这片萧条的一个延伸。所以说这个家将的避雨，也正是自己无路可走的一个缓和，这渐渐沥沥的天气也对他的心情产生了影响。这场雨已经下了一段时间了，而且还一点停止的意思都没有。家将一边想着自己的去路，一边听着朱雀大路上传来的雨声。

平安朝，公元七九四年—— 一九二年。

要想知道未来的路该往哪里走，就要从没有办法中寻找办法，而接下来就是要不择手段地想办法。如果择手段的话，早晚会被饿死在街头，然后像那些无主尸体一样，被拖到门外扔掉；但是如果不择手段的话呢——家将已经想了好多次了。其实，一开始家将是决定不择手段的，但他却在这四个字前面加了"倘若"两个字，所以对于可以选择的"走上强盗之路"，他自然是一点勇气都没有了。正在这时，一阵冷风吹了过来，家将打了一个大喷嚏。此时，夜里的京城已经不得不烤火了，因为冷风会混同黑暗一起从门柱间吹过来。原本待在朱漆圆柱上的蟋蟀已经不见了。

家将颤抖着站了起来，缩着脖子，耸起里面衬黄小衫的宝蓝袄子的肩头，他不断地向门内张望，急于寻找一个适合的地方。所谓适合的地方，就是既能躲避风雨，又能不被别人发现。如果找到的话，那么家将就可以舒舒服服地睡上一觉了。正在这时，他忽然看到了通门楼那宽大的、漆朱漆的楼梯。此时楼上应该没什么人，即使有，也不过是一些死人。这样想着，他就留意着腰间的刀，以防脱出鞘来，然后迈着穿草鞋的脚，向楼梯最下面一层走去。

不久之后，在罗生门门楼宽广的楼梯中段，就有一个缩着身子的人。借助从楼上漏下的微弱的灯光，隐约可以看见这个人的右脸，短胡子中长着一个红肿化脓的面疮。一开始，家将还以为这上面应该只有死人，可是接连上了好几个台阶之后，才发现还有人点着火。这些火光不断地移动，那些暗黄色的灯光，就在布满蜘蛛网的天花板上动来动去。他心想，这个点着火的人，一定不是一个普通人。一边想着，家将一边悄悄地往上爬。最后终于爬上了楼梯中最高的一级。他尽量将身子放低，伸着脖子向楼房迈去。果然，正如传闻所说，楼里胡乱扔着几具尸体。火光照到的地方挺小，看不出到底有多少具。能见到的，有光腔的，也有穿着衣服的，当然，有男也有女。这些尸体全不像曾经活过的人，而像泥塑的，张着嘴，摊开胳臂，横七竖八躺在楼板上。只有肩膀胸口略高的部分，照在朦胧的火光里；低的部分，黑漆漆地看不分明,只是哑巴似的沉默着。

一股腐烂的尸臭,家将连忙掩住鼻子,可霎时,他忘记掩鼻子了,有一种强烈的感情,夺去了他的嗅觉。

这时家将发现尸首堆里蹲着一个人,是穿棕色衣服、又矮又瘦像只猴子似的老婆子。这老婆子右手擎着一片点燃的松明,正在窥探一具尸体的脸,那尸体头发秀长,是一个女人。

家将带着六分恐怖四分好奇的心理,一阵激动,连呼吸也忘了。老婆子把松明插在楼板上,两手放那尸体的脑袋上,跟母猴替小猴捉虱子一般,一根一根地拔着头发,头发似乎也随手拔下来了。

看着头发一根根拔下来,家将的恐怖也一点点消失了,同时对这老婆子的怒气,却一点点升上来了——不,对这老婆子,也许有语病,应该说是对一切罪恶引起的反感,愈来愈强烈了。此时如有人向这家将重提刚才他在门下想的是饿死还是当强盗的那个问题,大概他将毫不犹豫地选择饿死。他的厌恶之心,正如老婆子插在楼板上的松明,烘烘地冒出火来。

他当然还不明白老婆子为什么要拔死人头发,不能公平判断这是好事还是坏事,不过他觉得在雨夜罗生门上拔死人头发,单单这一点,已是不可饶恕的罪恶。当然他已忘记刚才自己还打算当强盗呢。

于是,家将两腿一蹬,一个箭步跳上了楼板,一手抓住刀柄,大步走到老婆子跟前。不消说,老婆子大吃一惊,并像弹弓似的跳了起来。

"吠,哪里走!"

家将挡住了在尸体中跌跌撞撞地跑着、慌忙逃走的老婆子,大声吆喝。老婆子还想把他推开,赶快逃跑,家将不让她逃,一把拉了回来,俩人便在尸堆里扭结起来。胜败当然早已注定,家将终于揪住老婆子的胳膊,把她按倒在地。那胳臂瘦嶙嶙地皮包骨头,同鸡脚骨一样。

"你在干吗,老实说,不说就宰了你!"

家将摔开老婆子,拔刀出鞘,举起来晃了一晃。可是老婆子不做声,两手发着抖,气喘吁吁地耸动着双肩,睁圆大眼,眼珠子几乎从眼眶里蹦出来,像哑巴似的顽固地沉默着。家将意识到老婆子的死活已全操纵在自己手上,刚才火似的怒气,便渐渐冷却了,只想搞明白究竟是怎么一回事,便低头看着老婆子放缓了口气说:

"我不是巡捕厅的差人,是经过这门下的行路人,不会拿绳子捆你的。你只需告诉我,你为什么在这个时候在门楼上,到底干什么?"

于是，老婆子眼睛睁得更大，用眼眶红烂的肉食鸟一般矍铄的眼光盯住家将的脸，然后把发皱的同鼻子挤在一起的嘴，像吃食似的动着，牵动了细脖子的喉尖，从喉头发出乌鸦似的嗓音，一边喘气，一边传到家将的耳朵里。

"拔了这头发，拔了这头发，是做假发的。"

一听老婆子的回答，竟是意外的平凡，一阵失望，刚才那怒气又同冷酷的轻蔑一起兜上了心头。老婆子看出他的神气，一手还捏着一把刚拔下的死人头发，又像蛤蟆似的动着嘴巴，作了这样的说明。

"拔死人头发，是不对，不过这儿这些死人，活着时也都是干这类营生的。这位我拔了她头发的女人，活着时就是把蛇肉切成一段段，晒干了当干鱼到兵营去卖的。要不是害瘟病死了，这会儿还在卖呢。她卖的干鱼味道很鲜，兵营的人买去做菜还缺少不得呢。她干那营生也不坏，要不干就得饿死，反正是没有法干吗。你当我干这坏事，我不干就得饿死，也是没有法子呀！我跟她一样都没法子，大概她也会原谅我的。"

老婆子大致讲了这些话。

家将把刀插进鞘里，左手按着刀柄，冷淡地听着，右手又去摸摸脸上的肿疮，听着听着，他的勇气就鼓起来了。这是他刚在门下所缺乏的勇气，而且同刚上楼来逮老婆子的是另外的一种勇气。他不但不再为着饿死还是当强盗的问题烦恼，现在他已把饿死的念头完全逐到意识之外去了。

"确实是这样吗？"

老婆子的话刚说完，他讥笑地说了一声，便下定了决心，立刻跨前一步，右手离开肿包，抓住老婆子的衣襟，狠狠地说：

"那么，我剥你的衣服，你也不要怪我，我不这样，我也得饿死嘛。"

家将一下子把老婆子剥光，把缠住他大腿的老婆子一脚踢到尸体上，只跨了五大步便到了楼梯口，腋下夹着剥下的棕色衣服，一溜烟走下楼梯，消失在夜色中了。

没多一会儿，死去似的老婆子从尸堆里爬起光赤的身子，嘴里哼哼哈哈地、借着还在燃烧的松明的光，爬到楼梯口，然后披散着短短的白发，向门下张望。外边是一片沉沉的黑夜。

一对邻人儿女的奇缘

[德国] 歌德

歌德(1749～1832)，是18世纪中叶到19世纪初德国和欧洲最重要的剧作家、诗人、思想家。歌德除了诗歌、戏剧、小说之外，在文艺理论、哲学、历史学、造型设计等方面，都取得了卓越的成就。

有这么两个出身高贵的小邻居，其中一个男孩一个女孩。他们年龄差不多，并且门当户对，将来完全可以在人们的祝福声中结为百年之好。在这种温馨的愿望和想象中，人们竭尽自己的一切方法，让两个孩子一起成长、一起玩耍，想让他们互相产生好感。但是没过多久人们就发现自己错了，因为他们的努力不会产生任何积极作用：两个孩子或许是因为性格太相近了，相互之间经常流露出对彼此的厌恶。尽管他们同样优秀，但却都有一些自负和任性。如何和其他孩子在一起，他们都能很容易就得到其他人的尊敬和推崇，成为好的领导者；但只要两个人在一块儿，就会成为那种死对头。似乎每个人都想让自己在别人眼中充满威信，所以这两个同样优秀的孩子总是相互攻击，他们不会为了一个共同的目标竞争，但却通常为了一个目的争斗。其实他们也都不是叛逆，甚至都是乖巧可爱的孩子，但是两个人之间却总是充满仇视。甚至让围观的人觉得他们之间大有不争个你死我活不罢休的架势。

从童年时候的游戏中，两个孩子之间的这种关系就很明显；随着年龄的增长，两人的关系不但没有缓和，反而越来越严重。调皮的男孩子总是喜欢那些打打杀杀的游戏。他们经常将所有人分成两部分，然后互相开始攻击。那个优秀的女孩也特别喜欢这种游戏，她不但加入了进去，而且还成为其中一组的首领。他们用自己的武力和智慧开始了激烈的抗争。女孩那队很有气势，差点把对方打得狼狈而逃，多亏那个男孩英勇抵抗，最后将女孩的武装解除并把她活捉才扭转局势。尽管女孩已经失败了，但她仍然不放弃任何一个可以抵抗的机会。她对男孩又抓又打，最后没办法，为了不让自己受伤，也为了不伤害这个倔强的女孩，男孩只好把自己的围巾摘下来绑住了女孩的双手。因为这件事这个女孩一直都不肯原谅他，甚至还一直寻找机会伤害他。此时，这对冤家的父母也发现了这种猛烈的对立情绪，最后他们决定把这两个孩子分开，并放弃让他们结为百年之好的美好愿望。

在新的环境中，那个优秀的男孩很快就显示出自己的才能，他的功课几乎门门都是最好。他本身的爱好以及他监护人的意愿决定了他最终要成为一名优秀的军人。因为这个男孩的优秀，他无论出现在什么地方，都会得到人们的尊敬和推崇。因为失去了那个唯一的死对头，男孩感到莫名的高兴和轻松。

与男孩相比，女孩的生活却不如往常。因为年龄的增长和接受的越来越高的教育，当然，还有她内心那种莫名的感觉，现在的她不得不离开与男孩子们嬉戏的生活。失去了往日的疯癫，她总感觉自己的生活失去了光彩和趣味。女孩觉得在她的周围，没有什么东西值得留恋，也没有什么东西让她感兴趣。正在这个时候，出现了一个年轻男子，他把他的爱毫无保留地奉献给了她。他比那个女孩的冤家对头要大，而且他有地位有财富，在社交界有一定的影响力，并且深受大家，尤其是女性的喜爱。在他的周围，有许多女性喜欢并追求着他。这个女孩第一次有了一个男性朋友，而且还是一个如此出色的男子。在那些远远比她优秀、比她有教养的女孩之中，她真是够幸运的，因为这个出色的男士优先选择了她。尽管这个男子抓住一切机会向她表示爱意，但却不会纠缠她；每次她遇到困难时，他总是会不顾一切地维护她；他优雅地、坦诚地向她的父母提出求婚，并说自己愿意耐心等待，因为女孩年龄尚小。这所有的一切都让女孩对他产生了好感。在众人的眼中，他们似乎已经成了公认的一对，人们对他们的关系不再怀疑，她甚至常常被称为他的未婚妻。甚至到最后，女孩也一直认为自己是这个男士的未婚妻。不管是她，还是其他认识他们的人都没有想到，他们之间除了交换结婚戒指外，已经不需要任何考验了，因为他们在众人眼中是如此完美的一对，他们被公认为一对已经有一段时间了。他们的事情进展平稳，即使是通过订婚也没加快事情的进程。双方都继续听其自然。他们愉快地相处在一起，都心安理得地把这一段美好的时光当成未来较为严肃的婚姻生活的春天来尽情享受。

在此期间，远在异地他乡的邻人之子已出落得一表人才，并且步入他一生中辉煌发展的阶段。现在他重返故里休假探亲。两个过去的仇家不期而遇，面对这位漂亮的邻居之女他举止自然而又有些奇特。而这位女邻居近来正怀着喜悦的心情孕育着家庭的情感准备做新娘，因此她与周围的一切很容易和谐相处。她相信自己是幸福的,在某种程度上来说也确实如此。但是现在,长久以来她头一次又感到有某种东西在与她对抗,不过这已不值得记恨了,而且她也恨不起来了。是的,那时的互相仇视完全是出于一种孩子气的争强好胜,实际上不过是对对方的内在价值一种潜在的承认罢了,只是他们自己没有清楚地意识到这一点。此次见面带之而来的则是又惊又喜的表情,互相愉快地打量,心悦诚服地互相认错。总之,他们互相交换着这久别重逢的一切共同的感受。长期的疏远引发了这次长时间的交谈。就连儿时愚蠢的举动也成了两个消除成见的邻居回忆往事时打趣的笑料,好像以往那种显得有些滑稽的仇恨通过双方友好、关心的态度至少可以得到一些补偿! 过去无视对方的粗暴行径也好像不相互赞许一番就不会消除似的。

男的一方在谈话时一直很理智,所言所行都很适度,他的地位,他的经济状况,他的奋斗目标,他的功名,才是他满脑子思考的问题,因此他把人家这位漂亮的未婚妻的热情当成一种值得感谢的额外奖赏惬意地接受下来,并没有因此认为她会与自己有什么关系,或者去嫉妒她的未婚夫有这么一位漂亮的未婚妻,何况他与这位未婚夫关系好得非同一般。

女的一方看起来情况却截然相反,她犹如是从一场梦境中猛醒过来。她恍然大悟,过去与她的小邻居针锋相对地斗争原来只是情窦初开时期内心激情的一种发泄形式;而激烈地厮杀,大动干戈,也绝非是她的本意,只不过是以这种违反本人意愿的形式表达一种强烈的,犹如生来便具有的爱慕而已。追忆往事,她甚至觉得她以前一直是爱他的。她暗笑自己当时手中拿着武器,满腔仇恨地找他打架时的样子,她回味着当他解除自己的武装时自己心里那种甜蜜蜜的感觉;她想象着当他缚住自己时那种无与伦比的幸福感。总之,所有的一切,凡是她采用过的损害他、烦扰他和激怒他的行为,在她来说,只不过是天真无邪的手段,目的就是引起他对自己的注意。她诅咒那次分离,她哀叹自己昏昏然如陷入睡梦之中,竟没有觉悟到自己的感情。她痛恨被人拖着走,爱空想的习性,就因为这她才得到了这么一个对她来说无足轻重的未婚夫。从此她变了,双重的变化,进步了,也倒退了,随便人们怎么看都行。

如果有人能够把她深深隐藏在心中的情感展现出来并与她共同体验的话,那么这个人肯定不会责骂她,因为她的未婚夫显然无法与那位邻居青年相媲美,只要这两个人往近旁一站,便可以一目了然。如果说人们不能拒绝给予她的未婚夫某种程度的信任的话,那么那位邻居青年则可以使人们对他产生百分之百的信赖感;如果人们愿意把她的未婚夫当成自己的伙伴的话,则祈望邻居青年能成为自己的知己;如果人们遇到特殊情况想得到更大的关心和帮助的话,那么人们完全确信那位邻居青年能够做到这一点,而对她未婚夫则大概会产生怀疑。对于这些比较,女人有一种天生的直觉,敏感而准确,她们有理由,也有可能练就出这种天资。

美丽的未婚妻任这些思想秘密地在心中滋长蔓延,这时要是有个人能够为未婚夫讲讲好话就好了,并对她直言相劝,要求她保持现在的关系,用未婚妻的责任来约束她,甚至告诉她,这是天作之合,不容更改,不容撤回;可是没有人知道她的隐衷。于是美丽的心灵更加助长了她的单相思。其间,一方面她受到社会、家庭、未婚夫和自己的允诺无法解脱的约束和牵制,不能言而无信;另一方面那努力上进的青年邻居根本不把他的想法、计划和前途当成什么秘密,他不但全盘托出,而且向她表示,他只能当一个忠实的兄长,甚至还不是一个体贴入微①、充满深情的兄长。他还告诉她,他很快就要离去。于是,小时候那满脑子的恶作剧、那暴烈的性情,那简单幼稚的报复思想似乎又复苏了,而且到了人生中这个较高阶段——青年时期,她准备采用更引人注目,更危险的手段来发泄自己的不满。她决定去死,以此来惩罚这个她过去怨恨、现在却热恋着的人对她的冷淡无情。既然她得不到他,不能与他结合,那么至少要让自己与他的回想,与他的懊悔永远地结合在一起,让他永远摆脱不掉她死时的情景,今生今世不得安宁,让他永无休止地谴责自己,为什么他没有看透她的思想,为什么没有仔细揣摩揣摩她内心的秘密,为什么当初不珍视她。

这种古怪荒唐的念头无时无处不陪伴着她。她千方百计地掩饰自己的想法,虽然人们感觉到她有些异样,但是却没有一个人对此给予足够的重视,或者说,他们也没有足够的智慧,挖空心思去发现真正的内在原因。

此间,朋友、亲戚和熟人们都在不停地安排着各种各样的庆祝活动,几乎没有一天是平平淡淡度过的,每天都筹划了一些新鲜玩意儿和一些令人意想不到的活动。几乎没有一处美丽的景物没有被披上节日的盛装,以接待众多欢乐的宾客。我们这位回家省亲的年轻人也想在离家之前尽其所长为此助助兴,他邀请未婚夫妇连同为数不多的各自的家人作一次水上游览。几家人家登上一艘装饰漂亮、舒适的大型船舶,这是一种游船,里面有一间小客厅和几间客舱,这类游船在设计时力图把陆地生活的各种便利条件都搬到船上来,所以应有尽有。

在音乐的伴奏声中人们乘着游船顺着大河徐徐远去。由于天气炎热,这一伙

---

① 体贴入微:体贴,细心体谅别人的心情和处境,给予关心和照顾;入微,达到细微的程度。形容对人照顾或关怀非常细心、周到。

人攒三聚五地分散在底下的客舱里,或玩着智力游戏,或在进行赌注游戏,以寻乐解闷儿。一刻也不肯闲着的年轻的东道主无事可做,于是他来到舵轮旁,替换下老舵手,老舵手不一会儿便在他身旁安然入睡了。刚好这时尤其需要掌舵的人慎之又慎,因为游船正驶近一处险滩。河流的前方有两个小岛,它们平坦的砾石滩岸呈犬牙状,相互交错,使航道变得十分狭窄,蜿蜒曲折,构成一段危险的水域。小心翼翼、目光敏锐的掌舵人几乎差点儿要喊醒老舵手,但最后他还是决定自己来冒冒风险,驾驶着游船朝着狭窄的河道开去。就在这千钧一发的时刻,那个美丽的昔日的冤家对头头上戴着花环突然出现在甲板上。她取下花环朝着正在掌舵的年轻人抛了过去,并高声喊道:

"留着它作个纪念吧!"

"别打扰我!"年轻人一手接住花环一边对着她大声说,"我现在需要全力以赴,注意力得特别集中,一点儿都不能走神儿!"

"我不会再打扰你了,"她喊道,"你再也不会见到我了!"

她说着疾步走到船头,猛地一下跳进了水里。

顿时,几个声音不约而同地大声疾呼起来:

"救人啊!救人啊!她要淹死啦!"

掌舵的年轻人慌了手脚,不知所措。老舵手被呼叫声惊醒,伸手就要接舵,年轻人把舵交还给老人,恰逢此时不是换舵手的时机,游船一下子搁浅了。就在这一刹那,年轻人扔掉最累赘的衣服,跳入水中,追随着美丽的冤家游去。

对于熟谙水性,善于驾驭水这种自然物质的人来说,水表现出它友善的一面,它托浮着青年人,完全被这个灵巧的游泳好手所征服。青年人很快追上了被水冲走的美人儿,他一把抓住她,娴熟地把她的头托出水面,抱着她游。但是,一股强大的水流猛然把他们两个人一起卷走,直到河中小岛和滩地被远远地甩到后面,航道才又逐渐变宽,河水也开始流得缓慢起来。这时年轻人才松了一口气,他又振作起来恢复了常态,而最初由于情况万分紧迫,他来不及思考,一切只能机械地行事。年轻人尽力把头露出水面,举目四望,然后单臂划水竭尽全力朝着一块长满灌木的平地游去,这块地方恰到好处地伸展到河里。他把美丽的牺牲品抱到干燥的地方,这时已感觉不到她还有一丝气息,他陷入绝望之中。突然间他眼睛一亮,一条被人踏过的小路映入眼内,小路通向并穿过一片灌木林。他重新抱起这个珍贵的包袱,沿路前行,不久便发现一座孤零零的住宅。他走到房子跟前,在这里找到一对青年夫妇——一对心地善良的农民。来者的不幸和困境不言而喻,所以他经过一番思考后提出的请求全都得到了满足。明亮的火燃烧了起来，床上铺上了一层又一层的毛毯，各种毛皮衣服和皮毛以及家中现有的所有能起到保暖作用的东西都统统很快被搬了过来。此时，救人心切，这种欲望战胜了其他任何考虑。为了使已经半僵硬的裸露的玉体重新获得生命，没有哪一种方法没有试过。终于成功了。她睁开双眼，看到的竟是自己的心上人，她伸出天使般柔美的双臂紧紧搂住他的脖子。她搂着他，久久不愿意松开，泪水似潮涌，不断地向下流，这时她完全恢复了正常。

"你还愿意离开我吗？因为我是在这种情况下才获得你的。"她大声问。

"再也不会了，"他叫喊着，"再也不会了！"此时，他其实并不知道自己在说什么，也不知道自己在做什么。

"你要珍重自己！"他又补充了一句，"要好好珍重自己！想想你自己，为了你，也为了我的缘故。"

她这才想到她自己，发现自己眼下所处的窘境。不过在自己心爱的人面前，又是自己的救命恩人面前，她用不着感到羞涩；然而她还是愿意让他先离开，好使他有可能也料理一下自己，因为他浑身上下还是湿淋淋的，直往下滴水。

年轻的夫妇互相商量了一下，他们决定把自己结婚时穿的礼服提供给这一对青年男女使用，丈夫的给男青年用，妻子的给那美人儿用，这两套礼服仍然完好无损地挂在那里，足够把一对新人从头到脚，从里到外地打扮起来。

不多时，两个历险者不但穿戴完毕，而且还梳洗打扮了一番。他们看上去极为可爱，当他们二人又聚到一起时，他们惊讶地互相凝视着，接着为这种奇异的打扮微微一笑，便满怀无限的激情猛然扑到对方的怀抱里。青春的活力和爱情的鼓舞使他们顷刻间完全恢复了原来的朝气，只可惜缺了音乐，否则他们会跳起舞来。

从水中到地面，从死亡到生还，从家人之中到荒野，从绝望到喜悦，从冷淡到倾心到狂热的爱，这一切都发生在片刻之间，要想跟上并理解这急剧的变化，人的头脑简直不够用，否则脑袋非得爆炸不可，不爆炸也会被弄得晕头转向如坠烟海。在这种时刻，一个人的心脏必须得竭尽全力地工作，才能承受得起这骤然间接踵而来的大悲大喜。

两个人的心已经完全融合为一体，沉浸在爱情的甜蜜之中。过了一些时候他们才想起，留在船上的人还在担惊受怕，焦虑不安地牵挂着他们。当又想到不知道该如何重新面对那些人时，他们几乎无法不感到恐慌和忧虑。

"咱们应该逃走吗？咱们应该躲藏起来吗？"年轻人问。

"咱们还是一起待在这里吧。"她说,这时她的双手还紧紧吊着他的脖子。

那位农民听到他们提到游船搁浅的事,没有再细问,便急急忙忙往河岸跑。幸好这时那艘游船已经缓缓地顺水飘来,人们费了九牛二虎之力才使游船摆脱了困境又重新启动。大家无法确定他们在何处,只能漫无目标地摸索着继续往前行驶,企望能重新找到两个失踪的人。农民又是呼喊又是招手引起了船上人的注意,然后他朝着一处有利于停船的地点跑去,并且还在不停地招手和呼喊,于是游船转向河岸驶来。当船上的人登陆时,出现了多么戏剧性的奇观啊! 两个已经私订终身的人的父母迫不及待地首先蜂拥上岸;痴情的未婚夫差一点儿失去知觉。他们刚一听说心爱的儿女已经得救,两个穿着奇特服装的人立刻从树丛中走了出来。在他们走到众人面前之前,人们没有马上认出他们来。

"我看到的是谁呀?"母亲们惊呼道。

"我看见了什么啊?"父亲们也喊道。

这对获救的儿女在他们面前双双跪下。

"你们的孩子啊!"他们大声说,"一对相爱的人。"

"请原谅我们吧!"姑娘高声请求道。

"请祝福我们吧!"男青年也高声恳求。

"为我们祝福吧!"两个人一起乞求道。

这时,所有在场的人都惊异得一句话也讲不出来了。

"祝福我们吧!"第三次响起了他们的苦苦哀求声,此情此景谁还能够忍心拒绝他们呢?

饥饿艺术家

[德国]卡夫卡

卡夫卡(1883～1924),20世纪德文小说家。他常采用寓言体,背后的寓意人言人殊,其作品很有深意地抒发了他愤世嫉俗的决心和勇气,别开生面的手法,令二十世纪各个写作流派纷纷追认其为先驱。其代表作是:长篇小说《美国》《审判》《城堡》,短篇小说《中国长城的建造》《判决》《饥饿艺术家》。

在最近几十年来,饥饿艺术已经明显地被冷落了。以前,人们总是会在兴趣的驱使下自发举办饥饿艺术,并且还能获得一笔可观的收入。但那毕竟是以前,现在这种情形似乎是不可能出现的了。

现在的情形简直不能与过去相比:那时候,几乎所有人都为饥饿艺术费尽心思地忙碌着,观众的人数也一天天上涨,人们似乎觉得每天观看一次饥饿艺术都不过瘾。到了表演的最后阶段,人们更为疯狂,不少人买了长期票,每天都待在小笼子面前。到了晚上,为了不影响观看效果,人们就举着火把;而天气晴朗的时候,为了照顾那些喜欢饥饿艺术的孩子,人们就把笼子移到外面去。要知道,在当时,孩子们也对这种饥饿艺术充满好奇。

大人们看饥饿艺术主要是为了打发时间,或跟随潮流;但孩子们不同,他们看到这位穿着黑色紧身衣服,脸色苍白,瘦得皮包骨头的饥饿艺术家时会感到很恐怖,相互间把手握在一起壮胆。

饥饿艺术家甚至都无视椅子的存在,而是一屁股坐在笼子的干草上。他或是面带微笑——解答大家的问题,或是有礼貌地向大家点头打招呼。偶尔他会把胳膊从笼子里伸出去,让人们摸摸,然后感觉他是多么瘦;但有时,他似乎又活在自己的世界里,对周围的一切都熟视无睹。就连笼子里唯一东西——钟表发出的声音也忽视。他只是用几乎闭着的眼睛望着远方,然后偶尔呷一口小玻璃杯里的水润一润嘴唇。

除了一群群的观众之外，还有守候在笼子旁边的监督人员。这些监督人员是被大伙推选出来的。让人感到奇怪的是，这些人一般都是一些屠夫。通常他们是三个人一组，昼夜不停地盯着饥饿艺术家，以免他用什么特殊手法偷吃东西。其实，这也只是一种形式罢了，一种安慰大家的形式。只要是行家就会懂得，饥饿艺术家在表演节目之间是不会吃东西的，哪怕是有人逼迫他们吃，他们也会拒绝，因为这对他们的信誉和荣誉非常重要。

当然，看守毕竟不是行家，他们也有人不知道这个道理。有些值班的看守就会在远离艺术家的地方玩牌，以便给饥饿艺术家一次偷食的机会。在他们心中，饥饿艺术家一定会通过特殊方式得到食物。如果遇到这种看守，那饥饿艺术家真是够倒霉的了。因为他们会让他情绪低落，甚至给他的饥饿表演带来负面影响。有时候，遇到这种情况，饥饿艺术家就会对着看守大声歌唱，就好像向他们诉说他们对自己的怀疑是多么可笑。但是一点效果也没有，因为这些看守会因此而更加佩服他，甚至觉得他在唱歌时都能吃东西。因为这种情况的存在，所以饥饿艺术家都特别喜欢那些尽职尽责的看守。这些看守会守护在笼子旁边，然后利用手电筒把饥饿艺术家照得很清楚。但这对他根本没什么影响，因为反正在这种环境下他睡不着觉。但是无论大厅里的人多么吵闹，那些光线多么刺眼，他要想打个盹还是很容易做到的。他很喜欢和这些尽职尽责的看守度过漫长的黑夜。每当这时，他就会把自己的流浪生活讲给他们听，然后作为回报，他们也会给他讲他们的奇闻轶事。当然，饥饿艺术家做这些也不是没有目的的。他这样做是为了让那些看守看到，他的笼子里根本没有什么可以吃的东西，而且他也没机会去偷吃什么东西。

让饥饿艺术家感到最兴奋的时候，莫过于早上他自己掏腰包，请那些看守吃一顿让别人送来的早餐了。那些尽职尽责的汉子见到这些食物后会胃口大开。但是有的人会认为这时艺术家在贿赂看守，这纯属无稽之谈。如果有人问看守，他们是否自愿守候一晚而不吃早餐，这些看守早就溜之大吉了。

关于饥饿艺术家的猜疑不间断地产生，所有这些艺术家似乎也摆脱不了。就算看守精力再旺盛，他也不能昼夜不眠、几天不间断地守候在笼子旁边，所以，也就没有人可以可以理直气壮地说饥饿艺术家真的是持续表演而不吃任何东西。

当然，对于这个疑问，只有饥饿艺术家自己心里最清楚。其实说到底，他才是对自己最满意的观众，因为他对自己的所作所为一清二楚。但是由于另一种原因，他又从未满意过。或许他干瘦如柴的躯体根本就不是由于饥饿所造成的，而是自己不满所致，以至于有些人出自于对他的同情而不来观看饥饿表演，因为这些人不忍心看他那被折磨的样子。其实他自己明白,饥饿表演极为简单,是世上最容易做的事,这一点恐怕连行家也不清楚。对此,饥饿艺术家直言不讳,但人们死活就是不信。善意的说法还好,说他谦虚,可大部分人认为他自吹自擂,更有甚者说他是个骗子手,他当然觉得挨饿是件轻松的事,因为他懂得如何能使挨饿变得轻松,而他竟然厚颜无耻,不肯百分之百地道出实情。所有这一切,饥饿艺术家都得忍受着。天长日久他也习以为常,然而内心深处的不快总搅得他不得安宁。每当一轮饥饿表演结束时,饥饿艺术家没有一次是自愿离开笼子的,这一点,人们一定要为他作证。

演出经理规定每轮表演最高期限为四十天,期限过后,他绝不让饥饿艺术家再继续挨饿,即使在世界大城市里也是如此。经理这样做不无道理,因为根据以往经验,全城人的兴趣会通过四十天里越来越火的广告充分被激发出来,而四十天后,观众就会感到疲倦,看表演的人数随之锐减。在这一点上城市和乡村当然有些小小的区别,可是四十天最高期限已经成了一条通用的规律。在第四十天,笼子的门被打开,笼子四周插满鲜花,半圆形露天剧场里人海如潮,观众兴高采烈,军乐队奏着乐曲。两个医生走进笼子为饥饿艺术家作必要的检测,检测结果通过高音喇叭传遍剧场。随后,两位女士走上前来,她们乐滋滋的,庆幸自己能被选中去搀扶饥饿艺术家离开笼子走下前面的台阶。台阶前的小桌子上早已摆好了精心准备好的病号饭。在这种时刻,饥饿艺术家总是加以拒绝,虽然他还是自愿地把自己皮包骨头的手臂递向前来帮忙的女士,但是他不愿站立起来。为什么刚到四十天就停止表演呢?他本来能长期地、无休止地饿下去,为什么恰恰要在他表演最紧要的关头停下来呢?他还没有真正精彩地表演过一回哩!他还能继续饿下去,他不仅能成为空前最伟大的饥饿艺术家(他或许已经是了),而且还要超越自我,达到不可思议的境界,因为他感到自己的饥饿表演能力永无止境。

可是人们为什么要夺走他继续挨饿的荣誉呢?为什么这些对他佩服得五体投地的人连一点耐心都没有呢?他都能坚持继续饥饿表演,为什么这些人连耐心当观众都做不到呢?唉,他也累了,本该坐在干草上好好歇一会儿,可现在他得立起他那又高又细的身躯去吃饭。他一想到吃就感到恶心,只是想到女士在自己旁边才把要说的话咽了下去,他抬头看了看表面上和蔼其实残忍的两位女士的眼睛,摇了摇耷在他无力的脖子上那过于沉重的脑袋。紧接着,老一套又来了。演出经理登场,他像哑巴一样,一句话也不说(其实是音乐声吵得他没法讲话),双手举到饥饿艺术家的头上,好像在邀请老天爷下凡,参观他那坐在蓬乱干草上的作品——这位颇值怜悯的殉道士。说实在的,饥饿艺术家确实是个殉道士,只是在另外一层意义上罢了。经理双手卡住饥饿艺术家的细腰,有些过分小心翼翼,他的动作神情使人联想到,他手中不是一个活人,而是一件极易破碎的物品。这时经理或许暗中轻轻碰了一下饥饿艺术家,以至于他的双脚和上身左右摇摆不停。紧接着经理把他交给了两位脸色早已吓得苍白的女士,饥饿艺术家任其摆布,他脑袋奄拉在胸前,好像它是不听使唤地滚到那里,然后又莫名其妙地一动不动。他的身体已经掏空,双腿出于自卫本能紧紧和膝盖贴在一起,双脚却擦着地面,似乎那不是真正的地面,它们好像正在寻找真正的可以着落的地方。他全部的、其实已经很轻的身体重量倾斜在其中一位女士身上。她喘着粗气,左顾右盼,寻求援助,她真没想到,这件光荣的差事竟会是这样,她先是尽量伸长脖子,这样自己的花容月貌起码可以免遭"灾难",可是她却没有办到。而她的那位幸运些的伙伴只是颤颤悠悠,高高地扯着饥饿艺术家的手——其实只是一把骨头往前走,一点忙也不帮,气得这位倒霉姑娘在大庭广众的起哄声中哇地一声大哭起来,早已侍候在一旁的仆人不得不把她替换下来。随后开始吃饭,经理先给处于昏厥状态、半醒半睡的饥饿艺术家喂了几勺汤水,顺便说了几句逗乐的话,以便分散众人观察饥饿艺术家身体状况的注意力。接着,他提议为观众干杯,据说此举是由饥饿艺术家给经理耳语出的点子,乐队憋足了劲演奏。随后大家各自散去,没有人对眼前发生的一切不感到满意,只有一个人例外,那就是饥饿艺术家自己,他总是不满。

就这样,表演、休息;休息、表演,他过了一年又一年,表面上光彩照人,受人尊敬,而实际上阴郁的心情经常缠绕着他。由于得不到任何人的真正理解,他的情绪变得越来越坏。人们该怎样安慰他呢?他还有什么渴求呢?如果同情他的某个好心人告诉他,他的悲哀可能是饥饿所致,那么他就会勃然大怒(特别是在饥饿表演进行了一段时间以后),像一只凶猛的野兽吓人地摇晃着栅栏。但对于这种状况,演出经理自有一套他喜欢采用的惩罚手段。他当众为饥饿艺术家辩解并且表明,饥饿艺术家的行为可以原谅,因为这种由于饥饿引起的反常的易怒心态是正常人根本无法理解的。接着他就开始大讲饥饿艺术家自己需要加以解释的观点,说他实际能够挨饿的时间比他现在做的饥饿表演的时间要长得多,经理大为赞赏他的执著追求、良好心愿以及伟大的自我克制精神,这些当然也包括在饥饿艺术家的说法之中。而随后,他又拿出一叠照片(照片也用于出售),轻而易举就把艺术家的说法驳倒。因为从照片上人们可以看到,饥饿艺术家在第四十天的时候躺在床上虚弱不堪,奄奄一息。这些虽是老生常谈,却又不断使饥饿艺术家难以忍受。他气愤的是这种歪曲事实的做法，明摆着是提前结束饥饿表演的结果，人们却要把它说成是不得不停止表演的原因。同愚昧抗争，同这个愚昧的世界抗争是徒劳的。他总是虔诚地、如饥似渴地抓着栅栏认真地听经理说每一句话，但当经理展示照片时，他每次都放开栅栏，唉声叹气地坐回草堆。于是，受到抚慰的观众又重新围过来看他表演。

数年之后，每当这一场面的见证人回忆起这一幕时，连他们自己都弄不明白这是怎么一回事，因为这期间发生了那个被提及的事变。这变化来的极其突然，它或许有更复杂的原因，但有谁去深究呢？无论如何，这个曾受大家喜欢的饥饿艺术家有一天发现自己被那些热闹上瘾的观众忘却了，他们纷纷涌向其他演出场所。演出经理领着他又一次跋涉了半个欧洲，他们想看看，是否能在某个地方重新找回逝去的狂热和兴趣，然而他们一无所获。好像人们私下达成了某种默契，到处都笼罩着厌恶饥饿表演的气氛。当然，这种情绪绝非一朝一夕形成的，只怪当时人们过分陶醉于胜利的喜悦之中，没有引起足够的重视，也未加防范，而现在采取对策为时已晚。尽管肯定有一天，饥饿表演定会再次红火起来，但这对于活着的人毫无慰藉。眼下，饥饿艺术家该去做什么呢？成千上万观众曾为之欢呼的饥饿艺术家如今去集市上的简陋戏台上演出未免太惨了些，改做其他行当吧，他不仅年纪太大，而更主要的是他对饥饿表演有着如痴如狂的追求。最终，他告别了经理这位人生旅途上无与伦比的伙伴，受聘于一家庞大的马戏团。为了避免再受刺激，他甚至连合同条件都没瞥上一眼。

马戏团确实很大，数不清的人、动物、器械随处可见，他们需要不断更新和补充，不论什么人才，任何时候都能在马戏团派上用场，当然饥饿表演者也不例外，只要条件不苛刻。另外，他之所以受聘当属特殊情况，这不单单是聘用一个艺术家本身，而更重要的是他当年的赫赫大名。

其实，饥饿表演的技艺根本不会随着年龄的增长而黯然失色，单凭这一点，人们起码不能说，一个老得不中用的、再也不能站在技艺巅峰表演的饥饿艺术家想躲到马戏团某个安静的位置上去混日子。恰恰相反，饥饿艺术家向人保证，他的饥饿艺术不减当年，这是绝对可信的。他甚至还宣称，只要人们准许他按自己的想法行事（人们马上答应了他的这一要求），他要真正地震撼世界，达到前所未有的轰动效应。饥饿艺术家一激动起来，早把当今形势忘得一干二净，他的话只引起懂行的人付之一笑。

然而，饥饿艺术家到底还是没有忘记着眼于现实。人们没有把他和笼子作为精彩节目放在马戏团的中心地段,而是安插在一个交通路口,他也认为这是理所当然的事。笼子四周挂满了标语,那些花花绿绿的大字在告诉人们那里可以看到什么东西。若是观众在其他演出休息的时候涌向兽场的话,总要从饥饿艺术家跟前走过并在那儿停留片刻。假如不是道窄人挤,后面的人又能够理解前面的观众为什么不急着去看野兽而停留下来,人们或许能在他面前多待一会儿,慢慢欣赏他的表演。这就是饥饿艺术家看到观众马上要向他走来时不住颤抖的原因。他以人们观看自己为生活目的,自然盼望这种时刻。起初,他急不可待地盼着演出休息,眼看一群群观众朝自己蜂拥而来,他激动得欣喜若狂,可是他很快就看出,观众的本意是去看野兽,每次如此,几乎无一例外,就是最固执的、故意自欺欺人的人也不得不承认这一事实。

但是不管怎么说,看着远处的观众朝自己走来是令他最为高兴的事,人们涌过来时,持续不断的呼喊声和叫骂声乱成一片,一些人慢悠悠地看他表演,不是出于对他的理解(这些人使饥饿艺术家甚感痛苦),而是故意和后面催他们的人过不去,而另一些人则是心急火燎①地想去兽场。大批人过后,剩下的是一些姗姗来迟②者,没人催赶他们,只要他们有兴趣,满可以在他面前多待一会儿,但是这些人大步流星,目不斜视,直奔兽场。不过,饥饿艺术家偶尔也能碰到幸运的时刻。有时父亲领着孩子来到他面前,父亲一边指,一边详细地讲述这是怎么一回事,他讲到过去的年代,说他曾经看过类似的表演,但那时盛况空前。可是孩子们无论在学校还是在生活中都没有经历过这些事情,所以,他们始终不能理解大人的话,这也难怪,他们怎么能懂得什么叫饥饿呢? 但是,从他们那探究性闪闪发光的眼睛里流露出一种崭新的、属于未来的、更为仁慈的东西。饥饿艺术家有时悄然思忖,假如自己的表演场地离兽场稍远一点,或许情况会好起来,而现在离兽场这么近,人们很容易选择去看野兽,更不用说兽场散发的臭味、动物夜间的闹腾、给野兽送生肉时人走动的响声以及投食时动物的狂嘶乱叫搅得他不得安宁,使他长期忧郁消沉。但是,他又没有胆量向马戏团的头头们去说。他还得感谢那些野兽们,没有它们,哪能引来那么多观众? 况且众人当中还能找到某位真的是冲着他而来的呢。如果他要提醒人们注意自己的存在,那么人们马上就会联想到,他确切地说只不过是通往兽场的一个障碍,谁知道人家会把他塞到哪个角落。

---

① 心急火燎:心里急得像火烧一样。形容非常焦急。

② 姗姗来迟:姗姗,比喻走得缓慢从容。原形容女子走路缓慢从容的姿态。现在形容慢腾腾地很晚才到来。

当然只是一个小小的障碍，而且会越变越小。人们在当今时代还要为一个饥饿艺术家耗神费力，这简直是个怪事，可是人们对奇怪现象已习以为常，而正是这种习惯宣判了他的命运。他想使出最大能力做好饥饿表演，他也确实这么做了，然而这一切都挽救不了他的命运。观众个个如匆匆过客飞快地从他面前掠过。

去试试给人讲饥饿艺术吧！但是谁对饥饿艺术没有亲身感受，就根本不可能心领神会。漂亮的彩色大字已经被弄脏，变得模糊不清，它们被撕了下来，没有想到换上新的。用于计算饥饿表演天数的小牌子上的数字当初每天都有新的记录，现在却无人问津，数字多日不变，因为数周之后，连记录员自己都对这项单调的工作感到厌腻。虽然饥饿艺术家不停地做饥饿表演，这是他过去梦寐以求的事，也是他曾经夸过的海口，现在，他可以任意独行其是了，但是，没有人为他记录表演天数，没有人，甚至连他本人也搞不清楚自己的成果究竟达到了何种程度，他的心情变得沉重起来。假如某个时候来了一个游手好闲的家伙，用那个旧数字逗笑取乐，说这是骗人的鬼把戏，那么，他的话才真正是最愚蠢的、能编制冷漠和恶意的谎言。因为，饥饿艺术家诚实地劳动，他没有欺骗别人，倒是这个世界骗取了他的工钱。

又过了许多日子，表演告终了。有一天，那只笼子引起了一位看管人的注意，他问仆人们，为什么把一个好端端的笼子闲置不用，里边的谷草已经发霉变味，对此无人知晓，直到其中一位看见了记数的小牌子，他才猛然想起饥饿艺术家。人们用棍子拨开腐草，在里边找到了他。

"你还一直不吃东西？"看管人问道，"你究竟什么时候才算完呢？"

"诸位，请多多原谅。"饥饿艺术家有气无力地低声细语，只有看管人才能听清他说的话，因为他把耳朵贴在栅栏上。

"当然，当然。"看管人一边点头，一边把手指向额头，以此来暗示其他人，说明饥饿艺术家的身体状况非常危险，"我们当然会原谅你。"

"我一直在想着，你们能赞赏我的饥饿表演。"饥饿艺术家说。

"我们确实也挺赞赏的。"看管人热情地说。

"可是你们不应该赞赏。"饥饿艺术家说。

"那么我们就不赞赏，"看管人说，"为什么我们不应该赞赏呢？"

"因为我只能忍饥挨饿，我也没有其他办法。"饥饿艺术家说。

"你们瞧，太怪了不是，"看管人说，"你为什么没有其他办法呢？"

"因为我，"饥饿艺术家说着，小脑袋微微抬起，嘴唇像要吻看管人似的，直贴在他的耳根，生怕漏掉一个字，"因为我找不到适合我胃口的食物。假如我找到这样的食物,请相信我,我不会招人参观,丢人现眼,并像你,像大伙一样,吃得饱饱的。"这是饥饿艺术家最后的几句话,然而,从他那瞳孔已经放大的眼睛里还流露出一种不再是自豪、而是坚定的信念:他还要继续饿下去。

"好了,大伙整整吧!"看管人说。饥饿艺术家连同腐草一起被埋掉了。笼子里放进了一只年轻的美洲豹子。即使是感觉最迟钝的人,看到这只野兽在闲置长久的笼子里活蹦乱跳时,他也会觉得这是一种舒服的休息。这只豹子什么也不缺,可口的食物看守人员无须长时间考虑就会送来。失去自由对它似乎都无所谓,这个高贵的躯体应有尽有,不仅带着利爪,而且连自由好像也带在身边,自由似乎就藏在它利齿的某个地方。它生命的欢乐总是同它大口里发出的强烈吼叫而一起到来。观众从它的欢乐中很难享受到轻松,可是他们克制住自己,挤在笼子周围,丝毫不肯离去。

一只破靴子

[英国] 高尔斯华绥

高尔斯华绥（1867～1933），是英国小说家、剧作家，英国批判现实主义作家。他的作品以十九世纪后期和二十世纪初期的英国社会为背景，描写了英国资产阶级的社会和家庭生活，以及盛极而衰的历史。他的作品语言简练，形象生动，讽刺辛辣。

就在剧本《顺流而下》巡回演出的第二天中午，演员吉尔勃特·凯斯特从东海岸的海滨寓所走出来。在此之前，他还处在失业六个月的悲伤中，如今他在《顺流而下》的最后一幕扮演杜密纳克医生这个角色。

吉尔勃特·凯斯特很清楚，凭借一周四镑的薪金，他是不会发什么大财的。但是有工作毕竟比失业好，所以他马上又变得神采奕奕了。

他迈着轻松的脚步来到了鲜鱼铺的前面，提了提他的单片眼镜，微笑着看着眼前的大龙虾。他已经忘记了上次吃这种大龙虾是什么时候的事情了！然后，他继续沿着街道往前走，最后停在了一家成衣铺前面。橱窗上的真毛货让他感想挺多的，他想再穿一次这样的衣料，但是现在他身上的却是大战爆发前那一年参加《玛麦杜克·蒙特维勒》演出时弄到的已经褪色的棕色衣服。在这个厌恶的城市里，刺眼的阳光把他衣服上的纽扣眼和线缝、肘部和膝头照得一清二楚。此时映在橱窗上的形象让他有了淡淡的微笑：一个一天只能吃两顿饭的人的英姿；在优美眼睛下的温和的棕色眼睛；在一九一二年参加《教育西蒙》演出得来的精美的丝绒帽。欣赏完了自己的形象后，他对着橱窗把帽子摘了下来。这时他头上的一绺白发露了出来。这一绺白发是一笔财产呢，还是预示着他一生的结局呢？这绺白发从右额头向后弯进去，在黑发当中显得特别明显，它的下面就是那张他自己百看不厌的脸。

他继续往前走着，忽然感觉身边掠过一张熟悉的脸。他一转身，那个熟悉的脸也正巧转过来——一张矮小但很整洁的身材上的又红又圆的脸。

"凯斯特？天哪，真是你啊！我们很久没见了吧。从你离开疗养院我们几乎就没联系过。你记得我们演的《戈塔·格兰姆伯斯》吗？那时候真是有趣极了！见到你真的很高兴。天！我太高兴了。走，我请你去吃饭。"

这个人就是布列斯一格里恒，南海岸疗养所娱乐界的阔东家和灵魂。

"既然这样，那好吧！"凯斯特尽量用缓慢的语气说道。但他心里可不是这么平静，他暗暗对自己说："哎哟，我终于可以大餐一顿了！"

两个人就这样一块儿走着，差异很显著：一个衣衫褴褛，而另一个不但衣冠楚楚，而且还有一张圆润的脸。

"快点，我们进去吧！费丽丝，我的朋友来了，快来一杯鸡尾酒，饼干涂鱼子酱。凯斯特先生在这里登台，你一定要去捧他的场。"过了一会儿之后，给他们端来鸡尾酒和鱼子酱的女侍用她那双蓝眼睛打量了凯斯特一下，那眼神充满兴趣。但她却不知道，在此之前，他刚刚度过了失业六个月的时期呢！

"凯斯特，把你的鸡尾酒带上，咱们去一个人少的地方吧。那个房间比较好，比较安静。嗯，让我想想我们应该吃些什么呢——大虾？你有意见吗？"

"我最喜欢的就是大虾。"凯斯特喃喃地说。

"嗯，这个房间的光线真好。凯斯特，你最近过得怎么样？今天我见到你真是太高兴了！在我们这些演员中，你是唯一数得上的。"

"我最近还好，谢谢你。"凯斯特答道。他在心里暗想："虽然这家伙有点油嘴滑舌，不过人还不错。"

"请坐！堂倌，来一只又好又大的虾，一盘色拉，另外——嗯——一小块牛排加炸得脆酥酥的土豆片，一瓶我喜欢喝的白葡萄酒。喂，另外来一盘甜酒蛋卷，多放点糖和甜酒。"

一会儿房间被摆放了两张小桌子，两个人围着面对面坐着。

"希望你一切顺利！"布列斯一格里恒说。

"一切顺利！"凯斯特答道。

"你对最近的戏剧界怎样评价？还满意么？"这个问题问的真是时候。

"我觉得十分糟糕！"凯斯特放慢语速说。

"哼，真糟透了！"布列斯一格里恒说，"缺乏天才，你说对不对？"

凯斯特心里想："缺钱。"

"你这一阵子演过什么大角色吗？《戈塔·格兰姆伯斯》里你演得太棒啦！"

"没有演什么。这一向——有些松懈。"他的裤腰碰碰他的肚子,好像在发出回音,"松懈。"

"哎!"布列斯-格里恒说,"菜来了,吃不吃虾钳?"

"谢——谢,什么都行!"吃罢——一直吃到肚子发胀,压迫裤腰,发出警告为止。多么丰盛的一顿好饭!他突然滔滔不绝地大谈戏剧、音乐和艺术。他那矮小鄙俗的东道主把眼睛睁得滚圆,不时发出惊叹声,这些显然大大地鼓舞了凯斯特。

"哎哟,凯斯特,"布列斯-格里恒突然叫起来,"你有白头发啦!从来没有见过的呀!我对白头发很感兴趣。我问这话,你可别怪我冒失——这是突然有的吗?"

"不,是慢慢长出来的。"

"怎么回事呢?"

有一句话已经滚到凯斯特的唇边:"你挨挨饿看。"

可是他回答说:"我也不晓得。"

"我觉得你那绺白发好极了!再来点蛋卷?我常想当个职业演员。有像你那样的天才,过过演员的生活一定美极了!"

美极了!

"抽支雪茄。堂倌,来咖啡,雪茄。今晚我来看你的戏。你在这里总得待上个把星期吧!"

美极了!观众的笑声和掌声——"凯斯特先生的演技真是尽善尽美了,他……他……得了……的真传!"

寂静使他的视线离开他不断喷吐着的烟圈。布列斯-格里恒坐在那里,嘴唇微微张开,衔着雪茄烟,他那像小圆石般明亮的眼睛盯住桌布外边,接近地板的什么东西。是他烧着了自己的嘴吗?布列斯-格里恒的眼皮跳了几下,望望凯斯特,像狗一般不安地舐舐嘴,然后说道:

"我说呀,老兄,别把我不当人看。你手头真的很——很紧吗?我是说,如果我帮得上忙,你就直说吧。咱们老朋友,你又不是不知道,而且——"又一次,布列斯-格里恒眼睛睁得滚圆,注视地板上的什么东西,凯斯特的眼光跟着扫了过去。悬在地板上空的是——他那只破靴子。因为他跷起腿坐着,这双靴子在离开地面六英寸光景的空中摆动着——破了——两道裂缝横在鞋头和鞋带之间。

对!凯斯特自己明白,那是他靠扮演《傻瓜》一剧中贝蒂·卡斯戴斯得来的一双靴子中的一只,那是在大战就要爆发时的事。真是一双好靴子!而且是除了他现在精心保护的、演杜密纳克医生用的靴子以外唯一的一双了。他的视线从那只破靴子移到布列斯一格里恒身上，看到他头发梳得光光的，带着关注的神情。凯斯特苦笑了一下说：

"不，不要，谢谢。干吗呀？"

"唔，没，没有什么，我只是偶然想起。"

布列斯一格里恒的眼睛又——可是凯斯特已经将他那只脚放下。布列斯一格里恒付了账，站起来。

"老兄，对不起，我两点半钟还有约会，见到你真是太高兴了，再见！"

"再见，"凯斯特说，"谢谢你。"

现在只剩下凯斯特一个人了。他手托着腮帮子，眼光透过镜片，落到喝光了的咖啡杯中，现在他是单独和他的心灵、他的破靴子、他的未来的生活在一起了……

"近来做些什么，凯斯特先生？""没做什么。""当然，我几乎什么角色都演过。""很好。你可以留下地址吗？目前恐怕还不能说定呢。""我——我倒愿意排排试试看，或者让我先看一下台词？""谢谢你，我怕我们还没有考虑得那么多。""还没有？唔，好吧，想来你总会通知我的。"凯斯特可以看到他自己眼睛瞧着剧院经理。天啊，用的是什么样的一种眼色……美极了的生活！求——求——求工作做。一生尽是等待、求人、深沉的抑郁和挨饿！

侍者轻轻地溜过来，好像就要收拾桌子。得走了！这时两个年轻的女人已经走了进来，就在他和房门之间的那张桌子的旁边坐下。他瞧见她们在看他，他的灵敏的耳朵听见她们在絮絮低语：

"没问题——是在最后一幕。你瞧瞧他那绺白头发！"

"噢！对了，对了！不就是那绺白头发——不就是他……！"

凯斯特挺起腰板，微微一笑，端了一端他的眼镜。她们居然已经认出剧中的杜密纳克医生就是他。

"先生，您不用什么了，我要收拾桌子啦。"

"当然，当然。我就走。"他挺挺身子站了起来，那两个年轻的女人抬头望望他。凯斯特神态英俊，带着浅浅的笑容，从她们的身子旁掠过，尽可能不让她们看见他那只破靴子。

春天的阴影

[英国]劳伦斯

劳伦斯(1885～1930),英国文学家,诗人。他为二十世纪英国最独特和最有争议的作家之一,他笔下有许多脍炙人口的名篇,其中的《查泰莱夫人的情人》(1928)、《儿子与情人》、《虹》(1915)、《恋爱中的女人》(1921)、《误入歧途的女人》等都有中译本。

一

从这片树林中穿过要经过一英里的路程。辛森机械地从铁匠铺旁边拐过去,把栅门打开。对待这个不速之客,铁匠和他的伙伴的态度是没有任何表情地盯着他。因为辛森的举止太绅士了,他们甚至都不敢过去和他打招呼。于是,他们就一直看着他,直到他穿过这块土地向树林走去。今天上午与往常的每一个上午没什么差别,都是阳光明媚的春天。不同颜色的鸡在沙地上扒土,地面上充满散落的羽毛和一些脏东西。他终于回来了。辛森心里很高兴,因为他终于又回到过去生活过的地方了。他发现这里的一切都没什么变化,就像是一直等着他一样。那些榛树依旧那么茂盛,风铃草依旧苍白,轻轻地在微风中摇曳着。

这条小径正好穿过森林,沿着坡顶弯弯曲曲通向很遥远的地方。周围茂盛的橡树,毫无保留地展示着它们的美姿。一丛丛的山毛榉和一簇簇的风信子把地表点缀得很美丽。辛森小心翼翼地走过一个陡峭的山坡,来到了开阔的土地上。从这个地方往北看可以把一切都看得很清楚。他静静地站在那里,望着远处的村庄。在这片光秃秃的山地上,村庄就像是从行驶过的货车上掉下来的东西,用自己的所有点缀着山地。在村庄里有一座教堂,它不是特别大,而且风格有些现代化。在这片土地上,红色的住所一行行地排列着;村子后面矿井的车头箱依旧闪闪发光……所有的一切都暴露在天空下,和以前一模一样。看完这一切,辛森沿着小路向山下树林走去。他正陷入兴奋的幻想中,开始觉得自己正在慢慢回到过去。突然他猛然停了下来,因为一个守林人站在他前面几码^①远的地方,挡在道上。

"先生,能告诉我走这条路是去哪里么?"这个守林人用挑衅的口吻问道。辛森打量着眼前这个人。这是一个大约二十四五岁的年轻人,短而浓密的小胡子覆盖在小小的、相当柔软的嘴上。他脸色红润,看起来形貌不错。尽管身材不是特别高大,但是却十分结实。健壮的前胸凸起,很是骄傲地挺立着身体,浑身散发着一种野性的气息。他把枪托支在地上,犹疑不定地看着辛森。这个不速之客用黑黑的眼睛注视着他,仿佛已经把他看透。这种眼光让守林人心里很慌张,脸色通红。

"内勒呢? 这不是原本属于他的工作吗?"辛森问。

"你不是从豪斯来的,对吧?"看林人探询地问道。他当然不是从那个地方来的,因为很久以前那里已经没什么人了。"是的,我的确不是来自那个地方。"辛森用消遣的语气回答说。

"那你能否告诉我你这是去哪里吗?"看林人恼火地说。

"我这是去哪里?"辛森重复着说,"我要到威利·瓦特农庄。"

"去那里不应该走这条路。"

"我想是。从这条路下去,路过一口井,从白门出去。"

"是可以这样,可那根本不是公路。"

"我知道那不是什么公路,不过我走过很多次了。噢,我忘了,那是在内勒看林的时候。能告诉我他现在在哪里吗?"

"他的跛脚了,因为得了风湿病。"看林人勉强答道。

"是吗?"辛森痛苦地叫道。

"你是谁,能告诉我吗?"看林人换了一种语气问道。

"我叫约翰·安德雷·辛森,我过去住在考迪雷恩。"

"过去也追求过希尔达·米勒雪普?"

辛森痛苦地笑了笑,睁大了眼,点了点头。接着是一阵尴尬的沉默。

"那你——你是谁?"辛森问。

"亚瑟·佩尔比姆——内勒是我叔叔。"看林人说。

"你住在这儿,在纳特坳吗?"

"我寄住在我叔叔家——在内勒家。"

---

① 码:英美制长度单位,一码等于 0.9144 米。

"我明白了!"

"你说要下去到威利·瓦特去?"看林人问。

"对。"

两人停顿了好一会儿之后,看林人脱口说道:"我在追求希尔达·米勒雪普。"

年轻人极具挑衅似的、差不多是悲哀地看着这个不速之客。辛森眼睛一亮。

"是吗?"他惊异地问。看林人满脸通红。

"她和我一直有交往。"他说。

"我怎么不知道!"辛森说。看林人极不自在地等着对方说下去。

"这事,怎么解决的?"不速之客问。

"怎么解决?"另一个愠怒地反驳道。

"比如说,你们很快要结婚吗?"

"我想是的。"他说,充满着怨恨。

"噢!"辛森盯着他说。

"我已经结婚了。"过了好一会儿,他补充道。

"你结婚了?"看林人有些不相信。

辛森响亮而令人不愉快地笑了笑。

"15 个月之前。"他说。

看林人眼睛睁得大大的,流露出疑惑的眼光,盯着他,显然在思前想后,试图把事情想清楚。

"怎么,难道你不知道?"辛森问。

"是的,我不知道。"另一个阴沉沉地说道。

一阵沉默。

"啊,好了!"辛森说道,"我要走了。我想我可以走吧。"

看林人一声不吭地站在对面。两个男人僵持在这开阔、青草茂盛的地方,四周点缀着一小束一小束蓬勃的风铃草,这是在山顶的一个开阔的平台上。辛森犹豫地往前走了几步,然后停住了。

"唷,多美啊!"他叫道。

整个山坡下的景色一收眼底。平整的小路像条小河从他脚下逶迤而去。往下看去,除了中间看林人踏出的弯弯曲曲的绿色浅带以外,路上长满了风铃草。小路像条小溪通往水平面的蔚蓝色浅滩,映衬着一池的风铃草,弯弯曲曲的绿带仍然从风铃草中穿过,就像穿过蔚蓝色湖水的一条窄窄的冰水流。被浓荫遮蔽了的翠绿在灌木丛紫色枝条下摇曳着,仿佛花儿越过林地卧在碧波之中。

"啊,真可爱!"辛森惊叹道。这就是他过去生活过的地方,这就是他抛弃了的乡村,看到它如此美丽,令他痛心。斑尾林鸽在头顶咕咕叫着,空气中充满着鸟儿欢快的歌唱。

"要是你结婚了,为什么还一直给她写信,给她寄诗集,还有其他的东西?"看林人问道。辛森盯着他,吃了一惊,觉得羞愧无比。然后他开始微笑起来。

"嗯,"他说,"我不知道你……"

看林人又一次满脸通红。

"可要是你结婚了……"他指责道。

"我是结婚了。"另外一个嘲弄地答道。

接着辛森看着下面美丽的蓝色小径,感到羞耻。"我有什么权利紧紧抓住她?"他痛苦而自我轻蔑地想道。

"她知道我结婚了这类的事。"他说。

"但是你一直给她寄书。"看林人挑战似的说。

辛森一言不发,嘲弄地,又半带怜悯地看着这个男人。然后,他转身走了。

"再见。"他说着,走了。现在他觉得周围的一切都让他烦躁:两棵阔叶柳,一棵金黄,散发着香气,轻柔摇曳着;另一棵是浅绿色,在风中轻快地响着,这使他想起在这里教过她传花粉的事情。他真是个傻瓜,真是在干蠢事!

"啊,好吧,"他自言自语道,"这可怜虫看来对我心怀妒忌,我为他尽力而为吧。"他咧着嘴,情绪很坏。

二

农舍离林边不到 100 码远。树墙围成了一个开阔的四方院落。农舍朝向森林。辛森心绪烦乱。他注意到李花缤纷地落在长得茂盛艳丽的樱草花上。这些是他带到这儿栽种的。它们已经长得多么茂盛啊!李子树下,长满了一丛丛、一簇簇的樱草花,有深红的、粉红的、浅紫的。他看见有个人从厨房窗口向他扫了一眼,并且听见男人们说话的声音。

门突然开了,她已经长大成一个亭亭玉立的姑娘了!他觉得自己脸发白了。

"你?——艾迪!"她惊叫着,呆立着不动。

"是谁?"是农夫在问,男人们低沉的声音应答着。那些低沉的声音,好奇又几乎带着嘲弄，令来访者心生苦痛。他等在那儿，满面春风地对她微笑。

"是我——干吗不是呢？"他说。

她脸颊倏地红了，一直红到脖根。

"我们马上就吃完饭了。"她说。

"那我待在外面。"他打个手势示意自己可以坐在红色的陶桶上，这桶掩映在黄水仙中，装着饮用水，放在门边。

"噢，别，进来。"她急忙说道。他跟着她进去。在门口，他飞快地朝这家人扫了一眼，并鞠躬示意。屋里每个人都很尴尬。农夫，他妻子，还有四个儿子围坐在粗糙的饭桌旁，男人们胳膊肘以下都裸露着。

"很抱歉午餐时间来打扰你们。"辛森说。

"喂，艾迪！"农夫说，采用旧的称呼，但是音调冷淡。

"你好啊。"

然后他们握了握手。

"吃点吗？"他邀请年轻的客人，但想当然地认为他的邀请会被拒绝。他认定辛森很讲究饮食，不会吃这粗茶淡饭。年轻人对这种邀请有些畏缩。

"你吃了饭没有？"做女儿的问道。

"没有。"辛森答道，"太早了。我要在一点半回去。"

"你叫它午餐，对不？"大儿子问，讥讽着他。他曾经是辛森的密友。

"等我们吃完了，我们给艾迪弄点东西吃。"母亲在表示反对，这是位病弱的妇人。

"别——别麻烦了。我不想给你们添任何麻烦。"辛森说。

"你在新鲜空气和美景中就可以活命。"小儿子，一位19岁的小伙子大笑着说。

辛森绕过这些房子，走进屋子后面的果园里。那里有沿着树篱栽种的水仙，它们像停在栖木上的黄羽毛竖起的小鸟一样摇荡着。他非常爱这地方。这里山峦绵延起伏，熊皮似的树林覆盖在它们巨大的脊背上，小小的红红的农舍便如胸针紧扣在它们的外衣上；溪谷里的水蓝蓝的，浅浅的。还有光秃秃的家庭牧场，几乎听不见无数只鸟儿欢唱的声音。即使到了生命的最后一刻，他都会梦见这个地方，都会体味到太阳照在脸上暖洋洋的感觉，或者在冬日看见漫天的小雪片的欢愉，或者嗅到春天来临的气息。

希尔达长得很有女人味儿。她一在场他就觉得紧张不自在。她跟他一样都是29岁，但她看上去要比他大得多。他在她身边感觉自己很傻，几乎不具真实感。

当他正在一枝低垂的树枝前弹弄着要脱落的李花时,她静静地来到后门,抖抖桌布。家禽在稻草堆边追逐,鸟儿们在林间欢快地跳跃着。她的黑发束在一起盘在头上像顶王冠。她的举止很有条理,叠桌布时,眺望着群山。

没多久,辛森回到了屋内。她已经准备好了鸡蛋、乳酪、煨过的奶油醋栗。

"既然你今晚要吃饭,"她说,"我只给你一份分量很轻的午餐。"

"太好了,"他说,"你仍旧保持着质朴宜人的作风。"

他们仍在刺痛对方。

他在她面前不自在。她简短果断的话语,她疏远的举止,对他来说都很陌生。他再一次钦羡地看着她黑色的眉毛和眼睫毛。他们的眼睛对视着。在她黑白分明的眼睛的一瞥里,他看见了眼泪和一道奇异的光亮。在这一切后面,他看见了她对自己平静的接受和他的胜利。

他感到自己在退缩,尽量摆出一副玩世不恭的样子。

她把他送进起居室,自己去洗盘子。这间长长的低矮的房间是用教堂拍卖品重新装饰起来的:套着陈旧的紫红色梭纹布的椅子,一张椭圆形的磨得锃亮的胡桃木桌子,还有一架钢琴,尽管陈旧但很漂亮。虽然有些陌生,他还是对这些很满意。打开高高的嵌在厚墙里的小橱柜,他发现里面装满了他的书,他用过的课本,还有他送给她的很多册诗文,有英语的、德语的。黄水仙在白色窗户下面照耀着房间,他几乎能感觉到它们的光辉。古老的魅力又一次迷惑住了他。墙上他年轻时画的水彩画再也不会使他得意洋洋;他记起12年前那么热烈地试着为她作画的情景。

她进来了,边揩着盘子。他又一次看见她核仁般光润白嫩的胳膊。

"这儿真是太好了。"他说,接着两人对视着。

"你喜欢吗?"她问道。这是一种熟悉的低沉沙哑的亲密语气,令他热血沸腾,灵魂仿佛得到了解救。

"嗯。"他点点头,像当年的小男孩一样对她微笑着。她低下了头。

"这是伯爵夫人的椅子。"她低声说,"我在垫子中发现了她的剪刀。"

"是吗? 在哪儿?"

她动作轻快地马上拿来了针线盒,两人一起仔细查看这把旧剪刀。

"逝去红颜歌几多!"当他手指套进这把伯爵夫人剪刀的圆环时念了句诗,并笑了起来。

"我早知道你能用它。"她肯定地说。他看着自己的手指,又看看剪刀,她的意思是他的手指刚好套住这把剪刀的小环。

"这大概是为我准备的。"他笑着说，把剪刀放在一边。她脸朝着窗户，他注意到她姣好细嫩的面颊和上唇，她柔软白皙的脖子像花儿一般，她的前臂如同新漂白的果仁一般光亮。他用全新的眼光打量着她。她对他而言是个完全不同的人。他并不认识她，现在他可以客观地看待她了。

"我们出去走一会儿，好吗？"她问。

"好的！"他爽快地答道，但心里却很害怕。这种心理一直困扰着他，令他窘惑，没法兴奋起来。他害怕所看见的一切。她跟以前一样有着同样的举止，同样的声调，但却不是他认识的。他非常清楚她是什么样子，但逐渐地意识到她已经是完全不同的另外一种人，而且永远会是这样。

她头上根本没戴头巾，只是解下围裙道："我们到森林里去。"经过果园时，她指给他看一棵苹果树上的蓝山雀巢，还有树篱里的山鹠窝。他对她口气中的肯定带着生硬、仿佛躲藏在谦卑之下的傲慢感到相当惊讶。

"看这些苹果芽。"她说，于是他才发觉低垂的树枝间有无数绯红色的小球。她转头看着他的脸，眼神冷淡下来。她慢慢减少对他的注意力了。终于他在认真看着她。这是他过去最怕，而从心灵上说又是最渴望的事情。现在他看她如同她看他那样。他不会爱了，他将明白，他从来不曾爱过她。

幻想破灭了。他们成了完完全全的陌生人了。但他会公平对待她的——她会从他那里得到应得的东西。

她美丽动人，就像他从未认识过她一样。她把鸟巢指给他看：一株低矮灌木上的一个雌鹩鹕巢。

"看这巧妇鸟窝！"她大声叫道。

听到她说方言，他感到很惊异。她小心翼翼躲开树刺挨近窝边，手指伸进巢里。

"有 5 个！"她说道，"多小的东西。"

她指给他看一大堆鸟巢，有知更鸟的、苍头燕雀的、红雀的、黄胸鹀的，还有水边的鹪鸰鸟巢。

"要是我们下去，靠近湖边，我会指给你看那些翠鸟的……"

"在这些小冷杉树里，"她说，"差不多每个树枝每根枝丫都有画眉巢或者乌鸦巢。我头一次看到这些，就觉得自己不能往树林里钻。它就像一座鸟的都市。清晨，听到鸟的鸣叫，我就想起了喧闹的嘈杂的早市。我很怕走进我自己的树林。"

她在使用他们两人创造的语言。现在，这语言只归她使用了，他已经不用了。

她没有理会到他的沉默，但是总带着优越感让他看她的树林。他们走上一条湿软的小径，那里开放着一片勿忘我花，她说道："这里的鸟我们都认识，但花却有很多叫不出名字。"这对他有一半的吸引力，因为他知道这些东西的名称。

她轻盈飘逸地穿过小道，朝酣睡在阳光下的开阔田野走去。

"你知道，我也有个情人。"她自信而又不知不觉地用亲密的口气说道。

这振奋了他跟她斗嘴的情绪。

"我想我见过他。他长得很帅——而且生活在田园牧歌式的淳朴的地方。"

她没有作声，转而走上一条上山的幽暗小路。山上的树和灌木林非常浓密。

"过去他们做得很好，"她终于开口道，"上什么庙敬什么神。"

"啊，是的！"他赞同道，"新近敬的是谁？"

"没有什么旧的，"她说，"我一直在寻求这个。"

"那是谁呢？"他问。

"我不知道。"她直视着他说道。

"为了你，我很高兴你满意。"

"是呀——但是男人并没有那么重要。"她说道。沉默了一会儿。

"是的！"他大声说道，非常惊异同时意识到了她的真实自我。

"只有人的自我才是举足轻重的，"她说，"不管他是他的自我还是为自己的上帝服务。"

又是一阵沉默，他在沉思默想。小路上几乎没有花草，显得阴暗。走在路边，他的脚后跟陷进了软泥里。

三

"我，"她缓缓地说道，"就在你结婚的那个晚上我也结婚了。"

他看着她。

"当然不是法律上的，"她答道，"但是——是实际上的。"

"跟那看林人？"他问，不知道说什么好。

她扭头对着他。

"你认为我不能吗？"她说。但是为了她的自信，她满脸通红，并一直红到脖根。

他仍然没说什么。

"你瞧，"——她在努力解释道——"我也不得不去理解一番。"

"这种所谓的'理解'是什么意思?"他问。

"含意很多——它对你不是那样吗?"她答道,"人是自由的。"

"那么你并不失望?"

"当然不!"她语气低沉而诚挚。

"你爱他?"

"是的,我爱他。"

"那好!"他说。

这句话让她沉默了一会儿。

"在这里,在他的环境中,我爱他。"她说。

自负不允许他继续沉默。

"还需要环境?"他问。

"当然,"她叫道,"你总是把我弄得不是我自己。"

他短促地笑了笑。

"但这就是环境的问题?"他说,他已经考虑到了她的心境。

"我就像植物一样,"她答道,"我只能在我自己的土壤里生长。"

他们来到一处地方,这里没有灌木丛,空出一个光秃秃的棕色的空地,只有砖红、微紫的松树树干。树林外是连成一片的暗绿色的大树,长着花芽,树下是欢愉舒展的三角旗一般的蕨。在这块光秃秃的空地正中,立着看林人的小屋。鸡笼四处乱摆,有些里面装着咯咯叫唤的母鸡,有些里面空无一物。

希尔达踩着松叶朝小屋走去,从屋檐下拿出一把钥匙,然后打开门。这是一个木结构的地方,有木匠的工作台和模具,斧头,墨斗,铁皮带,杉木钉钉住的毛皮,一切都井井有条。希尔达带上门。离奇古怪的野生动物的皮毛平摊着钉在那里,等着加工处理。辛森仔细查看了一下。她转动着侧墙的疤节,又露出一间小小的房间。

"多浪漫呀!"辛森说。

"是的。他很巧——有着野生动物的狡猾——从好的方面说——而且他具有创造性,很富有思想的——当然并非超出了他的所知。"

她拽开墨绿色窗帘。这房间几乎完全被一个大大的长沙发占满了,沙发上铺着一块宽大的兔毛毛毯,地板上是拼缀起来的猫皮地毯,还有一块红色小牛皮地毯,而悬在墙上的是其他皮毛。希尔达从墙上摘下一件,穿上。这是一件斗篷,用兔皮做的,中间还混有白色的皮毛,附带着一个兜帽,显然是鼬皮做的。她从这原始的斗篷里对辛森笑着说：

"你觉得怎么样？"

"呃！我为你的男人向你祝贺。"他答道。

"看！"她说。

架子上的小瓶里插着一些小花枝，脆弱而苍白，是忍冬①的花枝。

"晚上它们使这里充满香味。"她说。

他好奇地四下打量。

"那么他哪些地方欠缺呢？"他问道。她紧盯着他——好长一段时间，然后转过脸去：

"星星对他不是一样的，"她说，"你能使它们闪耀颤动，而勿忘我花对我来说仿佛是萤火。你可以使事情变得'美好'，我已经发现这一点了——这是真的。但现在，我自己拥有这些东西。"

他笑了，说：

"毕竟，星星和勿忘我只是奢侈品。你应该作诗。"

"是呀，"她赞同道，"但是现在我一切都有了。"

他又一次对她苦笑着。

她迅速地转身走开。小小的房间一片昏暗。他正倚着房间的小窗户看着她。她此时站在门口，仍旧穿着斗篷。他摘掉了帽子，这样，她可以在昏暗的房间里清楚地看见他的脸和头。他乌黑、挺直、光泽的头发整整齐齐地从额前梳往脑后。他的黑眼睛正盯着她。他的脸洁净、细腻，而且非常光滑，正泛着光。

"我们是很不同的。"她苦涩地说。

他又笑了。

"我看是你不满意我。"他说。

"我不满意你变成这样子。"她说。

"你认为我们——你或我——或许"——他扫了一眼这小屋——"会像这样？"

她摇摇头。

"你！不，永远不会！你采到一样东西，看着它，直到你已经知晓你想要了解的一切，然后就把它扔掉。"她说。

"我是这样？"他问道，"你的路永远不会成为我的路？我看不见得。"

---

① 忍冬：也叫金银花，为忍冬科多年生半常绿缠绕木质藤本植物。

"为什么该这样?"她说,"我是一个独立的人。"

"但可以肯定,有时两人会走同样的路。"他说。

"你从我这里把我夺走了。"她说。

他知道,他误解了她,把她当作她根本不是的那类人。那是他的错,而不是她的。

"那你早知道吗?"他问。

"不——你永远不让我知道。你欺侮我,我无法自拔。你走了,我很高兴,真的。"

"我知道你高兴。"他说,但脸变得更苍白,差不多像死一样的光亮。

"可是,"他说,"是你送我走上这条路的。"

"是我!"她大声说道,露出很骄傲的神气。

"你让我获得中学奖学金——你让我培养可怜的小波泰尔对我炽热的爱恋,直到她离不开我——而且因为波泰尔有钱,有权势。你成功地要这酒商自告奋勇送我到剑桥读书,去帮助他唯一的孩子。你想要我在这世界上出人头地。而同时你在把我从你身边送走——我每一次新的成功便使我们拉得更开,对你尤甚于对我。你从来不想跟我一道:你只想要送我去看那是什么样子。我相信你甚至想要我去娶一位淑女,你想从我身上来击败这个社会。"

"那我负责任。"她讥讽地说。

"我表现得杰出是为了让你满意。"他答道。

"啊!"她叫道,"你总是想要变化,变化,像个小孩。"

"没错!而且我成功了,我知道这个。我做一些好的工作。但是……我还认为你变了。对一个男人你有什么权力?"

"你想干什么?"她说着,充满恐惧的大眼睛看着他。他回视了她一眼,眼睛犀利,像武器一样。

"呃,不干什么。"他短促地笑笑。

外面的门闩格格作响,看林人走了进来。这女人扫了他一眼,但是仍旧穿着皮毛披风,站在里屋门口,没有动,辛森也没动。

这个男人走进来,看见了他们,转过身去没有说话。屋里的两人也一言不发。

佩尔比姆侍弄着他的毛皮。

"我得走了!"辛森说。

"好吧。"她答应着。

"那么我给你，为我们'永恒不变的命运'。"他发誓地举起手。

"为我们永恒不变的命运。"她严肃地答着，口气冷淡。

"亚瑟！"她喊。

看林人假装没听见。辛森冷眼看着，开始微笑起来。女人停了下来。

"亚瑟！"她又喊道，嗓音里带有一种奇怪的向上的变音。

这声音告诫着这两个男人她的灵魂正为一场危机而颤抖。

看林人慢慢放下手中的工具，朝她走来。

"什么事？"他说。

"我想给你介绍。"她说，声音发颤。

"我已经见过他了。"看林人说。

"是吗？这是艾迪·辛森先生，你知道的——这是亚瑟·佩尔比姆先生。"她转向辛森，补充道。辛森向看林人伸出手，接着他们沉默地握了握手。

"很高兴认识了你，"辛森说，"我们中断通信联系吗，希尔达？"

"为什么要？"她问。

两个男人站在那儿不知所措。

"没有必要吗？"辛森说。

她沉默着。

"随你的便。"她说。

他们三人一起沿着阴暗的小道往下走去。

"天空多么湛蓝，而希望是多么殷切！"辛森不知道说些什么才好，在引用诗句。

"你什么意思？"她说，"何况，我们不可能放荡——我们从来没放荡过。"

辛森看着她。看到他年轻的情人，他的修女，他的博梯塞利天使如此鲜明地展现在眼前，他吃了一惊。正是他自己成了傻瓜。他们俩已经生疏得无异于任何两个陌生人。她只是想继续跟他保持通信——而他，当然也想保持这一联系，这样，他就可以写信给她，像但丁对某一个从来没存在过的贝翠丝的情感一样只留在他自己的头脑中。

到小路尽头时，她离他而去了。他跟着看林人走向开阔地，走向林地的大门，两个男人几乎像朋友一般肩并肩走着，都没有打开话匣子。

辛森没有径直走到大路口，反而沿着林边走去。潺潺小溪流到一个小泥沼。桤木树下、芦苇丛中大株大株金黄色的金盏花在阳光下闪耀着迷人的色泽，水中点缀着花朵的金黄色，棕色的水流朝远方淌去。一只翠鸟突然飞过，在空中掠过一道蓝色的亮光。

辛森异乎寻常地被感动了。他爬上岸到荆豆丛中，星星点点的花朵还未积聚成一片锦绣。躺在干枯的草皮上，他发现一小枝一小枝紫色的、粉红色的叫不出名字的植物。这是一个多么美妙的世界——妙不可言，永远充满了新奇。尽管他觉得这仿佛在地下，像一尘不变的地狱的田野。他心中的痛处如同伤口一样疼痛。他记起了威廉·莫里斯的诗，在他的诗中描述了《里昂内斯教堂》里一位骑士受伤躺在地上，矛枪深深刺在他的胸口，他躺在那儿像死去一样，但并没有死。而日复一日明媚的阳光透过明亮的窗户照到圣坛，然后迅即流逝。他清楚地知道，他和她之间的事情永远不可能成为真的，绝不可能，事实始终离得很远。

辛森翻了个身。空气中充满了云雀的叫声，仿佛空中的阳光凝聚起来，像下雨般地当头落下来。在这明快的叫声里，人们小声说话可以清晰地听见。

"可是要是他结婚了，而且很乐意丢开它，你干吗还反对？"这是男人的声音。

"我现在不想谈这件事。我想单独待会儿。"

辛森从树丛中看过去。只见希尔达正站在林中靠近门的地方。看林人在田里，在树篱边走来走去，玩弄着停在白色悬钩子上的蜜蜂。

他们沉默了一会儿。在这段时间里辛森想象她的思绪漂浮在云雀明快的叫声中。突然，看林人大叫了声："啊！"然后咒骂起来。他正紧紧抓住衣服袖子，靠近肩膀的地方。他脱掉夹克上衣，把它掼在地上，然后全神贯注地把衬衫袖子一直卷到肩膀。

"啊！"当他拣出这只蜜蜂，并把它扔掉时报复性地说。他弯着光亮健壮的手臂，笨拙地往肩膀上瞅。

"怎么啦？"希尔达问。

"一只蜜蜂——从我袖子里爬进去了。"他答道。

"到我这儿来。"她说。

看林人朝她走去，如同一个绷着脸生气的男孩。她双手抓住他的胳膊。

"在这儿——刺在里面——讨厌的蜜蜂！"

她拔出刺，嘴贴在他胳膊上，吸吮着毒液。当她看到在他胳膊上印出一个红色的唇形时，大笑道：

"那是你有生以来得到的最炽热的吻。"

当辛森再次抬起头朝声响处看去时，瞧见树阴里看林人正亲吻着他爱人的脖子。她的头向后仰着，头发垂了下来，一根乱蓬蓬的发辫悬在他光光的手臂处。

"不!"这女人说道,"我不是因为他走了心烦意乱,你不明白……"

辛森听不清男人在说什么话。只听见希尔达清晰明了地答道:

"你知道我爱你。他已经完全从我生命中走开了,别为他而苦恼了……"他吻着她,喃喃地说着话。她不明所以地笑起来。

"是的,"她宽容地说,"我们会结婚,我们会结婚的,但不是现在。"他又对她说了些什么。辛森一时间什么也没听见。

然后听见她说:

"现在你必须回家,亲爱的……你会睡不好的。"

又听见看林人咕哝着什么,为担忧和激情所困扰。

"可是为什么我们应该马上结婚?"她说,"结婚你会多些什么?像现在这样最美好。"

终于,他穿上外套走了。她站在门口,没有看他,而是穿越阳光明媚的乡村眺望着远方。

到最后,她终于走了。辛森也动身离去,回到城里。

木 木

[俄国]屠格涅夫

屠格涅夫(1818～1883),俄国批判现实主义小说家、诗人和剧作家。他是一位有独特艺术风格的作家,他既擅长细腻的心理描写,又擅长于抒情。他的小说结构严整,情节紧凑,人物形象生动,他尤其善于细致雕琢女性艺术形象,而他对旖旎的大自然的描写也充满诗情画意。

这里是莫斯科的一条偏僻街道。这条街道上有一所灰色的宅子,这所宅子有白色圆柱、阁楼和一个歪斜的阳台。

以前这里的主人是一个寡妇,陪伴她的还有不少家奴。不要以为这个老太太只是孤寡一人,其实她还有不少儿子和女儿呢。她所有的女儿都已经出嫁了;所有的儿子也都在彼得堡的政府机关里服务。自从孩子们长大后,她一直都在家过着孤独而毫无趣味的生活。她生活里的黎明已经过去了,但是她的黄昏却暗淡得让人厌恶。

她家中有很多奴仆,其中最出色就是那个打扫院子的人格拉西姆。他身材十分高大,就像传说中的大力士那样,唯一不足之处就是他是个聋哑人。他原本在乡下,后来太太把他带到城里来,并让他住在村里的一间小屋里。在所有的缴租农人中间,他算是比较诚实的一个,因为他总能按时缴租。

格拉西姆的力气非常大,而且这种力气好像是与生俱来的。他可以一个人干四个人的活,而且不费一点力气。在他耕地的时候,他就把他宽大的手掌按在木犁上,如此一来那匹小马就好像是多余的了。在圣彼得日里,他会用尽力气挥动手中的镰刀,似乎要把整座白桦林子都砍干净。

因为格拉西姆总是生活在沉默的世界中,所以他的劳动使他显得更为庄严。在农民当中,他应该算是最出色的一个了。如果不是身体方面的残疾,相信每个女孩都十分愿意嫁给他。

后来格拉西姆被带到莫斯科来了。他不仅有了靴子,还有了夏天和冬天穿的衣服。他的任务就是拿着一把扫帚和一根铁铲,然后尽职尽责地打扫院子。一开始他对这种生活很不习惯,因为从小生活在农村的他习惯了整天在田地里忙碌的生活。因为他身体方面的原因,他一直把自己与其他人隔绝起来。被带到城市之后,他完全不知道自己该做些什么了。就像一头强壮的小公牛那样,他每天发呆。本来这头牛每天都在宽广的草地上吃草,忽然有一天它被人带走了——究竟要带它去什么地方呢?只有上帝知道。格拉西姆从小就习惯了苦功的生活,所以这种小事根本难不倒他。每天他只需要半小时就把他应该做的事做完了,然后就站在院子中间望着来来往往的人;有时候他会把手中的扫帚和铁铲掷得远远的,然后飞快地跑到一个角落,自己头朝着地扑下去,一动不动地躺在地面上。但是人总是神奇的,慢慢的对什么都会习惯。随着时间的流逝,格拉西姆也渐渐习惯了城里的生活,他开始渐渐习惯自己的工作:每天把院子打扫干净,分两次取两桶水,运柴,劈柴给厨房和整个宅子使用,白天和黑夜小心谨慎地守护着这里。其实,他的工作真的做得很好,因为自从他来到这里以后,人们从来不会在院子里看到木屑和垃圾;遇到下雨路烂的时候,带着桶去取水的老马如果在路上什么地方陷在泥里走不动了,他都会用肩头一顶,把马车解救出来。如果是砍柴的时候,树木会被他砍得粉碎。至于生人呢,自从那一天他捉住了两个小偷,为了惩罚他们,把他们两个的头放在一起碰撞了几下(碰得那样厉害,简直用不着再把他们送到警察局去了)以后,周围的人几乎没人敢招惹他了。即使在白天,有些过路人(只是一些陌生人罢了),看到这样一个可怕的打扫院子的人也躲得远远的。

格拉西姆和其他仆人的关系不远也不近,他总是把他们当自己人看待。其他仆人会用他能明白的手势和他打招呼,主人吩咐的事情他也做得很好。虽然这样,他还是很明白自己享有什么样的权利。吃饭的时候,没有人敢坐在他的座位上。

其实,格拉西姆这个人是比较严厉的,他无论做什么事情都有自己的步骤。甚至连公鸡都不敢在他面前打架,否则它们一定会得到惩罚的。他会把它们的腿捉住,然后使它们在空中转动几圈后朝不同方向"飞奔"出去。在大院子里也有一些鹅,但相对来说,鹅是一种比较尊贵的家禽,所以格拉西姆会精心地照料喂养它们。

他们分派了厨房上面的一间顶楼给他;他照他自己的趣味布置了这间屋子:他用橡木板做了一张床,床脚是用四个木头墩子做的——这真是一张民间传说中大力士睡的床了,它载得起一百普特的重量,不会塌下去;床底下放了一口坚固的木箱;一个角落里立着一张同样牢固的小桌子,桌子旁边有一把三只脚的椅子,椅子非常结实、矮小，所以格拉西姆常常把它举起来，又丢下去，一边高兴地微笑。这顶楼是用挂锁锁住的，锁的形状倒像"卡拉奇"①，不过它是黑色的罢了。格拉西姆总是把这把锁的钥匙挂在自己的腰带上，他不喜欢别人走进他的顶楼去。

就这样地过了一年，在这年的年尾格拉西姆遇到了一桩小小的意外事情。

那位老太太（格拉西姆就是在她的宅子里当打扫院子的人）对什么事情都遵照古法办理，她养了一大群用人：在她的宅子里不仅有洗衣女人、缝衣女人、细木匠、男裁缝、女裁缝等等，甚至还有一个马具匠，他也兼作兽医，并且还要给佣人看病，宅子里另外有一个专给女主人看病的家医；最后还有一个鞋匠，叫做卡皮通·克里莫夫，是一个无可救药的酒鬼。克里莫夫一直认为自己受了委屈，没有人知道他的真正价值，他原本是一个有教养的京城里的人，不应当连一个职业也没有，在莫斯科郊外这种偏僻地方住下来。要是他喝酒（他自己这样说，而且在说话的时候还时常停顿，用手打他自己的胸膛），那就是在借酒消愁。有一天，太太跟她的总管加夫里拉谈到他的事情（加夫里拉是这样一个人：单从他那双又黄又小的眼睛和他那个鸭嘴般的塌鼻子看来，就知道他是一个命中注定要指挥别人的人物）。太太在惋惜卡皮通的堕落，他刚巧前一个晚上还让人看见醉倒在路旁。

"啊，加夫里拉，"她突然说，"要是我们给他配个亲，你觉得怎样？也许他就会安分起来。"

"是啊，为什么不给他配个亲呢，太太？是可以的，太太，"加夫里拉答道，"这会是一桩很好的事情，太太。"

"对，只是把谁配给他呢？"

"自然啦，太太。不过，随您的意思吧，太太。无论如何，他总可以有点用处；放在十个人里头挑，他总是不会落选的。"

"我看他好像喜欢塔季扬娜？"

加夫里拉正要回答，却又把嘴唇闭紧了。

"对……把塔季扬娜配给他吧，"太太决定说，她高兴地闻了闻鼻烟，"你听见了吗？"

"听见了，太太，"加夫里拉应道，就退了出来。

加夫里拉回到自己的屋子里（这是耳房，屋子里差不多装满了用铁片包的箱子），先把老婆支开，然后坐在窗前，细细地想起来。女主人这种意料不到的命令显

---

① 卡拉奇：圆弧形的白面包。

然使他感到为难了。他终于站了起来,叫人去找卡皮通。卡皮通来了……不过在我们把他们的谈话向各位读者转述之前,我们觉得有必要用简单的几句话讲一讲卡皮通要娶的那个塔季扬娜是什么人,而且为什么太太的命令叫总管感到头痛。

塔季扬娜就是上面讲过的那班洗衣女人中间的一个(不过因为她是一个能干的熟练的洗衣女人,所以她只管上等的细衣服),她是一个二十八岁光景的女人,瘦小的身材,金黄色的头发,左边脸颊上有几颗痣。俄国人认为左边脸颊上的痣是凶兆——是苦命的预兆……塔季扬娜不能说自己的运气好。她自小就受虐待:一个人做两个人的事情,从来没有受到人怜爱;她穿得很坏,而且只拿到极少的工钱;亲戚呢,她可以说一个也没有;有一个上了年纪的管事,说是不中用给开除了,丢在乡下,这个人是她的远房叔父,另外还有几个叔父、舅父,都是些农人——再也没有别的了。有一段时间她还算是一个美人,可是她的漂亮很快地就过去了。她的性情极柔顺,或者更可以说是懦弱怕事;她完全不关心她自己的事情,怕别人却怕得要命;她只想到在指定的时间里面做完她的工作,从来不跟谁谈话,只要听见人提起太太的名字就发抖,其实太太看见她也不见得会认出来。格拉西姆从乡下给带进城的时候,她看见他那个庞大的身形差一点儿给吓得晕过去,她想尽一切方法避免跟他见面,碰到她从宅子里出来到洗衣房去,在他跟前跑过的时候,她甚至于眯起了眼睛。格拉西姆起初并不特别注意她,后来她走过他跟前的时候,他总是一个人笑起来,然后他开始出神地望着她,最后他就盯住她不肯把眼睛掉开了。他喜欢她,究竟是因为她脸上温和的表情呢,还是因为她那种畏怯的举动呢——这只有上帝知道了!有一回她偷偷地在院子里走过,伸开手指头小心地提着太太的一件浆过的短衫……忽然有人使劲地捉住她的胳膊;她回过头来,不觉尖声大叫;格拉西姆就站在她后面。他傻笑,发出怜爱的叫声,送给她一只姜饼做的小公鸡,鸡的翅膀上和尾巴上都贴着金箔。她想不接受,可是他把姜饼硬塞在她的手里,摇摇头走开了,随后又回过头来,再对她发出一些非常亲密的叫声。从那天起他就不让她安宁了:不管她走到哪儿,他就会跟到哪儿去跟她见面,对她微笑,发出叫声,摇她的手,或者突然间从怀里拉出一根带子放在她的手上,或者拿他手里的扫帚扫去她面前的尘土。这个可怜的女子简直不知道要怎样应付,怎样做才好。很快地整个宅子里的人都知道这个打扫院子的哑巴的鬼把戏了。嘲笑,打趣,挖苦,一齐落到塔季扬娜的头上;可是没有一个人敢取笑格拉西姆:他不喜欢人开玩笑,所以人们当着他的面不去麻烦塔季扬娜。不管这个女子愿意不愿意,她是在他的保护下面了。他跟每个聋哑的人一样,非常机敏,只要是有人在取笑他或者她的时候,他马上就完全明白。有一回在吃中饭的时候，塔季扬娜的上司，那个管衣服女人，照一般人的说法，在挑三挑四地逗她，而且闹得很厉害，叫那个可怜的女子不知道把眼睛朝哪儿看好，差一点儿要恼得哭起来了。格拉西姆突然站了起来，伸出他的大手，把它放在管衣服女人的头上，并且非常凶恶地望着她的脸，吓得她把头埋在饭桌上面。众人都不做声。格拉西姆又拿起他的调羹继续喝他的白菜汤。"看，这聋哑的魔鬼，这个树妖！"众人低声喃喃说。管衣服女人站起来，回到女用人房间去了。

还有一次，格拉西姆看见卡皮通（就是我们刚刚讲起的那个卡皮通）跟塔季扬娜谈话谈得很亲密，他便向卡皮通招手叫他过来，把他带到马车房去，拿起一根立在墙角的车杆，捏紧它的一头，轻轻地然而很有意思地用这车杆威胁他。从那个时候起就没有一个人再跟塔季扬娜谈话。这一切并没有给格拉西姆带来任何的麻烦。固然那天管衣服女人一跑进女用人房间就晕倒了，而且她用很巧妙的方法让太太在同天就知道了格拉西姆的粗暴的行为；可是这位喜怒无常的老太太只是笑笑罢了，并且好几次弄得管衣服女人非常难堪，她逼着她一再说明：例如，"他怎样用他那很重的手把你的头弯下去的"，第二天她就赏了格拉西姆一个银卢布，她认为他是一个忠心的、气力大的看守人，很赏识他。格拉西姆倒很害怕他的女主人，可是他仍然盼望着她给他恩惠，他正打算去求她答应他跟塔季扬娜结婚。他只等着总管答应过他的那件新的长裾外衣，想打扮得干干净净去见太太，可是这位太太却突然想到把塔季扬娜配给卡皮通了。

读者们现在容易明白加夫里拉在跟女主人谈过话以后为什么会感到为难了。他坐在窗前想着："女主人不用说喜欢格拉西姆（这一层加夫里拉倒是很清楚的，因此也很纵容他），可是他究竟是一个不会讲话的东西。我可不能报告女主人说格拉西姆爱上了塔季扬娜，而且这也是公平的，他究竟算是怎样的丈夫呢？可是从另一方面来说，那个——上帝饶恕我——树妖要是知道塔季扬娜要配给卡皮通了，他会把宅子里所有的东西都捣毁的，一定的。你没法跟他讲道理；他这个魔鬼——上帝饶恕我这个罪人——不管你用什么方法都说服不了他……是这样的！……"

卡皮通的出现打断了加夫里拉的思路。那个轻浮的鞋匠走了进来，把两只手搁在背后，很随便地靠在近门处一个突出的墙角，右腿架在左腿的前面，摇晃着头，仿佛在说："我在这儿。您有什么事？"

加夫里拉望着卡皮通，一面拿手指敲窗台。卡皮通不过把他那混浊无光的眼睛稍微眯细一点，他并没有埋下它们。他居然微微地笑了起来，还伸手去抚摩他那朝四面八方竖起来的带白色的头发，仿佛又在说："喂，是的，我，我啊。你在看什么?"

"你倒好,"加夫里拉说,他又不作声了,"你倒好,没有什么说的!"卡皮通只是扭扭他的瘦小的肩膀,"那么,请问,你比我更好吗?"他心里想道。

"哼,你看看你自己,哼,你看看,"加夫里拉带责备地往下说,"哼,看你自己像个什么?"

卡皮通从容地仔细看他那脱了线的破礼服和打补丁的裤子,他特别注意地看他那双穿了洞的靴子,尤其是他那右脚很文雅地放在靴头上的那一只,然后他又把他的眼光停留在总管的脸上。

"先生,什么事?"

"先生,什么事?"加夫里拉跟着他说,"先生,什么事? 你还说:先生什么事?你简直像个魔鬼,上帝饶恕我这个罪人,你就像那个样子。"卡皮通很快地眨着眼睛。

"你咒吧,你咒吧,加夫里拉·安德里那奇。"他心里想道。

"不用说,你又喝过酒了,"加夫里拉说,"你又喝过酒吗? 嗯? 喂,回答我。"

"我因为身体弱的关系,的确喝了含有酒精的饮料。"卡皮通答道。

"因为身体弱的关系! ……你鞭子挨得太少了,就是这么一回事。你还在彼得做过学徒……你学到的真多! 你就只是白吃面包不做事。"

"讲到这件事情,加夫里拉·安德里那奇,我就只有一个审判官:那就是上帝,此外再没有别人了。只有他知道在这个世界上我是什么样的一种人,我是不是白吃面包。至于您对我喝醉酒的看法,我觉得讲到那件事情,我也不错,倒不如说是我一个朋友的错:他引诱我喝上了酒,就丢开我,一个人走了,可是我……"

"你就像鹅一样地给丢在街上了。啊,你这个放荡的家伙! 啊,现在的事情倒不是这个,"总管继续说下去,"却是这样的事。太太……"说到这儿他又停了一下,"太太高兴要你讨老婆。听见吗? 她以为你讨了老婆就可以安分了。你明白吗?"

"我怎样会不明白呢,先生。"

"嗯,好的。照我看,还是揍你一顿好些。嗯,不过那是太太的事情。怎么样?你同意吗?"

卡皮通露出牙齿笑了笑。

"讨老婆,对男人说,是一桩很好的事,加夫里拉·安德里那奇,至于我呢,在我这方面,我是非常满意的。"

"嗯,好的。"加夫里拉答道,他一面在心里暗想:"不用说,这个家伙倒讲得很对。"他接着大声说,"只是有一桩事,新娘子挑得不合适。"

"那么,她是谁呢,请宽恕我多问……"

"塔季扬娜。"

"塔季扬娜?"

卡皮通睁大了眼睛,离开墙角走出来一点。

"你为什么这样吃惊?难道她不中你的意?"

"怎么不中我的意,加夫里拉·安德里那奇!这个姑娘是没有说的,她是个工作勤劳、性情温和的好姑娘……可是您自己也知道,加夫里拉·安德里那奇,那个树妖,那个草原的妖精看上了她,您知道……"

"我知道,伙计,我全知道,"总管烦恼地打断了他的话,"可是你知道……"

"啊,上帝保佑啊,加夫里拉·安德里那奇!他会杀死我的,我敢说他会的,他会像打死苍蝇一样地打死我。啊,他有手,只消请您看看他的手是怎样的手啊!这简直是米宁和波查尔斯基的手。他是一个聋子,他打起人来自己却听不见。他挥舞他的大拳头,就好像他在做梦一样,简直不可能阻止他。为什么呢?因为您自己知道,加夫里拉·安德里那奇,他是个聋子,而且他蠢得像脚后跟一样。您看,他还是一种野兽,一个笨蛋,加夫里拉·安德里那奇——比邪教的偶像还要坏……他是一块白杨木头!为什么我现在应该受他欺负呢?自然,我现在已经毫不在意了:我变得柔顺了,我学会忍耐了,我在自己身上涂了油,就像一个发亮的科洛姆纳的水罐——可是我究竟是一个人,无论如何,我实在不是一个不值钱的水罐。"

"我知道,我知道,不要多讲下去了……"

"主,我的上帝啊!"鞋匠热烈地接着说下去,"末日在什么时候来啊?什么时候啊,主啊!我是个苦命人,一个没有出路的苦命人!这是命运,我的命运啊,您想想看!在小时候我挨惯了德国师傅的打;长大了又挨同胞们的打,最后在壮年时期,您看又要弄到什么样的结果……"

"呸,你这个软弱不中用的家伙,"加夫里拉·安德里那奇说,"你为什么只顾唠唠叨叨地讲个不停,真是!"

"你讲'为什么'吗?加夫里拉·安德里那奇!我并不害怕挨打,加夫里拉·安德里那奇。要是碰到一位老爷,他可以关起门打我,不过在人面前还得跟我打招呼,我究竟还算是一个人啦,可是现在我碰到的是什么人呢……"

"喂,不要讲了!"加夫里拉不耐烦地打断了他的话。

卡皮通掉转身子,慢慢地走了。

"喂,要是他那方面没有问题,"总管还在后面大声问道,"你本人答应吗?"

"我完全同意。"卡皮通答道,就走出去了。

就是在走投无路的时候,他也没有失掉他的口才。

总管在屋子里来来回回地走了好几次。

"好吧,现在把塔季扬娜叫来!"他最后说。

不多久,塔季扬娜就悄悄地来了,她站在房门口。

"您有什么吩咐,加夫里拉·安德里那奇?"她小声地说。

总管望着她。

"喂,"他说,"塔季扬娜,你愿意嫁人吗? 太太给你找到了一个新郎。"

"知道,加夫里拉·安德里那奇。"她又吞吞吐吐地加了一句,"她给我挑的新郎是谁呢?"

"卡皮通,那个鞋匠。"

"知道,先生。"

"他是一个荒唐的人,那倒是事实。不过在这方面太太把希望放在你的身上。"

"知道了,先生。"

"可是还有一桩麻烦的事情……你知道那个聋子格拉西姆爱上了你。你究竟是怎样地迷住了那头熊的? 可是你知道,他要杀死你,恐怕他会的,他这样的一头熊。"

"他会杀死我,加夫里拉·安德里那奇,他一定会杀死我。"

"他会杀死你……哼,我们等着瞧吧。你怎么说:他会杀死你。难道他有权杀死你吗? 你自己判断一下吧。"

"不过我并不知道他有没有权,加夫里拉·安德里那奇。"

"你是个怎样的女人啊! 我想你总没有允许过他什么吧……"

"请问您是什么意思,先生?"

总管停了一会儿,心里想:"你真是个柔顺的女人!"

"嗯,好的,"他大声说,"我以后再跟你谈这桩事,现在你走吧,塔季扬娜,我看出来你的确是个肯听话的女子。"

塔季扬娜掉转身子,在门柱上轻轻地靠了一下,就走出去了。

"说不定太太明天就会忘记这桩亲事,"总管想道,"为什么我这样担心呢? 我们把这个坏蛋绑起来;要是他闹出什么事情,我们就报告警察……""乌斯季尼碰·费奥多罗夫娜，"他大声唤他的妻子道，"把小茶炊预备好，我的好女人。"

这一天塔季扬娜差不多整天没有走出洗衣房。起先她哭了一阵，随后揩干眼泪，又跟先前一样地做工作了。卡皮通跟一个脸色阴沉的朋友在酒馆里一直坐到夜深，他对那个朋友详详细细地讲他从前跟一位老爷同住在彼得，那位老爷什么都比人强，只是他爱守秩序，而且他还有一个小缺点，就是他太喜欢喝酒；至于女人呢，凡是勾引女人的本领，他都有……那个脸色阴沉的同伴只是点头答应，可是等到后来卡皮通声明他由于某种情况必须在明天自杀的时候，他那个脸色阴沉的同伴才注意到应当回去睡觉了。他们就闷声不响地分别了。

同时，总管的指望并没有成为事实。太太非常惦记卡皮通的婚事，她甚至在夜里跟她的陪伴女人就只谈这桩事情，这种陪伴女人是她养着专门在她夜里失眠的时候陪伴她的，她们同值夜班的车夫一样，在白天睡觉。第二天早茶以后加夫里拉进去见她报告家务的时候，她的第一句问话就是："我们那桩婚事怎样了？"他自然回答说，进行得很好，卡皮通今天要来见她谢谢她的恩典。太太身体不大好，料理事情并不久。总管回到自己的屋子去了，召开了一个会。这桩事的确需要特别的考虑。塔季扬娜自然不反对，可是卡皮通当着众人表示，他只有一个脑袋，并没有两个，三个……格拉西姆凶恶地、迅速地轮流望着每一个人，不肯离开女用人房间的台阶，他好像已经猜到了他们正在商量什么对他不利的事情。大家聚在一块儿商量（他们里面有一个上了年纪的伺候吃饭的用人绰号"尾巴叔叔"的，大家总是带着敬意地找他出主意，虽然他老是回答他们："有个办法了，是的，是的，是的，是的！"），会议的第一个决定，就是为着安全起见，先把卡皮通锁在放滤水器的贮藏室里头，然后郑重地仔细考虑这桩事情。要用武力解决，自然很容易；可是上帝啊，这不行！要闹出事来，太太会不开心——那就该倒霉了！那么怎么办呢？他们想了又想，终于想出一个办法来了。他们有好多次看出来格拉西姆很讨厌喝醉的人……他坐在大门口，每次看见什么人喝得醉醺醺的、走路摇摇晃晃、帽檐盖在一边耳朵上面的时候，他总是生气地把头掉开。他们便决定叫塔季扬娜假装喝醉，一偏一倒地走过格拉西姆的面前。那个可怜的女子好久都不肯答应，可是他们终于说服了她，而且她自己也看出来她只有用这个办法才可以摆脱那个爱慕她的人。她去了。他们把卡皮通从贮藏室里放了出来，因为这桩事究竟跟他有关系。格拉西姆正坐在大门口的边石上，拿他的铁铲在地上戳来戳去……每一个角落后面，每一幅窗帷后面都有人在偷偷地望他……

这个诡计完全成功。他看见塔季扬娜，起先还是像往常那样地一边发出怜爱的叫声,一边对她点头;然后他注意地望着她,丢开铁铲,跳起来,走到她跟前,把自己的脸挨近她的脸⋯⋯她吓得摇晃得更厉害了,紧紧闭上了眼睛⋯⋯他捉住她的膀子,拉着她一块儿飞跑过这个大院子,一直跑进那间开会的屋子,把她推到卡皮通的身上去。塔季扬娜完全晕过去了⋯⋯格拉西姆站在那儿,望着她,挥他的手,笑了笑,然后迈着沉重的脚步走回他的顶楼去了⋯⋯整整一天一夜他都没有出来过。马夫安季普卡后来对人说,他从墙板缝里看见格拉西姆坐在床上,一只手贴住脸颊,时时发出轻轻的有规律的叫声,他悲声哼着,那就是说,他把身子摇来摇去,闭着眼睛,晃着脑袋,往常车夫或者拉船人唱他们那种悲歌的时候就是这个样子。安季普卡害怕起来,他就离开墙板缝走了。格拉西姆第二天走出了他的顶楼,他身上并没有出现什么特殊的变化,只是脸色更阴沉,而且完全不去注意塔季扬娜和卡皮通了。当天晚上,塔季扬娜和卡皮通每个人胳膊底下挟一只鹅一块儿到太太那儿去谢恩,一个星期以后他们便结婚了。就在举行婚礼的那天格拉西姆的举动也没有什么改变,只是他空着手从河边回来:他在路上不知道怎样把水桶弄破了。夜里他在马房里拼命洗擦马身,弄得那匹马像草给风吹着似的摇摆起来,在他的铁拳下面它有点站不稳了。

这一切都是春天里发生的事情。又一年过去了,这中间卡皮通成了一个无可救药的酒鬼,而且干什么事都不中用了,所以他得到吩咐带着妻子坐上大车,给遣送到遥远的乡村去。在动身的那一天,他起初还鼓起很大的勇气,公开表示,不管他们把他遣送到哪里去,就是到乡下女人洗衬衫把捣衣杵放在天上的地方,他也不会给毁掉的;可是后来他又颓丧起来,抱怨说他们把他送到没有学问的人们中间去了,最后他萎靡到连自己的帽子也戴不上了。有个好心的人把帽子扣在他的额上,对正了帽檐,从上面敲一下,把帽子给他戴稳了。等到一切都弄好了,乡下人已经把缰绳捏在手里只等着说出"上帝保佑"就动身的时候,格拉西姆从他的小屋子里出来,走到塔季扬娜跟前,送给她一幅红棉布头巾做纪念品,这头巾还是他在一年前为她买的。塔季扬娜,一直到这个时候为止,对她一生所遭遇的悲欢离合都是非常淡漠地忍受了的,可是到这时她再也控制不住自己了,她淌了眼泪,上车的时候,还照基督徒的礼节跟格拉西姆接了三次吻。他原想把她一直送到城门口,而且起初还在她的车子旁边走了一会儿,可是走到克里米亚①浅滩他忽然停了下来,挥了挥手,就顺着河边走去了。

---

① 克里米亚:黑海北部海岸上的一个半岛,也是乌克兰的一个自治共和国,首府是辛菲罗波尔。

快到黄昏时候了。他望着河水,慢慢地向前走。他忽然觉得好像有什么东西在岸边淤泥里面打滚。他俯下身子,看见了一条带黑点子的白毛小狗,不管它怎样努力,它始终不能够爬到水外面来,它一直在挣扎,滑跌,它那个打湿了的瘦小身子抖得厉害。格拉西姆望着这条不幸的小狗,用一只手把它抓起来,放在自己的怀里,大踏步走回家去了。他走进自己的顶楼,把救起来的小狗放在床上,用他的厚厚的绒布外衣盖住它,先跑到马房去拿了些稻草,然后到厨房去要了一小杯牛奶。他小心地折起厚绒布外衣,铺开稻草,又把牛奶放在床上。这条可怜的小狗生下来还不到三个星期,它的眼睛睁开并不多久,看起来两只眼睛还不是一样地大小。它还不能够喝杯子里的东西,它只是在打战,在眨眼睛。格拉西姆用两根手指轻轻地捏住它的脑袋,把它的小鼻子浸在牛奶里面。小狗突然贪馋地舐起来,一面吹吹鼻息,浑身打战,而且时时呛起来。格拉西姆在旁边望着,望着,忽然笑了起来……他整夜都在照应它,安排它睡觉,擦干它的身子,最后他自己也在它的旁边安静地快乐地睡着了。

格拉西姆看护他这个"养女"小心得超过任何一个看护自己孩子的母亲(小狗原来是一条母狗)。起初"她"很弱,很瘦,很丑,可是"她"渐渐地强壮起来,好看起来,靠了"她"的恩人不懈怠的照料,过了八个月的光景,"她"居然变成了一条很漂亮的西班牙种狗,有一对长耳朵,一条毛茸茸的喇叭形的尾巴,和一对灵活的大眼睛。"她"多情地依恋着格拉西姆,从不离开他一步,总是摇着尾巴,跟在他后面。他还给"她"起了一个名字——哑巴们都知道他们那种含糊不清的叫声常常引起别人对他们的注意——他叫"她"做木木。宅子里所有的人都喜欢"她",也叫"她"做小木木。"她"非常聪明,跟每个人都要好,可是"她"只爱格拉西姆一个人。格拉西姆疯狂地爱着"她"……他看见别人抚摩"她",他就会不高兴:他是在替"她"担心,还是由于单纯的妒忌,这只有上帝知道!"她"常常在早上拉他的衣角把他叫醒;"她"常常口里衔住缰绳把运水的老马牵到他跟前,"她"跟那匹老马处得十分好;"她"常常脸上带着庄重的表情跟他一块儿到河边去;"她"常常看守着他的扫帚和铁铲,绝不让一个人走进他的顶楼去。他特地为"她"在他的房门上开了一个洞。"她"好像觉得只有在格拉西姆的顶楼里"她"才是十足的女主人,所以"她"走进屋子来,就马上带着满意的神气跳到床上去。夜里"她"一直不睡,但也绝不像某种愚蠢的守门狗那样不分青红皂白地乱叫。那种狗提起前脚坐着,鼻子朝天,眼睛眯细,只是为了无聊的缘故对着星星乱叫,而且总是连续地叫三回。不!木木的细小声音从来不会无缘无故地响起来;除非有生人走到篱笆跟前来了,不然就是在什么地方有了可疑的响动或者沙沙声……一句话说完，"她"是一条很出色的看家狗。说实话，除了"她"以外院子里还有一条老公狗，"她"一身黄毛带着褐色的斑点，名字叫陀螺。可是"他"一直给铁链锁住，就是在夜里也不放松。而且"他"自己也因为太衰老了的缘故，完全不想争取自由了。"他"整天躺在"他"的狗窦里，身子蜷缩在一块儿，只是偶尔发出一声嘶哑的、几乎是无声的狗叫，而且"他"马上就把这叫声咽下去了，好像"他"自己也觉得这种叫声并没有用处似的。木木从来不到太太的宅子里去，每逢格拉西姆搬柴到上房各处去的时候，"她"总是留在后头，不耐烦地在台阶上等他，只要门里有一点轻微的声音，"她"便竖起耳朵，把脑袋忽左忽右地掉来转去……

这样地又过了一年。格拉西姆仍旧在担任他那个打扫院子的职务，而且非常满意他自己的命运，可是突然发生了一件意外的事情……那就是：在夏天里一个天气晴朗的日子，太太和她那一群女食客正在客厅里来回地闲踱着。她的兴致很好，她在笑，又在讲笑话；女食客们也在笑，也在讲笑话，不过她们并不觉得特别快乐；宅子里的人并不大喜欢看见太太高兴，因为在那个时候，第一，她要所有的人立刻而且完全跟她一样地高兴，要是某一个人的脸上没有露出喜色，她就发脾气了；第二，这种突然的高兴是不会久的，通常总是接着就变成一种阴郁不快的心情。在那一天她早上起身好像很吉利：弄纸牌的时候拿到了四张"贾克"，这表示着"她的愿望可以实现"的兆头（她总是在早上弄纸牌占她的运气），喝茶的时候她又觉得茶特别香，那个女用人因此得到了夸奖，而且还得到一个十戈比的银币。太太的起皱纹的嘴唇上带着甜蜜的微笑，她在客厅里走来走去，又走到了窗前。窗外便是花园，就在花园正中那个花坛上面，一丛玫瑰底下，木木正躺在那儿仔细地啃一根骨头。太太看见了"她"。

"上帝啊！"她突然叫了起来，"这是什么狗啊？"让太太问到的那个可怜的女食客慌张得不得了，一般处在寄食地位的人，遇到弄不清楚主人的叫喊有什么意思的时候，通常就有这种焦急不安的情形。

"我不……不……不知道，太太，"她结结巴巴地说，"好像是哑巴的狗。"

"上帝啊！它是一条漂亮的小狗啊！"太太打断了她的话，"叫人把它带到这儿来。他养了它好久吗？为什么我以前一直没有看见它？……叫人把它带到这儿来。"

那个女食客马上就跑到前厅里去。

"来人呐，来人呐！"她大声嚷着，"把木木立刻带到这儿来！'她'在花园里头。"

"那么'她'的名字叫木木了,"太太说,"很好的名字。"

"啊,很好的,太太,"女食客回答道,"斯捷潘,快去!"

斯捷潘是一个身强力壮的年轻人,他的职务是跟班。听到吩咐,他马上跑到花园里去捉木木;可是"她"很敏捷地从他的手指中间滑脱了,"她"竖起尾巴,飞跑到格拉西姆跟前去,格拉西姆这时正在厨房里拍打水桶、抖落桶上的尘土,把水桶拿在手里颠来倒去,就当它是一个小孩玩的小鼓一样。斯捷潘在后面追"她",就要在"她"的主人的脚跟前把"她"抓住了;可是这条机灵的狗不肯让主人的手捉住"她","她"一跳就逃掉了。格拉西姆带着微笑看这一切的纷扰;最后斯捷潘恼怒地站起来,连忙做手势对他解释明白,说:太太吩咐把你的狗带到她那儿去。格拉西姆有点吃惊,可是他唤着木木,把"她"从地上抱起来,交给斯捷潘。斯捷潘把"她"带到客厅里去,放在镶木地板上面。太太用亲切的声音唤"她"到她身边去。木木一辈子没有到过这么富丽堂皇的房间,因此惊惶得不得了,"她"回头就朝门口跑去,可是让那个会拍马屁的斯捷潘赶了回来,"她"颤抖着,紧紧地挨着墙壁。

"木木,木木,到我这儿来,到太太这儿来,"女主人说,"来,蠢东西……不要害怕……"

"来,来,木木,到太太这儿来,"那些女食客也都跟着说,"来啊!"木木张皇不安地朝四面看了看,"她"并不动一下。

"给'她'拿点吃的东西来,"太太说,"'她'多蠢啊!'她'不肯到太太这儿来。怕什么呢?"

"'她'还不习惯,怕生。"一个女食客鼓起勇气用胆怯的、柔顺的声调说。

斯捷潘拿了一小碟牛奶来,放在木木面前,可是木木连闻也不闻一下,"她"仍旧像先前那样地在打战,在朝四面看。

"啊,你是个怎样的东西啊!"太太说,她走到"她"跟前,弯下身子,正要抚摩"她",可是木木猝然掉转头来,露出"她"的牙齿。太太连忙缩回了她的手。

接着是一阵短时间的沉默。木木轻微地哀声叫着,好像"她"在诉苦,而且在请求原谅似的……太太皱着眉头,走开了。狗的突然的动作吓坏了她。

"呀!"屋子里所有的女食客异口同声地叫起来:"'她'没有咬着您吧,但愿没有这样的事!"(木木一辈子从没有咬过任何人)"呀,呀!"

"把'她'带出去,"老太太改变了声调说,"讨厌的小狗,'她'多坏啊!"

她慢慢地掉转身子,朝她的内房走去。女食客们胆怯地互相望着,她们正要跟随她去,可是她却站住了,冷冷地望着她们,说:"你们这是为着什么? 我并没有叫你们呢。"她就走出去了。

那些女食客垂头丧气地朝斯捷潘挥手。他抓起木木,尽快地把"她"往门外一丢,正巧丢在格拉西姆的脚跟前。半点钟以后,宅子里就非常清静了,老太太坐在她的沙发上,脸色比打雷时候的乌云还要阴沉。

大家想想看,这样小的事情,有时候也能够弄得人情绪不好的!

太太一直到晚上都不快活,她不跟任何人讲话,也不打牌,她一夜都不舒服。她觉得她们给她用的花露水并不是平常给她的那一种,而且她的枕头有肥皂的气味,她叫那个管衣服的女人把所有的被褥床单都闻过一遍,总之她心里烦,而且气得不得了。第二天早上她叫人去通知加夫里拉比往常早一个钟头来见她。

"请你告诉我,"等到加夫里拉心里慌慌张张地跨进她的内房门槛的时候,她马上就说,"在我们院子里叫了一整夜的是什么狗? 它弄得我一夜不能睡!"

"一条狗,太太……什么样的狗,太太,也许是那个哑巴的狗,太太。"他支支吾吾地说。

"我不知道这是哑巴的狗,还是别人的狗,只是它弄得我不能睡觉。我奇怪我们养那么一大群狗做什么! 我倒要问个明白。我们不是有一条守门狗吗?"

"是的,太太,我们有的,太太。陀螺,太太。"

"那么,为什么还要多的呢,我们还要更多的狗做什么? 只是增加纷扰罢了。宅子里没有管事的人——事情就是这样。哑巴养狗干什么? 谁准许他在我的院子里养狗? 昨天我走到窗前,看见它躺在花园里头,它拖了什么脏东西进来在啃着,可是我的玫瑰花就种在那儿……"

太太停了一会儿。

"今天就把它弄走……听见吗?"

"听见了,太太。"

"就在今天。你现在就去。我以后会叫你来报告家务。"

加夫里拉走了。

总管走过客厅的时候,他为了维持秩序起见,把一个叫人铃从一张桌子移到另一张桌子上面;他偷偷地在大厅上得了摞他那个鸭嘴鼻子里的鼻涕,然后走进前厅去。斯捷潘正睡在前厅里一把长椅上,他睡着的样子倒很像战争图画中一个战死的军人,他那两条光腿从那件当作毯子盖在他身上的大衣底下伸出来。总管把他一推,小声地在他耳边吩咐了几句话,斯捷潘就用半笑、半打呵欠来回答。总管走了,斯捷潘从长椅上跳起来,穿上他的长裾外衣和靴子,走了出去,就站在台阶上。不到五分钟格拉西姆来了,背上背了一大捆柴,身边跟着那个和他形影不离的木木(太太吩咐过她的卧室和内房就是在夏天也得生火)。格拉西姆到了门前,就斜着身子,用肩膀推开了门,然后背着他那捆重东西摇摇晃晃地走进里头去了。木木像平常那样留在外面等他。斯捷潘就抓住了这个有利的时机,突然向"她"扑过去,像兀鹰抓小鸡似的,拿他的胸膛把"她"按在地上,两只手抱起"她"来,抱在怀里,连帽子也不戴上,就抱着"她"跑出了院子,碰到第一辆出租马车就坐上去。他一直坐到了家禽市场。他在那儿很快地就找到了一个买主,拿"她"卖了半个卢布,不过讲定买主至少得把"她"拴一个礼拜。他马上就动身回家;可是还没有回到宅子,他就从马车上跳下来,绕过院子,走到后面一条小巷,翻过篱笆跳进院里,因为他害怕打边门进去,怕的是碰见格拉西姆。

然而斯捷潘的担心倒是不必要的;格拉西姆并不在院子里面。他从宅子里出来,马上发觉木木不见了;他从不记得,"她"有过不在屋外等着他回来的事,于是他跑上跑下,到处去找"她",用他自己的方法唤"她"……他冲进他的顶楼,又冲到干草场,跑到街上,这儿那儿乱跑一阵……"她"丢失了!他便回转来向别的用人询问,他做出非常失望的手势,向他们问起"她"来;他比着离地半俄尺的高度,又用手描出"她"的模样……有几个人的确不知道木木的下落,他们只是摇摇头,别的人知道这回事情,就对他笑笑,算是回答了。总管做出非常严肃的神气,在大声教训马车夫。格拉西姆便又跑出院子去了。

他回来的时候,天色已经暗了。从他那疲倦的样子,从他那摇摇不稳的脚步,从他那尘土满身的衣服上看来,谁都可以猜到他已经跑遍半个莫斯科了。他对着太太的窗子默默地站着,望了望台阶,六七个家奴正聚在那儿,他便掉转身子,口里还叫了一次"木木"。没有木木的应声,他走开了。大家都在后面望他,可是没有人笑,也没有人讲一句话……第二天早上那个爱管闲事的马夫安季普卡在厨房里讲出来,说哑巴呻吟了一个整夜。第二天格拉西姆整天没有出来,所以马车夫波塔普不得不代替他出去运水,这桩事情是马车夫波塔普很不高兴做的。太太问过加夫里拉,她的命令是不是已经执行了。加夫里拉答道已经执行了。下一天早上格拉西姆从他的顶楼里出来,照常地做他的工作。他回来吃中饭,吃了中饭,又出去了,也不跟任何人打招呼。他的脸色一向是呆板的,所有的聋哑人都是这样,现在他的脸好像完全变成石头的了。吃过中饭以后,他又走出院子去,可是不多久就回来了,他立刻就上干草场。

夜来了,是一个清朗的月夜,格拉西姆躺在那儿,唉声叹气,不停地翻身,忽然间他觉得有什么东西在拉他的衣角;他吃了一惊,然而他并不抬起头来,而且他还把眼睛眯紧些,可是什么东西又在拉他的衣角,而且这一次拉得更用力;他跳了起来……木木就在他面前,颈项上还系着一截绳子,"她"在他跟前直打转。一个拖长的喜悦的叫声从他那哑巴的胸中发出来。他捉住木木,把"她"紧紧地抱在怀里;"她"一口气在舐他的鼻子、眼睛、唇髭和胡子……他静静地站了一会儿,想了想,小心地从干草堆上爬下来,朝四面看了看,他确定了并没有人看见他以后,平安地回到了他的顶楼。在这以前格拉西姆已经猜到他的狗并不是自己走失的,一定是太太叫人拿走的。用人们做手势对他说明,他的木木向太太咬过,这时他决定使用他自己的处置办法。起初他喂了木木一片面包,把"她"爱抚了一会儿,放"她"到床上去,然后想着他怎样可以把"她"藏得更好,他花了一整夜的工夫想这桩事情。最后他想出了一个办法:把"她"整天留在顶楼里面,他只是偶尔进去看看"她",夜里才把"她"带出来。他用他那件旧的厚绒布外衣把门上开的洞严严地塞住,天才刚刚亮,他就已经在院子里了,好像并没有发生过什么事情一样,他甚至于保留着脸上那种忧郁的表情。这个可怜的聋子连想也不会想到,木木会拿"她"的叫声把自己暴露出来;事实上宅子里所有的人很快地就全知道哑巴的狗已经回来,给关在他的顶楼里面了,不过因为他们同情他,也同情"她",而且或许一半也因为他们害怕他的缘故,他们并不让他知道他们已经发现了他的秘密。只有总管一个人搔着他的后脑袋,摇着手,好像在说:"嗯,别管它!也许太太不会知道的!"不过哑巴从来没有像这一天那样热心地劳动过:他把整个院子收拾得干干净净,把小草拔得一根也不留,又用自己的手把花园篱笆上面的柱子一根一根地拔起来,看看它们够不够结实,随后又用手把它们敲进去——一句话说完,他奔跑、劳动得那么起劲,连太太也注意到他的勤快了。在这一天中间,格拉西姆两次偷偷地去看他的囚徒;天黑了以后,他便跟"她"一块儿躺下来睡觉,就在他的顶楼里面,不是在干草场内,只有在夜里一点到两点中间的时候,他才带"她"出来在新鲜空气中散步一阵。他跟"她"一块儿在院子里走得相当久了,他正打算转身回去,突然间就在篱笆背后,从巷子那一面传过来一种沙沙的声音。木木竖起耳朵,叫起来,"她"走到篱笆跟前,闻了一闻,便发出了响亮的刺耳的叫声。原来有一个喝醉的人正想在那儿躺下睡过这一夜。凑巧就在这个时候,太太正发过了一阵相当长久的"神经紧张"的毛病,刚刚睡着了。她这种紧张的毛病每逢她晚饭吃得太饱的时候就会发作一回。突然的狗叫把她惊醒了,她的心扑扑地跳着,它就要停止跳动了。

"丫头,丫头!"她呻吟道,"丫头!"

那些吓坏了的女用人跑进她的卧室里来。

"哦,哦,我要死啦!"她说着,痛苦地举起她的两只手,"又,又是那条狗。去请医生来,他们要把我杀死了……狗,又是狗!哦。"她把头朝后倒下去,这应当是晕倒的表示了。

人们连忙跑去请医生,这就是说,去请家医哈里顿。这个郎中的全部本领就在于穿软底靴,摸脉很慎重,他在一天二十四小时里面睡去十四个钟头,在剩下来的时间里他老是在叹气,而且不断地让太太服月桂水。这个郎中立刻跑来了,他用烧焦的鸟毛熏屋子,等到太太睁开了眼睛,他马上端给她一杯圣水,这是用小玻璃杯盛着,放在银茶盘上面的。太太喝了圣水,马上又用含泪的声调抱怨狗,抱怨加夫里拉,抱怨自己的命运,她诉苦道,她是一个可怜的老太婆,大家都抛弃了她,没有一个人可怜她,大家都希望她死。这些时候那个不幸的木木一直在叫着,格拉西姆要引"她"从篱笆那儿走开,也没有办法。

"就在那儿……就在那儿……又来啦!"太太呻吟道,她的眼珠又在朝上翻了。

郎中跟一个女用人小声地讲了几句话,她立刻跑到前厅去,摇醒了斯捷潘,斯捷潘又跑去叫醒加夫里拉,加夫里拉一生气,就吩咐把整个宅子里的人都叫起来。

格拉西姆正转过身来,他看见窗里亮光和影子在移动,他感觉到祸事要来了,便把木木挟在胳膊底下,跑进了他的顶楼,锁上了门。几分钟以后五个人来捶他的房门,可是他们觉得有门闩抵住,也就停止了。加夫里拉慌慌忙忙地跑了上来,吩咐他们全在门口等着,一直守到天亮;他自己却跑到女用人房间去,叫那个年纪最大的陪伴女人柳博芙·柳比莫夫娜(他常常跟她一块儿偷茶叶、糖和别的杂货,还造了假账)代他回禀太太说,不幸那条狗又从什么地方跑回来了,不过"她"不会活到明天的,请太太开恩不要动气,请她安静下来。太太本来也许不会这样快就安静下来,可是郎中在忙乱中把原定的十二滴月桂水弄成整整的四十滴让她喝下去了;月桂水的药性发生了效力,过了一刻钟太太又稳又熟地睡着了。格拉西姆脸色惨白地躺在他的床上,紧紧地捂住木木的嘴巴。

第二天早上太太醒得相当迟。加夫里拉等着她醒来,好发命令向格拉西姆的掩蔽部作决定性的进攻,同时他又准备着自己去忍受那一阵大雷雨。可是雷雨并没有来。太太躺在床上叫人把那个年纪最大的女食客找了去。"柳博芙·柳比莫夫娜,"她用又轻又弱的声音说,她有时候喜欢装作一个受压迫的、无依无靠的苦命人的样子;不用说,在那种时候宅子里所有的人都感到不安了,"柳博芙·柳比莫夫娜,您看看我处在什么样的境地,我的亲人,您到加夫里拉·安德里那奇那儿去,跟他讲一下:难道在他眼里随便一条恶狗都比他女主人的安宁,他女主人的性命更宝贵吗? 我不愿意相信这个,"她又露出感动的表情添上了后面的一句话,"您去吧,我的亲人,请您做点好事,到加夫里拉·安德里那奇那儿去一趟。"

柳博芙·柳比莫夫娜到加夫里拉的屋子里去了。没有人知道他们谈了些什么话,可是过了不多久,就有一大群人走过院子,朝着格拉西姆的顶楼的方向走去;加夫里拉走在前头,虽然这时并没有起风,他却拿一只手按住他的帽子;他的旁边便是跟班和厨子;尾巴叔叔站在窗里朝外面望,他在发号施令,这就是说,他不过举举手罢了;最后是一群小孩,他们一路上跳着,做着鬼脸,他们里头有一半是从外面跑进来的生人。在那一段通到顶楼去的窄楼梯上坐着一个守卫,还有两个拿木棍的站在门口。他们开始走上楼梯,把楼梯全堵住了。加夫里拉走到房门口,用拳头敲门,大声叫着:

"开门!"

听得见轻微的狗叫声,可是没有人答话。

"我叫你开门!"他又说一遍。

"喂,加夫里拉·安德里那奇,"斯捷潘在下面提醒他说,"您知道他是个聋子——听不见的。"

所有的人全笑了。

"那么我们怎么办呢?"加夫里拉在上面反问道。

"啊,他房门上有一个眼,"斯捷潘答道,"您可以把棍子插进去动它几下。"

加夫里拉弯下身去。

"他用了厚绒布外衣一类的东西把眼堵上了。"

"那么您把厚绒布外衣朝里推进去。"

这时候又听见了不响亮的狗叫声。

"听,听,'她'自己泄露出来了。"人丛中有人这样说,他们又笑了。加夫里拉搔他的耳朵后面。

"不,兄弟,"他后来接着说,"要是你愿意,你自己来把那件厚绒布外衣推进去。"

"好,我就照办。"

斯捷潘就爬了上去,拿起木棍,把厚绒布外衣推进去了,他又把木棍放在洞里动了几下,接着他说:"出来吧,出来吧!"他还在拨动棍子,忽然顶楼的门一下就打开了。这一群用人立刻连跳带滚地从楼梯上跑下来。加夫里拉跑在最前头。尾巴叔叔关上了窗子。

"喂,喂,喂,喂,"加夫里拉在院子里嚷着,"你不要莽撞啊!"

格拉西姆站在门口,也不动一动。那一群人就挤在楼梯脚下。格拉西姆把两只胳膊轻轻地叉在腰上,从上面望着所有这些穿德国长裙外衣的渺小的人。他穿了一件红色的农人衬衫,在他们面前他简直是一个巨人了。加夫里拉向前走了一步。

"当心啊,兄弟,"他说,"我不让你胡闹。"

他接着就用手势对格拉西姆解释,他说:太太一定要你的狗;你得马上把"她"交出去,不然你就该倒霉。

格拉西姆望着他,指了一下狗,又用手在他自己的颈项上做了一个记号,好像他在拉紧一个活结似的,然后他带着探问的脸色看了看总管。

"对,对,"总管点头答道,"对,一定要。"

格拉西姆埋下了眼睛,忽然挺起身子,又指了指木木,木木一直站在他身边,天真地摇着尾巴,好奇地耸动耳朵。接着他又在自己的颈项上做了一遍勒的手势,而且含有意义地拍拍自己的胸膛,好像在对大家表示,他要自己担任弄死木木的工作。

"你会骗我们。"加夫里拉摇着手答复他。

格拉西姆望着他,轻蔑地笑了笑,又拍一下自己的胸膛,便砰地一声关上了门。

大家不做声地互相望着。

"他把自己关在里面,"加夫里拉开口说,"这是什么意思?"

"让他去吧,加夫里拉·安德里那奇,"斯捷潘说,"要是他答应了,他就会做的。他一向就是那样的……既然他已经答应,那就算数了。在这方面他可跟我们这班人不一样,他说真就是真。是的。"

大家都点着头,跟着说:"是的。是这样的,是的。"

尾巴叔叔开了窗,他也说:"是的。"

"好的,也许是这样,我们等着看吧,"加夫里拉答道,"不过,无论怎样,我们还是不要撤去守卫。喂,你,叶罗什卡!"他添上了后面这一句,这是对那个穿黄色粗棉布宽上衣的、脸色惨白的人说的,那个人在宅子里算是一个园丁,"你可以干什么呢? 你拿一根棍子,坐在这儿,要是出了事情,你马上跑来找我!"

叶罗什卡拿了一根棍子,坐在楼梯的最下一级。人散了,只剩下几个爱管闲事的人同顽皮的小孩。加夫里拉也回屋去了,他叫柳博芙·柳比莫夫娜代他回禀太太说,一切都弄好了,必要的时候他会差马夫去找警察来。太太在她的手帕上打了一个结,洒了点花露水,拿着它闻了闻,擦了擦她的太阳穴,又喝了茶,因为月桂水的药性还没有消除,她又睡去了。

在这一切骚扰过去以后的一个钟头,顶楼的门开了,格拉西姆出来了。他穿了那件过节穿的长裾外衣,用一根绳子牵着木木。叶罗什卡连忙避开在一边,让他走过。格拉西姆朝着大门走去。那些小孩同所有正在院子里的人都静悄悄地盯着他。他连头也不掉一下,到了街上才戴上了帽子。加夫里拉就差这个叶罗什卡跟着他,执行侦探的职务,叶罗什卡远远地看见格拉西姆带着狗走进一家饮食店去了,他守在外面等候他出来。

格拉西姆跟店里的人很熟,他们都懂他的手势。他叫了一份带肉的白菜汤,就坐下来,把两只胳膊支在桌子上。木木站在他的椅子旁边,用"她"那对聪明的眼睛安静地望着他。"她"身上的毛在发亮,看得出"她"是最近让人梳洗过的。格拉西姆叫的白菜汤端上来了。他撕碎面包放在汤里,又把肉切成小块,然后把汤盆放在地上。木木照平常那样文雅地吃着,"她"的嘴只轻轻地挨到"她"吃的东西;格拉西姆把"她"看了许久,两颗大的眼泪突然从他的眼睛里落下来:一颗落在狗的倾斜的额上,另一颗落在白菜汤里面。他拿自己的手遮住脸。木木吃了半盆,就走开了,还舔舔自己的嘴唇。格拉西姆站起来,付了汤钱,走出去了,茶房用了带点疑虑的眼光望着他出去。叶罗什卡看见了格拉西姆,连忙躲在角落里,让他走了过去,自己却在后面跟着他。

格拉西姆不慌不忙地走着,仍然用绳子牵着木木。他走到街角,就站住了,好像在想什么心事似的,接着他忽然迈着快步朝克里米亚浅滩径直走去。在路上他走进一所宅子的院子,那儿正在修建厢房,他从那儿拿走两块砖挟在胳膊底下。到了克里米亚浅滩,他又拐弯儿顺着岸边走去,他走到一个地方,那儿有两只带桨的小船拴在桩上(他以前就注意到了),他带着木木一块儿跳到一只小船上面。一个瘸腿的小老头儿从菜园角一间小屋里出来,在后面叫他。可是格拉西姆只点点头,那么使劲地摇起桨来,虽说是逆流,但一会儿的工夫他就冲到一百俄丈以外去了。老头儿站着,站着,用手搔自己的背,起初用左手,后来又用右手,随后就一颠一跛地回到小屋去了。可是格拉西姆一直朝前划着。莫斯科已经落在他的后面了。两边岸上展开了一片的草地、菜园、田地、林子,农家小屋也出现了。农村的气息也闻到了。他丢开桨朝着木木俯下头去,木木正坐在他前面一块干的坐板上(船底积满了水），动也不动一下，他把他那两只气力很大的手交叉地放在"她"的背上，在这时候，浪渐渐地把小船朝城市的方向冲回去。后来格拉西姆很快地挺起身子，脸上带着一种痛苦的愤怒，他把他拿来的两块砖用绳子缠住，在绳子上打了一个活结，拿它套着木木的颈项，把"她"举在河面上，最后一次看"她"……"她"信任地而且没有一点恐惧地回看他，轻轻地摇着尾巴。他掉开头，眯着眼睛，放开了手……格拉西姆什么也听不见——他听不见木木落下去时的尖声哀叫，也听不见那一下很响的溅水声；对于他，最热闹的白天也是寂无声响的，正如对于我们最清静的夜晚也并非没有声音一样。等他再把眼睛睁开的时候，微波照旧一个追一个地在水面上急急滚动；它们照旧地碰在船舷上飞溅开去了，只有在后面远远地一些大的水圈逐渐在扩大，一直到了岸边。

叶罗什卡看不见格拉西姆的时候，连忙赶回宅子去报告他所见到的一切。

"嗯，不错，"斯捷潘说，"他要淹死'她'。现在可以放心了。要是他答应了……"

这一天整天没有人见到格拉西姆。他没有在家里吃中饭。天黑了，大家在一块儿吃晚饭，只少了他一个人。

"格拉西姆这个人多古怪啊！"一个肥胖的洗衣女人尖声说，"为了一条狗居然弄得这样昏头昏脑！……真是这样？"

"可是格拉西姆倒回来过！"斯捷潘正在拿勺子刮着粥，忽然大声说。

"怎么样？什么时候？"

"大概在两个钟头以前吧。他的确回来过。我在门口碰见他；他又走出去了，他从院子里出去的。我正想问他那条狗怎样了，可是我看得出他心里不高兴。喂，他推了我一下，他大概只是想叫我走开吧，就像在说：'不要粘住我！'一样，可是他在我的背脊上这么厉害地一拍，这么重的一下——哎唷，哎唷，哎唷！"斯捷潘不由得笑起来，他耸了耸肩膀，摸了摸后脑袋，"不错，"他又接下去说，"他那只手是多厉害啊，真是没有说的。"大家都在笑斯捷潘，他们吃过晚饭以后都散去睡觉了。

可是，就在这个时候，有一个巨人，肩头扛了一个背包，手里捏着一根长棍，急切地、不停步地顺着公路走去。这就是格拉西姆。他只顾急急忙忙地走着，也不朝两旁看一眼，他急急忙忙地走回家去，走回自己的村子里去，走回他的家乡去。他淹死了可怜的木木以后，连忙跑回他的顶楼上去，匆匆地收拾了一点东西，用一块旧马衣包起来，弄成一个小包裹，扛在自己的肩上，就这样地准备妥当上路了。

"他让人带到莫斯科来的时候，他很小心地记住了路；太太把他从那儿带走的，村子离开公路有二十五俄里。他带了一种不屈不挠①的勇气,和一种交织着绝望与快乐的决心在公路上走着。他大踏步地向前走,胸口大敞开,两只眼睛热切地径直朝前面望。他走得急急忙忙,好像他的老母亲在家乡等着他一样,好像他长期在异乡的陌生人中间流浪以后,他的母亲现在唤他回到她跟前去一样……

　　"刚刚来到的夏天的夜是静寂而温暖的;这一边,在太阳落下去的地方,天边仍旧现着白色,而且让落霞染上了一抹浅红;那一边,青灰色的暮霜已经升起来了。夜就是从那儿来的。鹌鹑成百地在四周噪鸣,秧鸡竞赛似的彼此叫唤……格拉西姆听不见这些声音,他也听不见树木的极微妙的夜语(他正迈着他那结实有力的脚走过树旁),可是他闻到了他闻惯的熟了的黑麦香,这是从那些黑黑的田地上飘过来的。他觉得迎面吹来的风——这是家乡的风——亲热地打他的脸,玩弄他的头发和胡须;他看见眼前这条闪着白光的路一直向他的家乡伸出去,直得像一支箭一样;他看见天上无数的星星照亮他的路,他好像一头雄狮,强壮地、勇敢地踏着大步走去,所以等到初升的太阳拿它那带水汽的红光照着这个强壮的行人的时候,他跟莫斯科的中间已经隔了三十五俄里了……

　　"两天以后他已经到家,在他自己的小屋里了,这使得从前搬到那儿住下来的老婆大吃一惊。他在圣像面前祷告了以后,马上就去找村长。村长起先也很惊讶;可是正巧逢着割草的时期,格拉西姆又是一个出色的劳动者,他们马上塞了一把镰刀在他的手里。他便照从前那样地割草去了,他割得那么起劲,农人们看见他挥动镰刀割草和堆草的情形,着实地吓了一跳……可是在莫斯科,格拉西姆逃走的第二天,他们才发觉了这桩事情。他们到他的顶楼上去,搜查了一通,便去报告加夫里拉。加夫里拉来了,看了一看,耸了耸肩膀,便断定那个哑巴不是逃走,就是跟他那条愚蠢的狗一块儿投河自尽了。他们通知了警察,也报告了太太。太太动了怒,气得哭起来,她吩咐他们无论如何总要把他找到,并且声明,她从没有命令他们把那条狗弄死,到后来加夫里拉让她骂得没有办法,整天不做事情,只是摇着头,说:"好吧!"后来尾巴叔叔也对他说:"好——吧!"这样才把他弄清醒了。最后从乡下传来了格拉西姆住在那儿的消息,太太才稍微安心点。起初她还发出命令,要人马上把他带回莫斯科来,可是后来她又说这种忘恩负义的人对她毫无用处。而且这桩事情过去不久,她自己也去世了。她那些继承人没有工夫想到格拉西姆身上去,他们把母亲留下的其余的家奴都遣散了,准许那些人缴纳年租赎回自由。

---

　　① 不屈不挠:屈,弯曲,屈服;挠,弯曲。比喻在压力和困难面前不屈服,表现十分顽强。形容在恶势力和困难前不屈服,不低头。

格拉西姆一直活到现在，都是单身住在他自己那间小屋里面；他跟从前一样地健康、气力大，跟从前一样地一个人做四个人的工作，而且跟从前一样地严肃、稳重。可是他的邻人们看出来：他从莫斯科回来以后就再也不跟女人来往，他连看她们一眼也不肯，而且他绝不养狗。农人们谈论说："他不需要女人，这倒是他的运气；可是狗呢——他要狗来做什么？你拿绳子拴在小偷的颈项上也把小偷拖不进他的院子去！"关于那个哑巴的大力士一般的力气的传说就是这样。

诚实的小偷

——摘自一位不知名者的笔记

[俄国]陀思妥耶夫斯基

陀思妥耶夫斯基(1821～1881),文学家,19世纪群星灿烂的俄国文坛上一颗耀眼的明星,与列夫·托尔斯泰、屠格涅夫等人齐名,是俄国文学的卓越代表。其代表作是《罪与罚》《白痴》《卡拉马佐夫兄弟》等。他的《卡拉马佐夫兄弟》和托尔斯泰的《战争与和平》可算得上俄国小说史上最伟大的两部巨著。

有一天,当我收拾好一切正想去上班时,阿格拉菲娜走进了我的房里。她是我雇佣的厨娘,当然家务和洗衣也是她的工作。

接下来的一切足够让我吃惊的——她居然和我聊起天来了。

她是一个普普通通的乡下女人,平常不喜欢多说话。这五六年来,在我的印象中,除了每天问我几句准备什么饭菜之外,她几乎没说过什么话。

"先生,我有件事想和你说,"沉默了一会儿后她说道,"我认为你应该把那个小间租出去。"

"哪一个小间?"

"你不知道? 就是厨房旁边那个啊。"

"为什么要把它租出去?"

"为什么! 你怎么还问这种问题? 当然是为了让人住进来啊。"

"那么谁会来租它呢?"

"当然是住户租喽,这个问题还用问?"

"可是它那么小,除了一张床什么都放不下,恐怕没人愿意租吧?"

"为什么不可以啊? 他只要有个地方住就可以,而且他还可以住在窗户上啊。"

"哪个窗户?"

"当然是前厅那扇窗户啦,你怎么总是问这种问题。在那扇窗户上,他可以睡

语文新课标名家选

觉或者做一些其他的事情。而且他还可以坐在椅子上，他可以拥有一张椅子和一张桌子。他可以有的东西还不少呢。"

"那么他是怎样的一个人呢?"

"他是一个不错的人，而且我还会给他做东西吃。他只需要花费三个银卢布，作为他的房租和伙食费……"

费了很多口舌，最后我终于明白，原来是一个上了年纪的人，他说服阿格拉菲娜让他住进厨房。以我对阿格拉菲娜的了解，只要是她决定的事，一般是改变不了的。如果不答应的话，我是不会得到安宁的。一旦有什么事情她打定主意了，但是我却没有同意，她就会闷闷不乐。而且这种低沉情绪不是短时间的，它可以一直延续好几个星期。在此期间，饭菜会做得很不好，而且衣服总忘记洗，地板也擦不干净。其实我早就知道，这个不善表达的女人是不可能会思考什么的，她一直都没有主见。但是如果她的头脑中做了什么决定，你不得不按照她说得去做，否则，她会十分痛苦的。所以说，尽管我不是非常赞同这个建议，但还是答应了。

"他起码总得有个证明吧，比如说护照或者别的什么?"

"那还用问么? 他当然有了。他是一个不错的人，说过要给三个卢布。"

结果第二天，我的单身住宅里增添了一副新面孔。对于这突然变化的事情，我不但没感到厌恶，反而还有一点高兴。一直以来，我一直是一个人生活，就像一个隐士一样，不但没有什么朋友，连个熟人都没有。虽然我习惯了离群索居的生活，但短期还可以，如果一辈子都这样，那的确不是什么让人高兴的事情。现在，可以有个不错的人做伴，简直是一件让人感到意外的好事。

阿格拉菲娜确实没有说谎。从护照看，他是一名退伍的士兵，即使不看这个护照，以我的经验，我也可以知道他是一名士兵。我的房客阿斯塔菲·伊凡诺维奇确实是一位好人，至少他的同伴都这样说。我们相处得很好，而且阿斯塔菲·伊凡诺维奇还会把他的遭遇讲给我听。因为一直以来我的生活都十分枯燥，所以现在可以听到精彩的故事，这对我来说，是一件从天而降的好事。

有一次，他给我讲了一个这样的故事，让我留下了较为深刻的印象。让我想一想，这则故事是如何讲起来的呢?

有一天，我独自一人留在住宅里，阿斯塔菲·伊凡诺维奇也好，阿格拉菲娜也好，都分头办事去了。突然我听到第二间房里有响声，走进来一个人，我觉得他相貌陌生，我走出去一看，前厅里确实站着一个陌生人，他个子矮小，虽然已是寒冷的秋天，却只穿一件单薄的常礼服。

"你有什么事？"

"我找公务员亚历山大罗夫，他住在这里吗？"

"没有这样的人，老弟，再见吧！"

"守院子的人怎么说他在这儿呢？"来访者一边说，一边小心翼翼地朝门口溜去。

"快走，快走吧，老弟，快走！"

第二天午饭以后，阿斯塔菲·伊凡诺维奇正在给我试穿一件经他改过的常礼服时，又有一个什么人走进了前厅。我把门打开了一条小缝。

昨天来过的那位先生居然当着我的面，大摇大摆地从衣架上，取下我的一件腰部带褶子的紧身大衣，夹在腋下，随后就从屋里走了出去。阿格拉菲娜一直望着，惊奇得直张着大口，没有采取任何行动去保护大衣。阿斯塔菲·伊凡诺维奇跟着跑去追赶那个骗子，十分钟后他回来时气喘吁吁，两手空空。那个人已经走得无影无踪！

"咳，真不走运，阿斯塔菲·伊凡诺维奇。好在外套还留给了我们！要不然那就更糟糕了，好一个骗子！"

但是，这发生的一切却使阿斯塔菲·伊凡诺维奇大为震惊，我望着他的模样，甚至把被窃一事都给忘了。他怎么也恢复不了常态，时不时地丢下手中正在干着的活计，一次又一次地讲述事情发生的全部经过，说他当时正站在那里，就在他的眼前两步远的地方，被人拿走了一件腰部带褶子的紧身大衣，而且这事干得那么快，叫你怎么也捉不住那个偷衣的家伙。后来他坐下来继续干活，但过了一会儿又把活放下，如此反复多次。最后，我看见他去找守院子的人，责备他不负责任，竟然让自己管辖的院子里出这种事。回来后又开始骂阿格拉菲娜。后来他又坐下来干活，但还自言自语，嘟哝了好久，说这事是怎么发生的，说他当时站在这儿，我站在那里，就在眼皮底下，两步远的地方，被人偷走了一件腰部带褶子的紧身大衣，等等。总而言之，虽然阿斯塔菲·伊凡诺维奇很会干活，却是一个乐于助人的细心人。

"你我都受骗上当了，阿斯塔菲·伊凡诺维奇！"晚上我对他说道，同时给他递过去一杯茶，因为寂寞无聊，希望他再讲一次大衣失窃的故事。这故事由于多次重复，再加上讲述者非常动情，已经变得非常滑稽可笑了。

"是的，我们都被愚弄了！简直连旁观者也感到恼火、生气，虽然丢失的不是我的衣服。所以，我认为，世界上没有什么坏东西比小偷更坏了。有的人虽然也好占别人的便宜,但这个家伙却偷你的劳动、你劳动时流出的汗水,你的时光……真可恶,呸!我说都不想说了,一说就气!先生,您对自己的财物被偷怎么不可惜呢?"

"对,怎么不可惜呢!阿斯塔菲·伊凡内奇!就是东西烧掉,也比小偷偷去强嘛!眼看着小偷作案真气人,真不愿意!"

"谁愿意看到这种场面呢?当然,小偷与小偷,也不一样……先生,我曾经发生过一件事,我碰到过一个诚实的小偷。"

"怎么能碰到诚实的小偷呢?难道小偷也有诚实的,阿斯塔菲·伊凡诺维奇?"

"先生,这确是事实!哪个小偷诚实呢,也不可能有诚实的小偷。我想说的只是:他为人似乎诚实,但却行窃。简直令人惋惜!"

"那又是怎么回事呢,阿斯塔菲·伊凡诺维奇?"

"先生,这事发生在两年前。当时,我差不多有一年没有找到差事,还是住在老地方,于是结识了一个穷困潦倒的人。

"他是个寄生虫,既好酒,又贪色,以前在什么地方当过差,但因为终日酗酒,早就被开除出去了。他就是这么一个不体面的人!天知道他穿的是什么衣服!有时你会这么想:他大衣底下到底有没有穿衬衫呢?不论什么东西一到手,就全喝光。不过,他并不惹是生非。性格随和,善良亲切,从不求人施舍,老是羞惭满面。唉,你看到他那可怜的模样,就巴不得给他送上一杯!我就是这样同他认识的,也可以说,是他缠上了我……

"这对我来说,倒也无所谓。可他是个什么人啊!像条小狗一样缠着你,你走到哪里,他跟到哪里。而我们仅仅是一面之交,真是个窝囊废!首先是要求过夜,没法子,答应他了。我发现他身份证也有,人也不错!后来,也就是第二天,又让他进来过了一夜。第三天一来,就整天坐在窗口上,也留下来过了一夜。我想,好啦,他算是缠上我了:要给他吃,让他喝,还得留他过夜。一个穷光蛋,还得养上一个吃白食的食客。在此以前,他也像缠我一样,缠住过一个小职员,经常上他家,和他一起吃喝。后来那职员成了酒鬼,不知道为了什么事气死了。而这个人叫叶麦里亚,叶麦里亚·伊里奇。我想呀,想呀,反复琢磨:我拿他怎么办呢?把他赶走吧,良心上过不去,怪可怜的!我的天哪,这个穷困潦倒的人,确实可怜!他不言不语,老是在一旁坐着,只是像条小狗一样,盯着你的眼睛看。你看,酗酒可以把人糟蹋成什么样子!

"我心中暗暗想道:你给我走开吧,叶麦里亚努什卡,快走!你在我这里没什么事可做;你找错了人,我自己很快就要断炊了,我怎么能用自己那一点可怜的面包来养活你呢？我坐着又想：我怎么对他说这些话？他听了以后又会怎么办呢？唔，我自己可以想象得出：他一听到我的话，就会久久地望着我，就会久久地坐在那里一动也不动，什么话也听不明白，后来听懂了，他就从窗户上爬下来，一把抓起他的小包袱（现在我才发现那是一个格子花布做成的，已经穿了不少孔眼的红包袱，天知道他往里面塞了些什么，他时时处处都把它带在身边，整了整他的破大衣，好让人看到他穿得既体面，又暖和，而且一个洞眼也看不见，好一个文雅的人啊！），然后把房门打开，流着眼泪，走到楼梯口。咳，这个人还没有完全堕落……怪可怜的！

"这时我又想：我自己的处境又怎么样呢！我暗自思量：你等一等，叶麦里亚努什卡，你在我这里吃喝的时间不久了，我不久就会搬走，你就找不着我了。不，先生，我们会相见的。亚历山大·菲里莫诺维奇老爷（他已成故人，愿他进入天国）当时就说过：我对你非常满意，阿斯塔菲，我们都会从乡下回来的，我们不会忘记你，又会雇你的。我在他老人家家里当过管家，老爷为人善良，就在那年死去了。我们把他老人家一送走，我就带上自己的积蓄，一点点钱，我想安安静静过些日子，于是就去找一个老太婆，在她家里租下一个小小的屋角。她也只有一个屋角是没住人的。她当时也是在什么地方给人家当保姆，现在可阔起来了，一个人过日子，经常可以领点养老金。我心想，现在再见吧，叶麦里努什卡，我的亲人！你再也找不到我了！

"先生，您想怎么样？我晚上回家（我去看了一位熟人），第一个看到的就是叶麦里亚努什卡，他坐在我的一只箱子上，花格子包袱放在身旁，穿着那件旧大衣坐着，等我回来……为了解闷，他还向房东老太太借了一本宗教书，正倒着头拿着呢。我们到底又见着了！我的两手垂了下来。我想，咳，没法子，为什么最初不把他赶走呢？于是我就直截了当地问道：'你带身份证没有，叶麦里亚？'

"先生，我这时就坐下来，开始思考：他，一个四处漂泊的流浪汉，会给我制造许多麻烦吗？考虑的结果是：出点麻烦也没多大关系。我想，他饭是要吃的。唔，早晨得给他一块面包，如果要吃得有味一些，还得加点佐料，这就得买根葱。中午当然也得给他面包和葱。晚上也得给他葱和葛瓦斯饮料，如果他想吃，还得给点面包。要是弄点什么汤的话，我们两个就会吃得饱饱的了。我东西吃得不太多，大家知道，一个喝酒的人，是不吃什么东西的。有酒就行了。我想，他酗酒会致我于死地的，不过，先生，我脑子里又出现了另一个想法，而且这个想法老是缠着我。

"如果叶麦里亚就是这样走掉，那我一辈子都不会有高兴的日子过。于是我决定当他的恩人，把好事做到底。我想，我一定要把他救出来，免遭悲惨的死亡，我要

让他戒酒！我想：'你等一等，好吧，叶麦里亚，你就留下来，不过你在我这里待着，一定要听我的吩咐！'

"我还想过：我现在就着手教他学会干点什么，当然不能搞突然袭击，让他马上开始。让他先玩一玩，而我就在这段时间注意观察，得找他能干的工作，不过，叶麦里亚，你得发现自己的能力。因为，先生，一个人干任何工作，首先得要有能力。于是我暗暗地对他进行考察。我发现，他是一个毫无用处的人，叶麦里亚努什卡！先生，我起先从说好话开始：我对他说应该如此如此，这般这般，叶麦里亚·伊里奇，你该看看你自己这副模样，好好振作起来才行。

"'玩够啦！你看看吧，你一身破破烂烂，你的那件破大衣，原谅我不客气地说一句，简直可以当筛子用啦，实在不好看嘛！总该要讲点面子吧！'我的叶麦里亚努什卡，低着脑袋坐着，听我数落他。有什么办法呢，先生！他已经落到了那个田地：被酒醉得连舌头都不听使唤了，一句像样的话都不会说。你说东他答西，你说黄瓜他答豆子！他一直听着我说他，听了好久，后来就长叹了一声。"

"'我问你，叶麦里亚·伊里奇，你为什么叹气？'

"'我是这样的，没什么，阿斯塔菲·伊凡内奇，请您放心！今天有两个乡下妇女在街上打架，阿斯塔菲·伊凡诺维奇，无意之中一个把另一个的一筐红苕台子碰倒了。'

"'唔，后来呢？'

"'另一个就故意把她的一筐也碰倒，还用脚踩了一下。'

"'那又怎么样呢，叶麦里亚·伊里奇？'

"'没怎么样，阿斯塔菲·伊凡内奇，我不过这么说说而已。'

"没怎么样，不过这么说说而已！我心想，唉！叶麦里亚！你又是游游荡荡，又是酗酒，把脑袋全给搞昏啦！……

"'有个老爷不知是在豌豆街还是花园街，不小心把一张钞票掉在地上。有个农民见了，说：这是我的福气好。可是另一个农民这时也看见了，他说：这是我的福气！我比你先看见……'

"'唔，叶麦里亚·伊里奇！'

"'随后两个农民就打起来了，阿斯塔菲·伊凡内奇。一个警察走过来，捡起那张票子，把它交还给老爷，他还威胁说要将那两个农民送去坐牢。'

"'唉，那又有什么呢？这有什么重大意义吗，叶麦里亚努什卡？……'

"'我倒没有什么。围观的人都笑呢，阿斯塔菲·伊凡内奇。'

"'唉！叶麦里亚努什卡！围观的人算得了什么呢！一个铜板你就把自己的灵魂给出卖了。你知道我要对你说什么吗，叶麦里亚·伊里奇？'

"'说什么呀，阿斯塔菲·伊凡内奇？'

"'找个什么活干干，真的得找找。我已经对你说过一百次啦，你找找吧，可怜可怜你自己吧！'

"'我有什么活可干呢，阿斯塔菲·伊凡诺维奇？我甚至不知道我找什么活干好，而且谁也不会催我，阿斯塔菲·伊凡内奇！'

"'你之所以被开除，叶麦里亚，就是因为你好喝酒！'

"'可是今天有人把店伙计弗拉斯叫到账房里去了，阿斯塔菲·伊凡内奇。'

"'为什么叫他去的，叶麦里亚努什卡？'

"'这我就不知道了，阿斯塔菲·伊凡内奇。这就是说那里需要，所以才叫他去啰……'

"'唉，'我心里想道，'我们两个都要倒霉了，叶麦里亚努什卡！因为我们有罪过，上帝一定会惩罚我们的！'唉，你对这种人有什么办法呢，先生？

"不过，这小子可狡猾呢！他听着听着，后来就厌烦了。刚刚看到我在生气，抓起那件破大衣就开溜，溜得无踪无影！白天在外面游荡，傍晚喝得醉醺醺地回来。谁给他喝的，酒钱是从哪儿拿的，只有上帝知道！这可不是我的错！……

"'不，'我说，'叶麦里亚，你非把老命送掉不可！别喝啦，你听见吗，别再喝啦！下一次如果再醉着回来，你就在楼梯上睡觉吧，我绝不放你进屋里来！……'

"听完我的嘱咐，我的叶麦里亚在家坐了一天，两天，到第三天，他又溜了。我左等右等，还是不见他回来。应该说，是我把他吓破了胆，于是我开始可怜起他来了。我对他有什么办法！我想，是我把他吓跑的。唉，现在他这个苦命人走到哪里去了呢？我的主呀，他大概会失踪的！到了深夜，他还没回来。第二天早晨，我走到过道里一看，原来他住在过道里。脑袋放在小台阶上，躺着，冷得全身都快冻僵了。

"'你怎么啦，叶麦里亚？愿上帝与你在一起！你到哪里去了？'

"'您，阿斯塔菲·伊凡内奇，前些天您生气，心情不好，要我睡在过道里，所以我没敢进房里来，阿斯塔菲·伊凡诺维奇，就睡在这过道里……'

"我真是又气恼，对他又可怜！

"我说：'叶麦里亚，你随便找个活干不是很好吗，何必在这儿擦楼梯呢！……'

"'我找得到什么活儿呢,阿斯塔菲·伊凡内奇?'

"我说(我又怒火上身了!):'你这个倒霉的家伙,哪怕是,哪怕是学学裁缝手艺也好嘛。你看你的大衣破成了什么样子!全是窟窿且不说,你还拿它擦楼梯!你拿根针,把那些窟窿补起来也好嘛,面子上总会好看一点吧。唉,你这个酒鬼!'

"你说怎么着,先生!他真的拿起了一根针,其实我是说着玩的,可他不好意思,便拿起针来了。他披上破大衣,开始穿针引线。我望着他,不用说,他两眼红肿,几乎快要流脓了。双手颤抖不已,穿呀,穿呀,总是穿不进针眼。他一会儿咬咬线头,一会儿又搓搓,穿来穿去,还是不行!于是他放下针线,直勾勾地望着我……

"'喂,叶麦里亚,你饶了我吧!要是当着众人的面,那就太丢人啦!其实我只是和你开个玩笑,随便责备你两句罢了……快别作孽啦,愿上帝同你在一起!你就这么坐着,别干丢人现眼①的事,别再在楼梯上过夜,别再丢我的脸啦!……'

"'那我到底干什么呢,阿斯塔菲·伊凡内奇?其实我自己也知道,我老是酒醉醺醺,什么用也没有!……只是让您,我的……恩人,白操心了……'

"这时,他发青的嘴唇突然抖动起来,一颗泪珠滚到他灰白的面颊上,挂在他那没有刮去的胡子上面,开始抖动,我的叶麦里亚突然放声大哭,接着就泪如泉涌……天啦!简直像是一把刀子插在我的心坎上。

"'唉,你还是个多情善感的人呢,这一点我可根本没有想到!不过,谁又能想到,谁又能猜到呢?……我想,不,叶麦里亚,如果我完全不管你,你会像一团破布,被人抛弃掉!……'

"哎,先生,这事说来话还长呢!其实这是小事一桩,空洞无聊,不值一谈。先生,你大概会说,你为他连两个破铜板都不会给,我可不同,如果有钱,我会拿出许多许多的,为的是希望这种事不再重演!

"先生,我以前有过一条裤子,真该死,裤子很好,蓝色的,带格子,是一个地主让给我的,他常来这里,本来是他定做,后来他不要了,说太小,所以这条裤子就落到了我的手里。我心想,这可是件珍贵的东西啊!拿到托尔库契大街上,大概可以卖整整五个卢布,如果不卖,我拿来可以给彼得堡的老爷们改做两条衬裤,剩下的布还可以给我做一件坎肩。对于我们的穷兄弟来说,这一切可是来得正好!

"而叶麦里亚努什卡当时正是严峻、忧郁的时刻。我看他一天不喝,第二天也没喝,第三天也是滴酒不沾,完全失去了精神,所以显出一副很可怜的样子,闷闷不

---

① 丢人现眼:就是做出了令家人及对自己名声难堪的事,以后别人会拿你的行为当作笑柄的事。

乐地坐着。我心想，你小子要不是没钱，要不就是真的听从了别人的劝告，自己走上了改邪归正的路。先生，事情正是如此，当时正好碰上一个大节日，我去参加彻夜祈祷，回来时发现我的叶麦里亚坐在小窗口上醉醺醺的，身子一摇一晃。哎，我心想：你小子还是这样！我后来不知道为什么去开箱子，打开一看，那条好裤子不见了……我东寻西找，还是踪影全无！我把所有的东西都翻遍了，还是没有，使得我心烦意乱！

"我跑去找老太婆，先是骂了她一通，但后来觉得骂错了。却根本没有想到叶麦里亚会偷，虽然有证据证明他醉醺醺地坐在那里！'不，'老太婆说道，'先生，愿上帝与你同在，我要裤子干什么？我能穿得出去吗？前不久我的一条裙子，还被你的一个好兄弟拿走了呢……对了，就是说，我不知道，我没看见。'她是这么说着。我说：'谁在这儿，谁来过？'她说：'先生，没有任何人来过。我一直待在这里。叶麦里亚·伊里奇出去过一趟，后来又回来了。你瞧，他在坐着呢！你问问他去。'我说：'叶麦里亚，你没拿我的那条新裤子吧，你还记得吧，就是给地主定做的那一条啰？'他说：'没有，阿斯塔菲·伊凡内奇，也就是说，我没拿。'

"这就是怪事了！于是我又开始寻找，找来找去，还是没有！叶麦里亚呢，照样坐在那里，身子一摇一晃的。我就蹲在他面前，对着箱子，突然用一只眼睛斜了他一眼……嘿，我想，眼看着我的心快在胸腔里燃烧起来啦，脸也红起来了。突然，叶麦里亚也看了看我。

"'不，'他说道，'阿斯塔菲·伊凡内奇，我没拿您的裤子……您可能以为是我拿了，可是我没拿，先生。'

"'那它又跑到哪里去了呢，叶麦里亚·伊里奇？'

"'不，'他说着，'阿斯塔菲·伊凡内奇，我根本没有见过。'

"'这么说，叶麦里亚·伊里奇，裤子自己会跑啰？'

"'也许是这样吧，阿斯塔菲·伊凡内奇。'

"我就这么听他把话说完，然后站起来，走到窗前，点上油灯，坐下来缝制衣服。我正在给住在我们楼下的一位公务员改做坎肩。可我自己忧火如焚，胸口闷得慌。要是我把挂衣柜里的全部衣服拿来生炉子，心里一定会轻松得多。现在叶麦里亚发觉我真的怒火中烧了。先生，一个人做了坏事，大概他老早就会预感到灾难的到来，如同天上的飞鸟在大雷雨前的表现一样。

"'是这样的，阿斯塔菲·伊凡内奇，'叶麦里亚努什卡开口说道（他细小的声音在发抖），'今天医士安季普·普罗霍雷奇同前些日子死去的马车夫的老婆结婚

了……’

　　“我望了他一眼，你知道，是恶狠狠地望了他一眼……叶麦里亚明白了我的眼神。我发现他站起身来，走到床前，开始在床边搜摸什么。我在等着看。他摸了好久，同时不停地叨念：‘没有就是没有，这鬼东西到底跑到哪里去了呢？’我等着看他还干什么。我看到他跪着往床底下爬去。最后我忍不住了，说道：

　　“‘叶麦里亚·伊里奇，您干吗跪在地下爬呀？’

　　“‘看看有没有裤子，阿斯塔菲·伊凡内奇！我是想看看它是否掉在里面。’

　　“我说：‘先生（我一气开始对他以“您”相称了），您何必为一个像我这样普普通通的穷汉费心劳神，白白地磨破您的膝盖呢！’

　　“‘这是哪里的话，阿斯塔菲·伊凡内奇，我没有什么，先生……也许，找一找就会找到呢。’

　　“‘唔！……’我说，‘你听听吧，叶麦里亚·伊里奇！’

　　“他说：‘听什么，阿斯塔菲·伊凡内奇？’

　　“我说：‘难道不是你从我这里把它偷去的？你是小偷，你是骗子，我好好地待你，你竟如此对我！’也就是说，他跪在我面前，在地下爬来爬去，使我非常气愤。

　　“‘不，先生……阿斯塔菲·伊凡诺维奇……’

　　“可他自己还是趴在床底下，躺了好久，后来爬出来了。我一看：他脸色惨白，像块白床单。他稍稍站起身来，坐在我身边的窗户上，就这么坐了十来分钟之久。

　　“他说：‘不，阿斯塔菲·伊凡诺维奇。’他突然站起来，走到我的跟前，样子非常可怕，如同发生在现在一样。

　　“他说：‘不，阿斯塔菲·伊凡诺维奇，您的裤子我没拿……’

　　“他浑身颤抖，用抖动的手指指着胸脯，他细小的声音不断地抖动，先生，使我自己都有点胆怯了，身子好像和窗户长在一起了。

　　“我说：‘好吧，叶麦里亚·伊里奇，就照您说的，请原谅！就算我是个蠢人，错怪了您。至于裤子嘛，丢了就丢了，没有裤子我们也能活。我们有双手，谢天谢地，可是偷窃我们不干……就是向别的穷哥儿们，我们也不伸手，我们自己可以挣钱糊口……’

　　“我发现他听完我的话后，在我的面前站了站，后来就坐了下来，一坐就是一整晚，一动也不动地坐着。就是我睡觉去了，叶麦里亚仍然坐在原地不动。直到第二天清晨，我起来一看，他还躺在光秃秃的地板上，弯着身子，盖着他自己那件破大衣。他感到痛心，所以没到床上去睡觉。

"先生，从这时起，我就不喜欢他了，或者说，在最初的几天，我就开始恨他了。打个比方说吧，这就像我亲生的儿子偷了我的东西，使我伤心极了。我心想：'哎呀，叶麦里亚，叶麦里亚！'先生，打这以后，叶麦里亚大概一连两个星期都不停地喝酒，也就是说他喝得晕头晕脑的，完全喝醉了。一清早就出去，深夜才回来。两个星期里，我没听见他说过一句话。也就是说，很可能他当时内心痛苦极了，要不然就是他自己想折磨自己。后来他突然停止喝酒了，大概他知道，什么都喝光了，于是又坐在窗户上。

"我记得，他一连默默地坐了三昼夜，后来我看见他在哭！先生，这就是说，他是坐在那里哭呢！他简直像是一口枯井，好像察觉不到他在簌簌地流泪。先生，你想想看，看到一个大人，而且还是像叶麦里亚这样的老人，伤心落泪，心情确实沉重。

"我说：'你怎么啦，叶麦里亚？'

"他浑身哆嗦，我也身子抖了一下。从那时候起，我是第一次对他说话。

"'没什么……阿斯塔菲·伊凡诺维奇。'

"'愿上帝同你在一起，叶麦里亚，让一切过去算了。你为什么像只猫头鹰一样老是坐着呢？'我开始对他可怜起来了。

"'对，阿斯塔菲·伊凡诺维奇，我不是为那个事伤心。我想找个什么活干，阿斯塔菲·伊凡诺维奇。'

"'找个什么活呢，叶麦里亚·伊里奇？'

"'随便什么工作都行。也许我找一个像以前一样的差事干干。我已经去求过菲多谢·伊凡诺维奇了……我惹您生气很不好，阿斯塔菲·伊凡内奇。我也许会找到一个差事，阿斯塔菲·伊凡内奇，到时候我就报答您，加倍交还我的伙食费。'

"'算了吧，叶麦里亚，算了。即使过去有那么点过错，也过去了。真该死！让我们照老样生活下去吧！'

"'不，阿斯塔菲·伊凡诺维奇，您也许还有点……不过，您的裤子我确实没拿……'

"'算了，就照你说的吧，愿上帝与你同在，叶麦里亚努什卡！'

"'不，阿斯塔菲·伊凡内奇。现在已经很清楚，我不再住在您这里了，请您原谅我，阿斯塔菲·伊凡内奇'

"'愿上帝与你在一起，叶麦里亚·伊里奇，是谁生你的气，赶你走呢，是我

不是?'

"'不,我再住在您这里就不好意思了,阿斯塔菲·伊凡内奇……我最好是走……'

"他真是生气了,所以老是叨念着那件事。我望着他,他真的站起身来,把他的破大衣往肩上一披。

"'你这是打算到哪里去呢,叶麦里亚·伊里奇?你听着,你是怎么啦?你到哪里去呢'

"'不,您我再见了,阿斯塔菲·伊凡内奇,您别留我了(他自己又哭了起来)。我要离开犯罪的地方,阿斯塔菲·伊凡诺维奇!您现在已经与过去完全不同了。

"'与过去有什么不同?还是那个样子嘛!可你却像个小孩子,不懂事,你一个人会倒霉吃亏的,叶麦里亚·伊里奇。'

"'不,阿斯塔菲·伊凡内奇,您以后出门,别忘了给箱子上锁。我现在,阿斯塔菲·伊凡内奇,我现在一见到箱子就想哭……不,您最好放我走,阿斯塔菲·伊凡内奇,在我们共同生活中我给您添的一切麻烦,请您原谅!'

"先生,你想怎么着?他真的走了。我等了一天,心想晚上他会回来,可是没有!第二天,第三天都没回来。我吓慌了,整天发愁:不吃、不喝、不睡觉。这人真把我搅乱了!第四天我出去找,我寻遍了各个茶楼酒馆,四处张望、打听,都毫无所得,叶麦里亚努什卡消失不见了!我心想:'莫非你已抛下你那胜利的头颅?也许你酒醉醺醺,死在别人的篱笆之下,现在像一块朽木,横躺在那里。'我回到家里,已经半死不活。

"第二天我又去四处寻找。我埋怨我自己,为什么当时让一个蠢人自行离我而去。可是我发现:第三天(恰恰是节日)天刚亮,房门就吱吱作响,我定睛一看,是叶麦里亚进来了。他脸色发青,头发上全是脏物,好像是睡在大街上,骨瘦如柴,脱下破大衣,面对着我坐在箱子上,望着我。我高兴起来,但心里的痛苦却比以前更厉害了。先生,事情就是这样。说老实话,如果我犯了这样的错误,我要说,我宁肯像条狗一样死去,也不愿活着回来!然而叶麦里亚却回来了!当然啰,看到一个人处境如此,心情是很沉重的。于是我开始亲切地安慰他。我说:'好啦,叶麦里亚努什卡,我高兴你回来。要是你再晚一点回来,我今天又要到酒馆里找你去了。你吃过饭了没有?'

"'吃过了,阿斯塔菲·伊凡内奇。'

"'没吃吧?老兄,这里还剩下一点昨天没喝完的汤,是牛肉炖的,不是清汤。

瞧,这里还有葱和面包。我说吃吧,这些东西对身体不是没有用的。'

　　"于是我端给了他。哎呀,我发现他那胃口真好,一个人三整天没吃没喝,吃起来真能狼吞虎咽。这就是说,是饥饿把他赶到我这里来的。我望着他心肠软了,一般怜惜之情油然而生。心想我得去小酒店跑一趟,打点酒来,让他解解闷,掏点心里话。'算啦! 我对你不再有怨恨了,叶麦里亚努什卡! 我打来了酒。我说,叶麦里亚·伊里奇,让我们为节日干杯吧。你想喝吗? 这酒不赖。'

　　"他伸出一只手来,显出一副很想喝的样子,手已经抓住了酒杯,但他停下来,稍稍等了等。我一看,他抓起酒杯往嘴边送,酒洒到了他的衣袖上。不,他把酒送到了嘴边,但马上又把它放回到桌上。

　　"'你怎么啦,叶麦里亚努什卡?'

　　"'没什么,我那个……阿斯塔菲·伊凡内奇。'

　　"'不喝还是怎么的?'

　　"'我,阿斯塔菲·伊凡内奇……我不再喝酒了,阿斯塔菲·伊凡内奇。'

　　"'你是打算彻底戒酒,还是只有今天不喝呢,叶麦里亚努什卡?'

　　"他默默不语。我发现,一分钟以后,他把头枕到了手上。

　　"'你怎么啦,是不是病了,叶麦里亚?'

　　"'是的,我觉得不舒服,阿斯塔菲·伊凡内奇!'

　　"我把他扶到床上。一看他确实不好:他头发烧,浑身打战,像患疟疾似的。我坐在他身边守了一天。到夜里他情况更坏。我给他把葛瓦斯饮料里拌点油和葱,还加上一点面包。我说:'你吃下去,一定会好些的!'他连连摇头。他说:'不,我今天不吃,阿斯塔菲·伊凡内奇。'我又给他准备了茶,把老太婆也忙坏了,但他一点也没好转。我心想,这下可糟了!

　　"第三天清早我就去找医生。早先我在波索米亚金老爷家干活那会儿就认识一个医生,他姓科斯托普拉沃夫,就住这儿。他给我治过病。医生来了,看了看他说:'不,情况确实不妙,没必要找我了。随便给他点药粉吃吃吧。'我没给他吃药粉。我心想是医生随便说的,这一拖就是第五天了。

　　"先生,他躺在我面前,快要死去了。我坐在窗台上,手里拿着没干完的活计。老太婆在生炉子。我们都没说话。先生,我的心却在为他这个放荡的人难过,似乎我将要埋葬我亲生的儿子。我知道,叶麦里亚现在正望着我,打从大清早起,我就看见他硬撑着,想对我说什么,看得出来,他又不敢说。最后,我望了他一眼,发现这个可怜人的眼睛里,流露出满心的愁苦,他目不转睛地望着我,可是发现我在看他的时候,他马上又把眼皮垂了下来。

"'阿斯塔菲·伊凡内奇!'

"'什么事,叶麦里亚努什卡?'

"'比方说,如果我把我的大衣拿到托尔库契大街上去卖,人家会出很多钱吗,阿斯塔菲·伊凡内奇?'

"我说:'不知道,也许会卖得起价钱吧。大概能卖三卢布,叶麦里亚·伊里奇。'

"要是真的拿到市场上去卖的话,不但人家一个子不给,还会当着你的面,笑掉大牙呢!这样破破烂烂的东西还拿来卖!刚才我那么说,不过是我了解这个人的脾性,随便说说,安慰安慰他罢了。

"'可我觉得,阿斯塔菲·伊凡内奇,那件大衣三个银卢布是卖得出的,它是呢子做的呢,阿斯塔菲·伊凡内奇。既然是呢子的,怎么只值三个卢布呢?'

"我说:'不知道,叶麦里亚·伊里奇;既然你想拿去卖,那就拿去吧,当然,起码也得卖三卢布才行。'

"叶麦里亚沉默了一会儿。随后他把我喊住。

"'阿斯塔菲·伊凡内奇?'

"我问:'什么事呀,叶麦里亚努什卡?'

"'您把我的大衣卖掉,我快死了,您不要把大衣和我一起埋掉。我就这么躺着行,可大衣是呢子做的,顶值钱的,您也用得着。'

"先生,这时我心如刀绞,痛得我连话都说不出来了。我发现他临终前的痛苦,已经到来。我们又默默不语了。这样默默地过了一小时。我又看了看他:他老是望着我,但一碰到我的目光,他就又垂下眼皮。

"我说:'您要不要喝点水呀,叶麦里亚·伊里奇?'

"'给点吧,愿上帝和您在一起,阿斯塔菲·伊凡内奇。'

"我给他送上一杯水,他喝了。

"他说:'谢谢,阿斯塔菲·伊凡内奇。'

"'还要不要别的什么,叶麦里亚努什卡?'

"'不,阿斯塔菲·伊凡内奇,什么也不要了,可是我……'

"'什么事?'

"'这个……'

"'这个什么呀,叶麦里亚努什卡?'

"'那条……裤子……当时是我从您这里拿去的……阿斯塔菲·伊凡内奇……'

"我说:'算啦!上帝会饶恕你的。叶麦里亚·伊里奇,你的命好苦啊!你安息吧……'先生,说着说着,我的心里也难受极了,泪水不住地从眼睛里往外涌出。我转身背过去好一会儿。

"'阿斯塔菲·伊凡内奇……'

"我转身一看,叶麦里亚还想对我说什么,他稍稍抬起身子,使尽力气,嘴唇翕动着……突然他满脸绯红,望着我……我忽然又看到:他的脸色又变白了,越变越白,刹那间,就完全失去了血色,他头向后一仰,吁了一口气,于是马上就把灵魂交给了上帝……"

舞会以后

[俄国]托尔斯泰

托尔斯泰(1828～1910),19世纪末20世纪初俄国最伟大的文学家,也是世界文学史上最杰出的作家之一,他的文学作品在世界文学中占有重要的地位。其代表作有长篇小说《战争与和平》《安娜·卡列尼娜》《复活》以及自传体小说三部曲《童年》《少年》《青年》。

"你们的观点是,人类自身不可能知道好坏的含义,而问题产生的根本是环境,一直以来影响人们的都是环境。不,我认为影响我们的不是环境,而是机缘,嗯,就拿我来举个例子吧……"

我们讨论,为了让人越来越优秀,就必须改变人们的生活条件。我们说完之后,受到人们敬重的伊万·瓦西里那维奇就这样开始了自己的演讲。其实在讨论的过程中并没有人说过人类自身不可能懂得好坏的含义,但这是伊万·瓦西里那维奇的习惯:他总是爱把他的想法加入到自己的讲话中,然后为了证明自己的观点,开始结合自己的实际讲解。他经常会忘记自己为什么要讲这一番话,而一门心思地讲下去,而且会显得很诚恳。比如说这次,他就是这样做的。

"我就结合自己来说一下吧。我之所以处于这样的生活,并不是因为环境因素,而是因为其他的缘故……"

"那是什么缘故呢?"我们问道。

"这可不是三言两语就可以说清楚的。我必须要讲好多你们才可以明白。"

"您就讲一讲吧。"

伊万·瓦西里那维奇认真地考虑了一下,然后郑重地摇了摇头。

"是啊,"他说,"我的生活在忽然之间,甚至是一夜之间就发生了变化。"

"快点讲讲是怎么一回事啊?"

"这件事情是这样的,当时我正处于一场恋爱中。在我所有的恋爱中,这次是最猛烈地一次。这是很久以前的事情了,如今她的女儿都已经出嫁了。她叫B——,是的,瓦莲卡·B——"伊万·瓦西里那维奇说出她的姓氏,"尽管已经五十多岁了,但她仍然是一位不折不扣的美人。在她年轻的时候,尤其是十八岁时,她简直让所有人着迷:修长、苗条、优雅、端庄——正是端庄。她总是挺立着身体,就好像只能这样做似的;然后她微微抬起她的头,浑身散发着一种让人无法抗拒的美。虽然她并不是很丰满,甚至可以说有些清瘦,但是她仍是那么迷人。如果不是她身上那种特有的亲切的微笑,恐怕人们都不敢随便接近她。"

"伊万·瓦西里那维奇多么会渲染!"

"但是无论我怎么修饰,你们都不可能明白她究竟是怎样迷人的一个女人。不过现在在重点不是这个。我接下来要讲的事情发生在很久以前,那时候我还是一名学生。那个时候我们还很年轻,我们的大学里没有任何讨论小组,也没有什么需要讨论的理论。我们只是依照自己的生活生存:在学习和玩乐中忙碌着。那时我是一个性格活泼的年轻人,并且家里还很富裕。那个时候只要有时间,我就陪姑娘们上山滑雪(溜冰还没有流行),或者跟同学们一块喝酒(那时我们因为没什么钱,所以只喝香槟,可不像现在这样改喝伏特加①)。但是这些都不是我最喜欢的,我最喜欢的是舞会和晚会,因为我人外表还可以,而且舞跳得非常棒。"

"行了行了,您就别谦虚了,"一位交谈的女士插嘴道,"我们曾经不是看到过你年轻时的照片吗? 你那时候简直是一个美男子呢。"

"美不美并不重要,这都不是问题的关键所在。那时我正疯狂地爱着她,我在谢肉节的最后一天参加了本省贵族长家的舞会,他是一个忠厚好客的人。他的太太也是一位忠厚的人,那天就是她接待了我。她穿着一件深咖啡色的丝绒长衫,戴一副钻石头饰,她袒露着衰老可是丰腴白净的肩膀和胸脯,如同伊丽莎白·彼得罗芙娜的画像上描画的那样,美丽而迷人。这真是一次让人终生难忘的舞会:异常华丽的舞厅,颇有名气并深受人们喜爱的农奴乐师,美味的菜肴以及似乎永远喝不完的香槟。我虽然也喜欢香槟,但是并没有喝,因为不用喝酒我就醉了,陶醉在爱情中了,不过我跳舞却跳得筋疲力尽——又跳卡德里尔舞,又跳华尔兹舞,又跳波尔卡舞,自然是尽可能跟瓦莲卡跳。她身穿白色长裙,束着粉红腰带,一双白羊皮手套差点儿齐到她的纤瘦的、尖尖的肘部,脚上是白净的缎鞋。玛祖卡舞开始的时候,有人抢掉了我的机会:她刚一进场,讨厌透顶的工程师阿尼西莫夫——我直到

_____

① 伏特加:是一种经蒸馏处理的酒精饮料。它是由水和经蒸馏净化的乙醇所合成的透明液体,一般会经多重蒸馏从而达到更纯更美味的效果,市面上品质较好的伏特加一般是经过三重蒸馏的。

现在还不能原谅他——就邀请了她，我因为上理发店去买手套来晚了一步。所以我跳玛祖卡舞的女伴不是瓦莲卡，而是一位德国小姐，从前我也曾稍稍向她献过殷勤。可是这天晚上我对她恐怕很不礼貌，既没有跟她说话，也没有望她一眼，我只看见那个穿白衣裙、束粉红腰带的修长苗条的身影，只看见她的俊朗、红润、有酒窝的脸蛋和亲切可爱的眼睛。不光是我，大家都望着她，欣赏她，男人欣赏她，女人也欣赏她，显然她盖过了她们所有的人。不能不欣赏她啊。

"照规矩应该说，我不是她跳玛祖卡舞的舞伴，而实际上，我几乎一直都在跟她跳。她大大方方地穿过整个舞厅，径直向我走来，我不待邀请，就连忙站了起来，她微微一笑，酬答我的机灵。当我们被领到她的跟前而她没有猜出我的代号时，她只好把手伸给别人，耸耸她的纤瘦的肩膀，向我微笑，表示惋惜和安慰。当大家在玛祖卡舞中变出花样，插进华尔兹的时候，我跟她跳了很久的华尔兹，她尽管呼吸急促，还是笑眯眯地对我说：'再来一次。'于是我再一次又一次地跳着华尔兹，甚至感觉不到自己还有一个沉甸甸的肉体。"

"咦，怎么感觉不到呢？我想，您搂着她的腰，不但能够清楚地感觉到自己的肉体，还能感觉到她的哩。"一个男客人说。

伊万·瓦西里那维奇突然涨红了脸，几乎是气冲冲地叫喊道：

"是的，你们现代的青年就是这样。你们眼里只有肉体。我们那个时代可不同。我爱得越强烈，就越是不注意她的肉体。你们现在只看到腿、脚踝和别的什么，你们恨不得把所爱的女人脱个精光，而在我看来，正像阿尔封斯·卡尔——他是一位好作家——说的：我的恋爱对象永远穿着一身铜打的衣服。我们不是把她脱个精光，而是极力遮盖她赤裸的身体，像挪亚的好儿子一样。嗨，反正你们不会了解……"

"不要听他的。后来呢？"我们中间的一个男人问道。

"好吧。我就这样尽跟她跳，没有注意时光是怎么过去的。乐师们早已累得要命——你们知道，舞会快结束时总是这样——翻来覆去地演奏玛祖卡舞曲，老先生和老太太们已经从客厅里的牌桌旁边站起来，等待吃晚饭，仆人拿着东西，更频繁地来回奔走着。这时是两点多钟。必须利用最后几分钟。我再一次选定了她，我们沿着舞厅跳到一百次了。

"'晚饭以后还跟我跳卡德里尔舞吗？'我领着她回到她的座位时问她。

"'当然，只要家里人不把我带走。'她笑眯眯地说。

"'我不让带走。'我说。

"'扇子可要还给我。'她说。

"'舍不得还。'我说，同时递给她那把不大值钱的白扇子。

"'那就送您这个吧，您不必舍不得了。'说着，她从扇子上扯下一小片羽毛给我。

"我接过羽毛，只能用眼光表示我的全部喜悦和感激。我不但愉快和满意，甚至感到幸福、陶然，我善良，我不是原来的我，而是一个不知有恶、只能行善的超凡脱俗的人了。我把那片羽毛塞进手套，呆呆地站在那里，再也离不开她。

"'您看，他们在请爸爸跳舞。'她对我说道，一边指着她那身材魁梧端正、戴着银色肩章的上校父亲，他正跟女主人和其他的太太们站在门口。

"'瓦莲卡，过来。'我们听见戴钻石头饰、露出伊丽莎白式肩膀的女主人的响亮声音。

"瓦莲卡往门口走去，我跟在她后面。

"'我亲爱的，劝您父亲跟您跳一跳吧。喂，彼得·弗拉季斯拉维奇，请。'女主人转向上校说。

"瓦莲卡的父亲是一个气宇不凡的老人，长得端正、魁梧，神采奕奕。他的脸色红润，留着两撇雪白的、尼古拉一世式的尖端蜷曲的唇髭和同样雪白的、跟唇髭连成一片的络腮胡子，两鬓的头发向前梳着；他那明亮的眼睛里和嘴唇上，也像他女儿一样露出亲切快乐的微笑。他生就一副堂堂的仪表，宽阔的胸脯照军人的派头高挺着，胸前挂了不多几枚勋章，此外他还有一副健壮的肩膀和两条匀称的长腿。他是一位具有尼古拉一世风采的宿将型的军事长官。

"我们走近门口的时候，上校推辞说，他对于跳舞早已荒疏，不过他还是笑眯眯地把手伸到左边，从刀剑带上取下佩剑，交给一个殷勤的青年人，右手戴上鹿皮手套，'一切都要合乎规矩。'他含笑说，然后握住女儿的一只手，微微转过身来，等待着拍子。

"等到玛祖卡舞曲开始的时候，他灵敏地踏着一只脚，伸出另一只脚，于是他的魁梧肥硕的身体就一会儿文静从容地，一会儿带着靴底踏地声和两脚相碰声、啪哒啪哒地、猛烈地沿着舞厅转动起来了。瓦莲卡的优美的身子在他的左右翩然起舞，她及时地缩短或放长她那穿白缎鞋的小脚的步子，灵巧得叫人难以察觉。全厅的人都在注视这对舞伴的每个动作。我不仅欣赏他们，而且受了深深的感动。格外使我感动的是他那用裤脚带扣得紧紧的靴子，那是一双上好的小牛皮靴，但不是时兴的尖头靴，而是老式的、没有后跟的方头靴。这双靴子分明是部队里的靴匠做的。'为了把他的爱女带进社交界和给她穿戴打扮,他不买时兴的靴子,只穿自制的靴子。'我想。所以这双方头靴格外使我感动。他显然有过舞艺精湛的时候,可是现在身体发胖,要跳出他竭力想跳的那一切优美快速的步法,腿部的弹力已经不够。不过他仍然巧妙地跳了两圈。他迅速地叉开两腿,重又合拢来,虽说不太灵活,他还能跪下一条腿。她微笑着理了理被他挂住的裙子,从容地绕着他跳了一遍,这时候,所有的人都热烈鼓掌了。他有点吃力地站立起来,温柔亲热地抱住女儿的后脑,吻吻她的额头,随后领她到我身边,他以为我要跟她跳舞。我说,我不是她的舞伴。

"'呃,反正一样,您现在跟她跳吧。'他说,一边亲切地微笑着,将佩剑插进刀剑带里。

"瓶子里的水只要倒出一滴,其余的便常常会大股大股地跟着往外倾泻,同样,我心中对瓦莲卡的爱,也把蕴藏在我内心的全部爱的力量释放出来了。那时我真是用我的爱拥抱了全世界。我也爱那戴着头饰、露出伊丽莎白式的胸脯的女主人,也爱她的丈夫、她的客人、她的仆役,甚至那个对我板着脸的工程师阿尼西莫夫。至于对她的父亲,连同他的家制皮靴和像她一样的亲切的微笑,当时我更是体验到一种深厚的温柔的感情。

"玛祖卡舞结束之后,主人夫妇请客人去用晚饭,但是 B 上校推辞说,他明天必须早起,就向主人告别了。我唯恐连她也给带走,幸好她跟她母亲留下了。

"晚饭以后,我跟她跳了她事先应许的卡德里尔舞,虽然我似乎已经无限地幸福,而我的幸福还是有增无减。我们完全没谈爱情。我甚至没有问问她,也没有问问我自己,她是否爱我。只要我爱她,在我就足够了。我只担心一点——担心有什么东西破坏我的幸福。

"等我回到家中,脱下衣服,想要睡觉的时候,我就看出那是绝不可能的事。我手里有一小片从她的扇子上扯下的羽毛和她的一只手套,这只手套是她离开之前,我先后扶着她母亲和她上车时,她送给我的。我望着这两件东西,不用闭上眼睛,便能清清楚楚地回想起她来:或者是当她为了从两个男舞伴中挑选一个而猜测我的代号,用可爱的声音说出'骄傲?是吗?',并且快活地伸手给我的时候,或者是当她在晚餐席上一点一点地呷着香槟,皱起眉头,用亲热的眼光望着我的时候;不过我多半是回想她怎样跟她父亲跳舞,她怎样在他身边从容地转动,露出为自己和为他感到骄傲与喜悦的神态,瞧了瞧欣然赞赏的观众。我不禁对他和她同样发生柔和温婉的感情了。

"当时我和我已故的兄弟单独住在一起。我的兄弟向来不喜欢上流社会，不参加舞会，这时候又在准备学士考试，过着极有规律的生活。他已经睡了。我看看他那埋在枕头里面，叫法兰绒被子遮住一半的脑袋，不觉对他动了怜爱之心。我怜悯他，因为他不知道也不能分享我所体验到的幸福。服侍我们的农奴彼得鲁沙拿着蜡烛来接我，他想帮我脱下外衣，可是我遣开了他。我觉得他的睡眼惺忪的面貌和蓬乱的头发使人非常感动。我极力不发出声响，踮起脚尖走进自己房里，在床沿坐下。不行，我太幸福了，我没法睡。加之我在炉火熊熊的房间里感到闷热，我就不脱制服，轻轻地走进前厅，穿上大衣，打开通向外面的门，走到街上去了。"我离开舞会是四点多钟，等我到家，在家里坐了一坐，又过了两个来钟头，所以，我出门的时候，天已经亮了。那正是谢肉节的天气，有雾，饱含水分的积雪在路上融化，所有的屋檐都在滴水。当时 B 家住在城市的尽头，靠近一大片空地，空地的一头是人们游息的场所，另一头是女子中学。我走过我们的冷僻的胡同，来到大街上，这才开始碰见行人和装运柴火的雪橇，雪橇的滑木触到了路面。马匹在光滑的木轭下有节奏地摆动着湿漉漉的脑袋，车夫们身披蒲席，穿着肥大的皮靴，跟在货车旁边扑嚓扑嚓行走，沿街的房屋在雾中显得分外高大——这一切都使我觉得特别可爱和有意思。

"我走到 B 宅附近的空地，看见靠游息场所的一头有一大团黑糊糊的东西，听到从那边传来笛声和鼓声。我一直满心欢畅，有时玛祖卡舞曲还在我耳边萦绕。但这里是另一种音乐，一种生硬难听的音乐。

"'这是怎么回事?'我想，随即沿着空地当中一条由车马辗踏出来的溜滑的道路，朝着发出声音的方向走去。走了一百来步，我开始从雾霭中看出那里有许多黑色的人影。显然是一群士兵。'大概在上操。'我想，便跟一个身穿油迹斑斑的短皮袄和围裙、手上拿着东西、走在我前头的铁匠一起，更往前走近些。士兵们穿着黑军服，面对面地分两行持枪立定，一动也不动。鼓手和吹笛子的站在他们背后，不停地重复那支令人不快的、刺耳的老调子。

"'他们这是干什么?'我问那个站在我身边的铁匠。

"'对一个靼鞑逃兵用夹鞭刑。'铁匠瞧着远处的行列尽头，愤愤地说。

"我也朝那边望去，看见两行士兵中间有个可怕的东西正在向我逼近。

"向我逼近来的是一个光着上身的人，他的双手被捆在枪杆上面，两名军士用这枪牵着他。他的身旁有个穿大衣、戴制帽的魁梧的军官，我仿佛觉得面熟。

"受刑人浑身痉挛着，两只脚扑嚓扑嚓地踩着融化中的积雪，向我走来，棍子从两边往他身上纷纷打下,他一会儿朝后倒,于是两名用枪牵着他的军士便把他往前一推,一会儿他又向前栽,于是军士便把他往后一拉,不让他栽倒。

"那魁梧的军官迈着坚定的步子,大摇大摆地,始终跟他并行着。这就是她的脸色红润、留着雪白的唇髭和络腮胡子的父亲。

"受刑人每挨一棍子,就好像吃了一惊似的,把他的痛苦得皱了起来的脸转向棍子落下的一边,露出一口雪白的牙齿,重复着两句同样的话。直到他离我很近的时候,我才听清这两句话。他不是说话,而是呜咽道:'弟兄们,发发慈悲吧。弟兄们,发发慈悲吧。'但是弟兄们不发慈悲,当这一行人走到我的紧跟前时,我看见站在我对面的一名士兵坚决地向前跨出一步,呼呼地挥动着棍子,使劲朝鞑靼人背上噼啪一声打下去。鞑靼人往前扑去,可是军士们拽住了他,接着,同样的一棍子又从另一边落在他的身上,又是这边一下,那边一下。上校在旁边走着,一会儿瞧瞧自己脚下,一会儿瞧瞧受刑人,他吸进一口气,鼓起腮帮,然后噘着嘴唇,慢慢地吐出来。这一行人经过我站立的地方的时候。我向夹在两行士兵中间的受刑人的背脊扫了一眼。这是一个斑斑驳驳的、湿淋淋的、紫红色的、奇形怪状的东西,我简直不相信这是人的躯体。

"'天啊。'铁匠在我身边说道。

"这一行人慢慢离远了,棍子仍然从两边落在那跟跟跄跄、浑身抽搐的人背上,鼓声和笛声仍然鸣响着,身材魁梧端正的上校也仍然迈着坚定的步子,在受刑人身边走动。突然间,上校停下来,快步走到一名士兵面前。

"'我要让你知道厉害,'我听见他用气呼呼的声音说,'你还敢糊弄吗?还敢吗?'

"我看见他举起戴鹿皮手套的有力的手,给了那惊慌失措、没有多大气力的矮个子士兵一记耳光,只因为这个士兵没有使足劲儿往鞑靼人的紫红的背脊打下棍子。

"'来几条新的军棍!'他一边吼叫,一边回头观看,终于看见了我。他假装不认识我,可怕地、恶狠狠地皱起眉头,连忙转过脸去。

我觉得那样羞耻,不知道往哪里看才好,仿佛我有一桩最可耻的行径被人揭发了似的,我埋下眼睛,匆匆回家去了。一路上我的耳边时而响起鼓声和笛声,时而传来'弟兄们,发发慈悲吧'这两句话,时而又听见上校充满自信地、气呼呼地吼声:'你还敢糊弄吗?还敢吗?'同时我感到一种近似恶心的、几乎是生理上的痛苦,我好几次停下脚步,觉得我马上就要把这幅景象在我内心引起的恐怖统统呕出来了。我不记得是怎样到家和躺下的。可是我刚刚入睡，就又听见和看到那一切，我索性一骨碌爬起来了。

"'他显然知道一件我所不知道的事情，'我想起上校，'如果我知道他所知道的那件事，我也就会了解我看到的一切，不致苦恼了。'可是无论我怎样反复思索，还是无法了解上校所知道的那件事，我直到傍晚才睡着，而且是上一位朋友家里去，跟他一起喝得烂醉以后才睡着的。

"嗯，你们以为我当时就断定了我看到的是一件坏事吗？绝不。'既然这是带着那样大的信心干下的，并且人人都承认它是必要的，那么，可见他们一定知道一件我所不知道的事情。'我想，于是努力去探究这一点。但是无论我多么努力，始终探究不出来。探究不出，我就不能像原先希望的那样去服兵役，我不但没有进军队供职，也没有在任何地方供职，所以正像你们看到的，我成了一个废物。"

"得啦，我们知道您成了什么'废物'，"我们中间的一个男人说，"您还不如说：要是没有您，有多少人会变成废物。"

"得了吧，这完全是扯淡。"伊万·瓦西里那维奇真正懊恼地说。

"好，那么，爱情呢？"我们问。

"爱情吗？爱情从这一天起衰退了。当她像平常那样面带笑容在沉思的时候，我立刻想起广场上的上校，总觉得有点别扭和不快，于是我跟她见面的次数渐渐减少，结果爱情便消失了。世界上就有这样的事情，它使得人的整个生活发生变化，走上新的方向。你们却说……"他结束道。

变色龙

［俄国］契诃夫

契诃夫(1860～1904)，俄国小说家、戏剧家，十九世纪末期俄国批判现实主义作家、短篇小说艺术大师。他1879年进莫斯科大学医学系,1884年毕业后在兹威尼哥罗德等地行医,广泛接触平民和了解生活,这对他的文学创作有良好影响。1904年6月,契诃夫因肺炎病情恶化,前往德国的温泉疗养地黑森林的巴登维勒治疗,7月15日逝世。他和法国的莫泊桑、美国的欧·亨利齐名为三大短篇小说巨匠。

奥丘梅洛夫是一名警官,此时他正穿着一件崭新的制服大衣,拿着小包骄傲地穿过集市广场。

在他身后有一个棕红色头发的警察,端着一个盛满醋栗的粗箩。广场上连个人都没有,周围一片寂静。路两旁的小铺和酒店正大开着门,就像一张张饥饿的嘴,无精打采地望着上帝精心创造的这个世界。尽管如此,可门口却连一个乞丐的影子都看不到。

"好大胆子,该死的东西,你竟然敢咬我!"奥丘梅洛夫听到一阵叫喊声,"亲爱的先生们,要牢牢抓住这种咬人的东西。这种像蜥蜴似的动物,它会根据周围环境的变化而调整皮肤的颜色。哎呀……真疼!"

正在这时响起了一阵狗叫声。奥丘梅洛夫顺着声音发出的方向看去,瞧见商人皮丘金的木柴场里正逃出一条用三条腿跑路的狗,并不时地往身后看。在狗的后面,有一个穿着浆硬的花布衬衫和敞开怀的坎肩的人正在追赶它。他紧紧地跟在狗的后面,忽然身子往前一探,扑倒在了地上,恰巧抓住了狗的后腿。这时传来了一阵嘈杂声,其中既有狗叫声又有人大声地喊叫:"别让它逃走!"正在睡梦中的人们纷纷把自己的头从小铺里伸出来,短短一会儿,柴门口就聚集了一大群人。

"长官,好像发生什么事情了!……"警察说。

奥丘梅洛夫想了一会儿，朝人群聚集的方向走了过去。刚到木柴场门口，他就看见那个追赶狗的伸着一根血淋淋的手指让人们看。他那张微醉的脸似乎在说着："该死的东西，我一定要扒掉你的皮！"而那根手指就为他这样说提供了足够的理由。奥丘梅洛夫认识这个人，他就是首饰匠赫留金。引起这场事故的就是这条白毛小猎狗，它的脸尖尖的，背上的黄斑特别显眼。这条可怜的狗正用恐惧的眼神望着人群，身子微微颤抖着。

"发生什么事了？"奥丘梅洛夫挤到人群中去，问道，"你举着你的手指头干什么？刚才是谁在嚷嚷……"

"我什么都没干，尊敬的长官。我只是老老实实地走着自己的路……"赫留金一边攥着拳头一边说道，"我正跟米特里·米特里奇谈木柴的事，我还没明白怎么回事，这个可恶的家伙就毫不留情地咬了我一口……长官，您知道的，我是一个干细活的人。因为这个手指头我可能一个星期都不能干活，这会给我带来损失的，所以我应该得到一笔补偿……而且，就算是法律上也没有规定说人被狗咬了就得忍气吞声。您想一下，如果所有人都会被狗咬，那还生活在这个世界上干什么？"

"嗯！……好……"奥丘梅洛夫严厉地说，他不经意间挑动了一下眉头，"这件事我一定要管？这狗的主人是谁？我一定要给这个放狗出来惹祸的人一点颜色看看。早就应该让那些总是无法无天的老爷们瞧瞧法律的厉害了！等到时被罚款，那个混蛋才会明白自己不应该乱把狗放出来！哼，让你见识一下我的厉害……叶尔德林，"警官对警察说，"你马上去查查这狗的主人是谁，然后告诉我。我想这一定是条疯狗，我们一定要把它打死才行。我问你们，这狗是谁家的？"

"这条狗像是日加洛夫将军家的！"这时人群中的一个人说。

"日加洛夫将军家的？嗯！……叶尔德林，赶快帮我把身上的衣服脱下来，天是不是要下雨了啊？我怎么出这么多汗？先生，其实我一直想问你，这条狗怎么偏偏会咬你呢？"奥丘梅洛夫对赫留金说，"而且它这么小，怎么可能够得着你的手指呢！要知道，你的身材可是十分高大的。我猜想你的手指肯定是用钉子划破的，然后不知道怎么的，就想让别人赔偿你！你这种人啊，我见得多了。真不知道你们心里是怎么想的，总是想占别人的便宜。"

"他，长官，把他的雪茄烟戳到它脸上去，拿它开心。它呢，不肯做傻瓜，就咬了他一口……他是个无聊的人，长官！"

"你胡说，独眼龙！你眼睛看不见，为什么胡说？长官是明白人，看得出来谁胡说，谁像当着上帝的面一样凭良心说话……我要胡说，就让调解法官审判我好了。

他的法律上写得明白……如今大家都平等了……不瞒您说……我弟弟就在当宪兵……"

"少说废话!"

"不,这条狗不是将军家的……"警察深思地说,"将军家里没有这样的狗。他家里的狗大半是大猎狗……"

"你拿得准吗?"

"拿得准,长官……"

"我自己也知道。将军家里的狗都名贵,都是良种,这条狗呢,鬼才知道是什么东西! 毛色不好,模样也不中看……完全是下贱货……他老人家会养这样的狗?! 你的脑筋上哪儿去了? 要是这样的狗在彼得堡或者莫斯科让人碰上,你们知道会怎样? 那才不管什么法律不法律,一转眼的工夫就叫它断了气! 你,赫留金,受了苦,这件事不能放过不管……得教训他们一下! 是时候了……"

"不过也可能是将军家的狗……"警察把他的想法说出来,"它脸上又没写着……前几天我在他家院子里就见到过这样一条狗。"

"没错儿,是将军家的!"人群里有人说。

"嗯! ……你,叶尔德林老弟,给我穿上大衣吧……好像起风了……怪冷的……你带着这条狗到将军家里去一趟,在那儿问一下……你就说这条狗是我找到,派你送去的……你说以后不要把它放到街上来。也许它是名贵的狗,要是每个猪猡都拿雪茄烟戳到它脸上去,要不了多久就能把它作践死。狗是娇嫩的动物嘛……你,蠢货,把手放下来! 用不着把你那根蠢手指头摆出来! 这都怪你自己不好! ……"

"将军家的厨师来了,我们来问问他吧……喂,普罗霍尔! 你过来,亲爱的! 你看看这条狗……是你们家的吗?"

"瞎猜! 我们那儿从来也没有过这样的狗!"

"那就用不着费很多工夫去问了,"奥丘梅洛夫说,"这是条野狗! 用不着多说了……既然他说是野狗,那就是野狗……弄死它算了。"

"这条狗不是我们家的,"普罗霍尔继续说,"可这是将军哥哥的狗,他前几天到我们这儿来了。我们的将军不喜欢这种狗。他老人家的哥哥却喜欢……"

"莫非他老人家的哥哥来了? 弗拉基米尔·伊万内奇来了?"奥丘梅洛夫问,他整个脸上洋溢着动情的笑容,"可了不得,主啊! 我还不知道呢! 他要来住一阵吧?"

"住一阵……"

"可了不得,主啊!……他是惦记弟弟了……可我还不知道呢!那么,这是他老人家的狗?很高兴……你把它带去吧……这条小狗怪不错的……挺伶俐……它把这家伙的手指头咬一口!哈哈哈!……咦,你干吗发抖?呜呜……呜呜……它生气了,小坏包……好一条小狗……"

普罗霍尔把狗叫过来,带着它离开了木柴场……那群人就对着赫留金哈哈大笑。

"我早晚要收拾你!"奥丘梅洛夫对他威胁说,然后把身上的大衣裹一裹紧,穿过市集的广场,径自走了。

语文新课标名家选

黑　猫

[美国]爱伦·坡

爱伦·坡(1809～1849),十九世纪美国诗人、小说家和文学评论家,其作品在任何时代都是"独一无二"的风格,语言和形式精致、优美,内容多样。他是侦探小说鼻祖、科幻小说先驱之一、恐怖小说大师、短篇哥特小说巅峰、象征主义先驱之一,唯美主义者。

接下来各位要听到的这个故事可能会有一些不可思议,但是它又非常普通。我并不奢望大家会相信,因为我本身都觉得不相信,又有什么理由去指望别人呢?如果那样的话,好像我有点异想天开似的。但我并没有异想天开,而且我保证,这绝对是真实的,不是我的幻想。明天我就要大难临头了,所以无论如何今天我都要把一切说出来让你们知道。我十分想把这些零零散散的事情告诉大家,因为它们一直在折磨着我的灵魂。就因为它们的存在,我无时无刻不经受着恐惧的折磨,我简直快要受不了了。对我而言,这些事情是恐怖的代名词;但对听说这件事的人来说,它们只是有些奇怪,而谈不上恐怖。我想以后,也许有人会把这种无稽之谈①当成普通的小事。这些有才能的人比我厉害,他们处理事情不会像我这样慌张,他们一定会有自己的处理方法的。让我如此恐惧的一件事情,在他们眼里,也不过是一件再普通不过的小事罢了。

从小到大,我一直是个心软的人。小时候,我的心软会得到小朋友的嘲笑。因为我天生对小动物特别喜爱,所以父母就送给我各种各样的小动物。那时,我的时间几乎都花费在喂养小动物上,而且每当这时,我的内心总是会充满愉悦感。后来我长大了,这个嗜好不但没有改变,反而越来越强烈了。你们当中一定有人喜欢可爱忠实的小狗,如果问你们喜欢它的原因,你们一定可以说出来吧。如果你对人世

---

① 无稽之谈:稽,查考;无稽之谈,没有根据的说法。

间的薄情寡义有深深体会的话,那么你一定会对动物身上无私的爱所感动。

我结婚很早,而且对于我的爱好妻子也没什么建议。每次她看到什么好的小动物的话总会想办法得到送给我。我们家有小鸟、金鱼、良种狗、小兔子、一只小猴和一只猫。

我们家的猫浑身乌黑,非常漂亮,而且更重要的是,它十分聪明乖巧。我的妻子有些迷信,每次当我夸奖这只猫通人性的时候,她总会说黑色的猫是巫婆变的。我说这句话并不是我对妻子有什么不满,只是顺口一说而已。这猫名叫普路托,它是我最喜欢的玩伴。每次无论我走到什么地方,哪怕是上街,它也总是紧跟着我。简直可以用"形影不离"来形容。

我和猫之间的感情在那几年非常好。说来惭愧,就在那几年,我喜欢上了酒,有事没事总是喝酒。你们都知道,喝酒的人往往脾气暴躁。所以从此以后,我的脾气不是一般的坏。我还是粗鲁地对待我的家人,还会辱骂我的妻子。而且有时候,我甚至会对她动手。对人尚且如此,更不用说对那些小动物了。我不但不再精心照料它们,而且会虐待它们。每当小兔或者小狗过来想亲近我的时候,我总是会粗鲁地对待它们,一点情面都不讲。唯独对普路托,我还是比较温和的。可是后来我的酒瘾越来越严重,脾气也越来越差,所以连普路托都没能逃过我的厄运。

有一天晚上,就像往常一样,我在一个熟悉的酒吧喝了很多酒。回到家后,我以为猫在躲着我,就恶狠狠地抓住它,大概是我的样子把它吓坏了,所以它在我手上轻轻咬了一小口,并且留下了一行牙印。看到一向温顺的猫反抗,我气急败坏,完全丢弃了所有的善良,我从口袋里拿出一把刀子,然后把它指向了可怜的动物的喉咙,并且把它的眼珠挖了出来。就算是现在把那时的一切用手写出来,我都会因为我的残忍而面红耳赤,后悔不已。第二天早上醒来后,回忆起自己的所作所为,我感到有点后悔。但毕竟是"有点",它的程度还是很轻的。所以我仍然像往常一样沉醉在酒精作用中,很快就把自己的罪行忘得一干二净了。后来那只猫伤势渐渐好了,看起来它也不那么痛苦了,只是那个被挖掉眼的眼窟窿还是非常可怕的。如果它在屋里走动的时候我忽然进来,它就会吓得逃跑。尽管我脾气变得很坏,但我还是有良心的。看到一向和我亲近的动物如此害怕我,我也会感到伤心。但很快,这种伤心感完全被邪恶感取而代之,最终完全控制了我。关于这种邪念,哲学上并没有重视。不过我深信不疑,这种邪念是人心本能的一股冲动,是一种微乎其微的原始功能,或者说是情绪,人类性格就由它来决定。谁没有在无意中多次干下坏事或蠢事呢?而且这样干时无缘无故,心里明知干不得而偏要干。哪怕我们明知这样干犯法，我们不是还会无视自己看到的后果，有股拼命想去以身试法的邪念吗？唉，就是这股邪念终于断送了我的一生。正是出于内心这股深奥难测的渴望，渴望自找烦恼，违背本性，为作恶而作恶，我竟然对那只无辜的畜生继续下起毒手来，最后害它送了命。有一天早晨，我心狠手辣，用根套索勒住猫脖子，把它吊在树枝上，眼泪汪汪，心里痛悔不已，就此把猫吊死了。我出此下策，就因为我知道这猫爱过我，就因为我觉得这猫没冒犯过我，就因为我知道这样干是在犯罪——犯下该下地狱的大罪，罪大之极，足以害得我那永生的灵魂永世不得超生，如若有此可能，就连慈悲为怀，可敬可畏的上帝都无法赦免我的罪过。

就在我干下这个伤天害理的勾当的当天晚上，我在睡梦中忽听得喊叫失火，马上惊醒。床上的帐子已经着了火。整栋屋子都烧着了。我们夫妇和一个佣人好不容易才在这场火灾中逃出性命。这场火灾烧得真彻底。我的一切财物统统化为乌有，从此以后，我索性万念俱灰了。

我倒也不至于那么懦弱，会在自己所犯罪孽和这场火灾之间找因果关系。不过我要把事实的来龙去脉详细说一说，但愿别把任何环节落下。失火的第二天，我去凭吊这堆废墟。墙壁都倒坍了，只有一道还没塌下来。一看原来是一堵墙壁，厚倒不大厚，正巧在屋子中间，我的床头就靠近这堵墙。墙上的灰泥大大挡住了火势，我把这件事看成是新近粉刷的缘故。墙根前密密麻麻聚集了一堆人，看来有不少人非常仔细和专心地在查看这堵墙，只听得大家连声喊着"奇怪"，以及诸如此类的话，我不由感到好奇，就走近一看，但见白壁上赫然有个浅浮雕，原来是只偌大的猫。这猫刻得惟妙惟肖，一丝不差，猫脖子还有一根绞索。

我一看到这个怪物，简直以为自己活见鬼了，不由惊恐万分。但是转念一想终于放了心。我记得，这猫明明吊在宅边花园里。火警一起，花园里就挤满了人，准是哪一个把猫从树上放下来，从开着的窗口扔进我的卧室。他这样做可能是打算唤醒我。另外几堵墙倒下来，正巧把受我残害而送命的猫压在新刷的泥灰壁上，壁间的石灰加上烈火和尸骸发出的氨气，三者起了某种作用，墙上才会出现我刚看到的浮雕像。

对于刚刚细细道来的这一令人惊心动魄的事实，即使良心上不能自圆其说，于理说来倒也稀松平常，但是在我心灵中，总留下一个深刻的印象。有好几个月我摆脱不了那猫幻象的纠缠。这时节，我心里又滋生一股说是悔恨又不是悔恨的模糊情绪。我甚至后悔害死这猫，因此就在经常出入的下等场所中，到处物色一只外貌多少相似的黑猫来做填补。

有一天晚上,我醉醺醺地坐在一个下等酒寮里,忽然间我注意到一只盛放金酒或朗姆酒的大酒桶,这是屋里主要的一件家什,桶上有个黑糊糊的东西。我刚才一直目不转睛地盯着大酒桶好一会儿,奇怪的是竟然没有及早看出上面那东西。我走近它,用手摸摸。原来是只黑猫,长得偌大,个头跟普路托完全一样,除了一处之外,其他处处都极相像。普路托全身没有一根白毛,而这只猫几乎整个胸前都长满一片白斑,只是模糊不清而已。

我刚摸着它,它就立即跳了起来,咕噜咕噜直叫,身子在我手上一味蹭着,表示承蒙我注意而很高兴。这猫正是我梦寐以求的。我当场向店东要求买下,谁知店东一点都不晓得这猫的来历,而且也从没见到过,所以也没有开价。

我继续撸着这猫,正准备动身回家,这猫却流露出要跟我走的样子。我就让它跟着,一面走一面常常弯下身子去摸摸它。这猫一到我家马上很乖,一下子就博得我妻子的欢心。

至于我嘛,不久就对这猫厌恶起来了。这正出乎我的意料,我也不知道这是怎么回事,也不知道是什么道理。它对我的眷恋如此明显,我见了反而又讨厌又生气。渐渐的,这些情绪竟变为深恶痛绝了。我尽量避开这猫,正因心里感到羞愧,再加回想起早先犯下的残暴行为,我才不敢动手欺凌它。我有好几个星期一直没有去打它,也没粗暴虐待它。但是久而久之,我就渐渐对这猫说不出的厌恶了,一见到它那副丑相,我就像躲避瘟疫一样,悄悄溜之大吉。

不消说,使我更加痛恨这畜生的原因,就是我把它带回家的第二天早晨,看到它竟同普路托一个样儿,眼珠也被剜掉一个。可是,我妻子见此情形,反而格外喜欢它了。我在上面说过,我妻子是个富有同情心的人。我原先身上也具有这种出色的美德,它曾使我感到无比纯正的乐趣。

尽管我对这猫这般嫌恶,它对我反而越来越亲热。它跟我寸步不离,这股宁劲儿读者确实难以理解。只要我一坐下,它就会蹲在我椅子脚边,或是跳到我膝上,在我身上到处撒娇,实在讨厌。我一站起来走路,它就缠在我脚边,差点把我绊倒;再不,就用又长又尖的爪子钩住我衣服,顺势爬上我胸口。我虽然恨不得一拳把它揍死,可是这时候,我还是不敢动手,一则是因为我想起自己早先犯下的罪过,而主要的原因还在于——索性让我说明吧——我对这畜生害怕极了。

这层害怕倒不是生怕皮肉受苦,可是要想说个清楚倒也为难。我简直羞于承认——唉,即使如今身在死牢,我也简直羞于承认,这猫引起我的恐惧竟由于可以想象到的纯粹幻觉而更加厉害了。我妻子不止一次要我留神看这片白毛的斑记。

想必各位还记得，我上面提过，这只怪猫跟我杀掉的那只猫，唯一明显的不同地方就是这片斑记。想必各位还记得，我说过这斑记大虽大，原来倒是很模糊的，可是逐渐的，不知不觉中竟明显了，终于出现一个一清二楚的轮廓来了。好久以来我的理智一直不肯承认，竭力把这当成幻觉。这时那斑记竟成了一样东西，我一提起这东西的名称就不由浑身发毛。正因如此，我对这怪物特别厌恶和惧怕，要是我有胆量的话，早把它干掉了。我说呀，原来这东西是个吓人的幻象，是个恐怖东西的幻象——一个绞刑台！哎呀，这是多么可悲，多么可怕的刑具啊！这是恐怖的刑具，正法的刑具！这是叫人受罪的刑具，送人死命的刑具呀！

这时我真落到要多倒霉有多倒霉的地步了。我行若无事地杀害了一只没有理性的畜生。它的同类，一只没有理性的畜生竟对我——一个按照上帝形象创造出来的人，带来那么多不堪忍受的灾祸！哎呀！无论白天，还是黑夜，我再也不得安宁了！在白天里，这畜生片刻都不让我单独太太平平的；到了黑夜，我时时刻刻都从说不出有多可怕的噩梦中惊醒，一看总见这东西在我脸上喷着热气，我心头永远压着这东西的千钧棒，丝毫也摆脱不了这一个具体的梦魇！

我身受这般痛苦的煎熬，心里仅剩的一点善性也丧失了。邪念竟成了我唯一的内心活动，转来转去都是极为卑鄙龌龊的邪恶念头。我脾气向来就喜怒无常，如今发展到痛恨一切事，痛恨一切人了。我盲目放任自己，往往动不动就突然发火，管也管不住。哎呀！经常遭殃，逆来顺受的就数我那毫无怨言的妻子了。

由于家里穷，我们只好住在一栋老房子里。有一天，为了点家务事，她陪着我到这栋老房子的地窖里去。这猫也跟着我走下那陡峭的梯阶，差点儿害得我摔了个倒栽葱，气得我直发疯。我抢起斧头，盛怒中忘了自己对这猫还怀有幼稚的恐惧，对准这猫一斧砍下去，要是当时真按我心意砍下去，不消说，这猫当场就完蛋了。谁知，我妻子伸出手来一把攥住我。我正在火头上，给她这一拦，格外暴跳如雷，趁势挣脱胳膊，对准她脑壳就砍了一斧。可怜她哼也没哼一声就当场送了命。

干完了这件伤天害理的杀人勾当，我就索性细细盘算藏匿尸首的事了。我知道无论白天，还是黑夜，要把尸首搬出去，难免要给左邻右舍撞见，我心里想起了不少计划。一会儿我想把尸首剁成小块烧掉，来个毁尸灭迹。一会儿我到院子中的井里去。还打算把尸首当作货物装箱，按照常规，雇个脚夫把它搬出去。末了，我忽然想出一条自忖的万全良策。我打定主意把尸首砌进地窖的墙里，据传说，中世纪的僧侣就是这样把殉道者砌进墙里的。

这个地窖派这个用处真是再合适也没有了。墙壁结构很松，新近刚用粗灰泥全部刷新过，因为地窖里潮湿，灰泥至今还没有干燥。而且有堵墙因为有个假壁炉而鼍出一块，已经填没了，做得跟地窖别的部分一模一样。我可以不费什么手脚地把这地方的墙砖挖开，将尸首塞进去，再照旧把墙完全砌上，这样包管什么人都看不出破绽来。

这个主意果然不错。我用了一根铁锹，一下子就撬掉砖墙，再仔仔细细把尸首贴着里边的夹墙放好，让它撑着不掉下来，然后没费半点事就把墙照原样砌上。我弄来了石灰，黄沙和乱发，做好一切准备，我就配调了一种跟旧灰泥分别不出的新灰泥，小心翼翼地把它涂抹在新砌的砖墙上。等我完了事，看到一切顺当才放了心。这堵墙居然一点都看不出动过土的痕迹来。地上落下的垃圾也仔仔细细地收拾干净了。我得意洋洋地朝四下看看，不由暗自说："这下子到底没有白忙啊！"

接下来我就要寻找替我招来那么些灾害的祸根；我终于横下一条心来。不料我刚才大发雷霆的时候，那个鬼精灵见势不妙就溜了，眼下当着我这股火性，自然不敢露脸。这只讨厌的畜生终于不在了。我心头压着的这块大石头也终于放下了，这股深深的乐劲儿实在无法形容，也无法想象。到了夜里，这猫还没露脸，这样，自从这猫上我家以来，我至少终于太太平平地酣睡了一夜。哎呀，尽管我心灵上压着杀人害命的重担，我还是睡着了。

过了第二天，又过了第三天，这只折磨人的猫还没来，我才重新像个自由人那样呼吸。这只鬼猫吓得从屋里逃走了，一去不回了！眼不见为净，这份乐趣就甭提有多大了！尽管我犯下滔天大罪，但心里竟没有什么不安。官府来调查过几次，我三言两语就把他们搪塞过去了。甚至还来抄过一次家，可当然查不出半点线索来。我就此认为前途安然无忧了。

到了我杀妻的第四天，不料屋里突然闯来了一帮警察，又动手严密地搜查了一番。不过，我自恃藏尸地方隐蔽，他们绝对料不到，所以一点也不感到慌张。那些警察命我陪同他们搜查。他们连一个角落也不放过。搜到第三遍第四遍，他们终于走下地窖。我泰然自若，毫不动容。平生不做亏心事，半夜敲门心不惊，我一颗心如此平静。我在地窖里从这头走到那头，胸前抱着双臂，若无其事地走来走去。警察完全放了心，正准备要走。我心花怒放，乐不可支。为了表示得意，我恨不得开口说话，哪怕说一句也好，这样就更可以叫他们放心地相信我无罪了。

这些人刚走上梯阶，我终于开了口。"诸位先生，承蒙你们脱了我的嫌疑，我感激不尽，谨向你们请安了，还望多多关照。诸位先生，顺便说一句，这屋子结构很牢固。"我一时头脑发昏，随心所欲地信口胡说，简直连自己都不知道说了些什么。

"这栋屋子可以说结构好得不得了。这几堵墙——诸位先生,想走了吗?——这几堵墙砌得很牢固。"说到这里,我一时昏了头,故作姿态,竟然拿起手里一根棒,使劲敲着放我爱妻遗骸的那堵砖墙。

哎哟,求主保佑,把我从恶魔虎口中拯救出来吧!我敲墙的回响余音未寂,就听得墓塚里发出一下声音!——一下哭声,开头瓮声瓮气,断断续续,像个小孩在抽泣,随即一下子变成连续不断的高声长啸,声音异常,惨绝人寰——这是一声哀号——一声悲鸣,半似恐怖,半似得意,只有堕入地狱的受罪冤魂痛苦的惨叫,和魔鬼见了冤魂遭受天罚的欢呼打成一片,才跟这声音差不离。

要说说我当时的想法未免荒唐可笑。我昏头昏脑,踉踉跄跄地走到那堵墙边。梯阶上那些警察大惊失色,吓得要命,一时呆若木鸡。过了一会儿,就见十来条粗壮忙着拆墙,那堵墙整个倒下来。那具尸体已经腐烂不堪,凝满血块,赫然直立在大家眼前。尸体头部上就坐着那只可怕的畜生,张开血盆大口,独眼里冒着火。它捣了鬼,诱使我杀了妻子,如今又用呼唤声报了警,把我送到刽子手的手里。原来我把这怪物砌进墓墙里去了!

外国短篇小说精选

竞选州长

［美国］马克·吐温

马克·吐温(1835～1910)，原名萨缪尔·兰亨·克莱门，是美国的幽默大师、小说家、作家，也是著名演说家，19世纪后期美国现实主义文学的杰出代表。

就在几个月之前，我被提名为纽约州州长候选人，代表独立党与斯坦华特·勒·伍福特先生和约翰·特·霍夫曼先生竞选。

我总感觉自己与这两位先生相比具有明显的优势，那就是因为我的名声。从那些报道的报纸上也可以看出，如果说两位先生也曾经在乎过自己的名声的话，那也已经是很久以前的事情了。最近几年来，他们似乎对各种丑陋的罪行已经不在乎了。一开始这样想的时候，我还感到非常庆幸，但后来这种庆幸感完全被羞辱感取而代之了。要知道，让自己的名字和一些不光彩的名字并排在一起可不是什么光荣的事情。每当这样想时，我就感觉内心充满不安。后来想来想去，我决定把这一切都告诉我的祖母，于是我就给她写了一封信。没过多久，她给我回了信，言辞很尖锐：

"你一直都活得光明磊落，没干过什么不光彩的事情。你对伍福特和霍夫曼先生是怎样的为人应该很清楚，你自己慎重考虑一下，你是否愿意把自己降到和他们一样的水平，然后去参加竞选呢？"

祖母说的其实和我想的一样。那天晚上我想了很多。但我不是一个容易退缩的人，既然被牵扯进来了，我怎么能那么容易就放弃呢。

正当我一边吃早餐一边翻阅报纸时，上面的一则消息让我完全惊呆了。至少到现在为止，我从来没有这么惊慌过。

"伪证罪——现在马克·吐温先生既然在公众面前出来竞选州长，那他就一定有责任为市民解释一下下面这件事情的经过。这件事情发生在1863年，马克·吐温先生在交趾支那的瓦卡瓦克，有34名证人指证马克·吐温先生犯有伪证罪，他的目的就是侵占一块不属于他的香蕉种植地。这块地对他来说或许不重要，但对那个寡妇和一群孤儿来说就意义重大了:那是他们唯一的经济来源!马克·吐温完全应该为自己的行为做一些解释,不知道他是否愿意如此做呢?让我们大家期待一下吧。"

看到这个消息我简直惊呆地说不出话来,这真是天大的冤枉啊,我什么时候去过什么交趾支那!我都不知道那瓦卡瓦克是什么地方!就像我对袋鼠一无所知一样,我也不清楚什么香蕉种植地!天哪,我简直要疯掉了,我应该怎么做啊?那一整天我什么都没干,只是在考虑着今天的一切。

第二天早上,这家报纸只留下这么一句话:

"意味深长——我们大家都看到了,吐温先生对交趾支那桩伪证案一直都发人深省地保持缄默。"

(备忘录——在接下来的竞选活动中,只要需要提及我的名字,这家报纸都会用"臭名昭著的伪证犯吐温"这几个字来形容。)

紧接着的是《新闻报》,它是这样刊登的:

"需要查实——不知道州长候选人愿不愿和急切等待要投他选票的同胞们解释一下如下一件小事?那年吐温先生在蒙大拿州宿营,当时和他同住一个帐篷的朋友总是会丢失一些奇怪的小东西,后来这些丢失的东西竟然都在吐温先生的行李包中被找到了。为了他的名誉着想,大家只好在他身上涂满柏油,粘上羽毛,让他坐木杠,然后把他赶了出去。最后,大家还善意地劝告他不要回来了。不知道我们的竞选人是否愿意为这件事解释一下呢?"

天哪,我根本就没有去过什么蒙大拿州!真是一个狠毒的诬陷。

(此后,这家报纸习惯性地称呼为我"蒙大拿州的窃贼吐温"。)

从那天之后,只要一看到报纸,我就感到恐惧不安。那种感觉就好像是你害怕掀开毛毯后,一条毒蛇突然出现在你面前。有一天当我正打开报纸时,又看到这样一则消息:

"揭穿的谎言——依照第五区的密凯尔·奥弗拉纳根先生、华特街的吉特·彭斯先生和约翰·艾伦先生三位的口供陈述。现已查实,马克·吐温先生曾恶语诽谤,声称我们高贵的领袖约翰·特·霍夫曼的祖父因拦路抢劫而被判处绞刑一说,纯属野蛮的无稽之谈,毫无事实依据。他诋毁亡故者,以流言飞语玷污其美名,用这种卑劣的手段来达到政治上的胜利,使有道德之人深感沮丧。当我们想到这一卑鄙恶毒的谎言必将对死者无辜的亲友蒙受巨大的悲恸时,我们几乎要被迫煽动起遭受伤害和被侮辱的公众,立即对诽谤者施加非法的报复。但我们不能这么做!

让他接受良心的谴责而感到痛不欲生吧。（义愤填膺的公众可以不顾后果，对诽谤者进行人身伤害，虽然这稍许能弥补公众的情绪，很显然，陪审团却不能对此事件的凶手定罪，法庭也无法惩处他的罪行。）"

结尾的那句话很有独创性。当天夜晚当"遭受伤害和被侮辱的公众"从前门涌进来时，吓得我急忙从床上爬起，从后门落荒而逃。他们义愤填膺，捣毁了我的家具和门窗，临走时还将能搬动的所有财物统统一掠而空。然而，我可以手抚《圣经》发誓，我从没有诽谤过霍夫曼先生的祖父。况且直到那天为止，我还从未听说过此人，我本人也从未提及过他。

（顺便说一句，刊登上述新闻的那家报纸，此后总称呼我为"盗尸犯吐温"。）

下一篇新闻报道同样吸引了我，如下所述：

"好个候选人——马克·吐温先生原定于昨晚在独立党群众集会上做一次恶语中伤竞选对手的演讲，但却未能准时参加。他的私人医生打电报来声称，他被飞奔疾驰的马车所撞倒，腿部还有两处负伤，正卧床不起，病痛呻吟，等诸如此类的胡诌之言。独立党的党员们只好竭力听信这般拙劣的托词，假装不知晓他们提名的候选人，就这个桀骜不驯的家伙，未曾莅临大会的真正缘由。有人瞧见，昨夜有个喝的醉醺醺的酒鬼，正步履蹒跚地走进马克·吐温先生下榻的宾馆。独立党人责无旁贷地向外界佐证那个酒鬼并非马克·吐温本人。这下终于让我们抓住了把柄。此事绝不容许避而不答。公众雷鸣地大声疾呼，那人是谁？"

这太不可思议了，简直就不可思议，我的名讳难道真与这个寡鲜廉耻的嫌疑犯纠葛在一起。在过去的三年里，我滴酒未沾，从没有喝过啤酒，葡萄酒或是任何一种酒类。

（这家报纸将在下一期里肆无忌惮地称呼我为"酒鬼吐温先生"，当然我知道，它会这么一直叫下去的，但我当时看了后竟麻木不仁，足以显见这种成效对我的影响有多么大。）

那时，我收取的邮件中，匿名信占据了绝大部分。信中一般都这样写道：

"那个被你从寓所门口一脚踹开的乞丐老太太，现在怎么样了？"

好管闲事者

还有的写到：

"除了我之外，没有人知道你干过的那些丑事，你最好乖乖地拿些钱来孝敬你的朋友，否则你将从小报上听到这些丑事。"

惹不起

就是大致的这些内容。如果你能承受的话，我愿意继续讲下去，直到使读者感到恶心。

不久，共和党人的主要刊物"宣判"我犯有特大的受贿罪，而民主党的主要报纸则把一桩极尽渲染的敲诈勒索案，硬"栽"在我头上。

（这样我又获得了两个额外的殊荣："肮脏的受贿犯吐温"和"令人恶心的诈骗犯吐温"。）

此刻，舆论一片哗然，外界纷纷要我"答复"所有对我的那些令人发指的控诉。我们党的报刊主编和领导者都劝说，如果我再对这所发生的一切不予解释时，我的政治前途将毁于一旦。似乎为了使他们的指控更显急迫，一家报纸在翌日刊登了这样一段话：

"彻查此人！——独立党的候选人至今还缄口莫言。因为他不敢站出来澄清。每一个针对他的指控都有确凿的证据，况且他一再保持沉默的态度足以证明他的罪行，直到现在他都将无法翻案。独立党的支持者，看看你们这位候选人吧！看看这位臭名昭著的伪证犯！这个蒙大拿州的窃贼！这个盗尸犯！发自内心地瞧瞧你们这位原形毕露的酒鬼！这位肮脏的受贿犯！你们这位令人恶心的诈骗犯！你们得细致入微地看清楚了，得好好地对他深思一番。这个家伙犯下了这么多卑劣的罪行，还得了这么一串污秽的名号，况且他不敢矢口否认任何一条指控，难道你们愿意将自己真诚的选票投给他！"

我根本无法摆脱当前的困境，只是内心充满深深的羞辱感，开始准备"答复"那一大堆毫无事实根据的指责和卑劣下流的谎言。但是我始终并没有这么做。因为就在第二天清晨，一家报纸上刊登了一则新的恐怖案件，再次对我进行恶毒诽谤。

报道称，因为一家疯人院妨碍了我家看风景，我竟然将疯人院付诸一炬，并把院内的精神病人统统烧死。这使我感到惊恐万分。

紧接着又是一个指控。据说我为了侵吞我叔叔的家产而将他毒死，并且还迫不及待地要立刻开棺验尸。这些已将我推向了神经崩溃的边缘。在这些控诉之前，竟还有人控告我在监管孤儿院事务时，雇佣了老掉了牙、昏聩无能的亲戚给孤儿院当伙夫。

我手足无措，真的手足无措①了。最终，党派斗争之间的积怨对我的无耻迫害

---

① 手足无措：措，安放。手脚不知放到哪儿好。形容举动慌张，或无法应付。

达到了适时的巅峰。有人教唆九个包括不同肤色,穿着各式各样破烂衣服,刚刚学会走路的孩子,冲到公众集会的演讲台上,紧紧地抱住我的双腿,大声呼喊我叫爸爸!

我放弃竞选了。我降下我的彩旗,宣布投降。我不符合竞选纽约州州长所要求的任何条件。所以,我递交了退出候选人资格的声明,并深怀万分悲痛的心情签上了我的名字。"你诚挚的朋友,一个过去品行正派的人。现在却成了伪证犯、窃贼、盗尸犯、酒鬼、受贿犯、诈骗犯的马克·吐温。"

麦琪的礼物

[美国]欧·亨利

欧·亨利(1862~1910),美国著名批判现实主义作家,世界三大短篇小说大师之一。他的一生富于传奇性,当过药房学徒、牧牛人、会计员、土地局办事员、新闻记者、银行出纳员。他的创作紧随莫泊桑和契诃夫之后,而又独树一帜。曾被评论界誉为曼哈顿桂冠散文作家和美国现代短篇小说之父。他的作品有"美国生活的百科全书"之誉。

所有的钱都在这儿了,一共是一美元八角七分。其中六角钱还是铜子儿凑起来的。别小看这几个铜子,它们都是每次买菜或者买肉时从菜店或肉店老板那里硬扣下来的。虽然人家没有说什么,但这确实不是什么光彩的事情,自己想想都为这种吝啬感到脸红。德拉又把所有的钱数了一遍,可还是一美元八角七分钱,明天就是圣诞节了。

现在,除了倒在那张破旧的小榻上痛哭一场之外,德拉实在是不知道该怎么做了。趁着女主人哭泣的时候,我们来打量一下这个家吧。一套连家具的公寓,房租每星期八美元。虽然不能说是多么简陋,但与贫民窟的确没什么差别。

下面的门廊里有一个小小的信箱,但那里面永远不会有什么信件;门廊上还有一个按钮,但就算你再有本事,也无法把它按响。还有一张印有"詹姆斯·迪林汉·扬先生"几个字的名片。

"迪林汉"这个名号不是随便加的,那个时候主人还很得意,因为他每星期可以挣三十美元。当时主人很高兴,就把这三个字加在了名字中间。现在的收入已经没有那么多,"迪林汉"这几个字就没有当时那么清晰了,它们好像在考虑着,根据此时的情况,一个简朴的"迪"字是不是更适合主人的身份。但是每逢詹姆斯·迪林汉·扬先生回家上楼,走进房间的时候,詹姆斯·迪林汉·扬太太——就是刚才还在痛苦的德拉——总是管他叫做"吉姆",总是用自己的热情拥抱他,这看起来似乎很幸福。

哭完之后,德拉把一些粉扑到自己的脸颊上。她望着窗子外面灰蒙蒙的天气发呆,心里在想着事情。明天应该是个欢快的日子,因为明天是圣诞节,但是她却只能用一美元八角七分来给吉姆买一件礼物。为了准备这份礼物,她省吃俭用好几个月,可最后还是只攒了这么一点。一星期二十美元的收入的确起不了什么作用,而且支出总是比预算中的要多。

德拉考虑了好长时间,想为她的吉姆准备一件精美的礼物。能够配得上吉姆的礼物的确不是很多,但也总得像个样子才行啊。在房间两个窗户之间是一扇壁镜。就是那种再普通不过的壁镜。如果是一个瘦小灵活的人,可以从这种镜子中看到自己的相貌。

德拉猛然从窗口回转身,然后对着镜子站着。她的眼睛里闪烁着一些晶莹的东西,然后似乎下了很大决心似的,她迅速地解开自己的头发,让满头秀发散落下来。忘记告诉大家了,詹姆斯·迪林汉·扬夫妇并不是一无所有,最起码他们还有两样值得骄傲的东西,一样是吉姆三代祖传的金表,另一样是德拉的头发。德拉的头发就像是瀑布一样美丽,相信就是示巴女王也会因此而嫉妒她。如果所罗门王①当了看门人,每天守护着他的金银财宝,当他看到吉姆的手表时,也会羡慕得要命。此时,德拉正在摆弄着她的头发,长长的秀发一直垂到膝盖下面。她把头发梳好后,静静地站立在那里,忽然,一两滴泪水从她脸上滑落下来。

德拉把褐色的旧外套披在身上,然后戴着褐色的旧帽子,走出房门向楼下的街道走去。此时,她的眼里还闪烁着晶莹的东西。她停在了一块招牌面前,上面有几个明显的大字:"莎弗朗妮②夫人——经营各种头发用品。"看完这几个字,德拉向楼梯上跑去,到了之后平定了一下情绪。莎弗朗妮夫人有一个庞大的身躯,皮肤很白,而且白得有些不正常,让人感觉她总是一副冷冰冰的样子。显然,她的外貌与名字让人感觉很不相配。

"我想卖掉我的头发,可以吗?"德拉问道。

"我这里也买头发,"夫人说,"不过,我要先看一下你的头发。"

那股褐色的小瀑布泻了下来。

"二十美元。"夫人用行家的手法抓起头发说。

---

① 所罗门王:公元前十世纪以色列国王,以聪明豪富著称。

② 莎弗朗妮:意大利诗人塔索以第一次十字军东征为题材的史诗《被解放的耶路撒冷》中的人物,她为了拯救耶路撒冷城的基督徒,承认了并未犯过的罪行,成为舍己救人的典型。

"赶快把钱给我。"德拉说。

噢,此后的两个钟头仿佛长了玫瑰色翅膀似的飞掠过去。诸位不必理会这种杂凑的比喻。总之,德拉正为了送吉姆的礼物在店铺里搜索。

德拉终于把它找到了。它准是专为吉姆而不是为别人制造的。她把所有店铺都兜底翻过,各家都没有像这样的东西。那是一条白金表链,式样简单朴素,只是以质地来显示它的价值,不凭什么装潢来炫耀——一切好东西都应该是这样的。它甚至配得上那只金表。她一看到就认为非给吉姆买下不可。它简直像他的为人。文静而有价值——这句话拿来形容表链和吉姆本人都恰到好处。店里以二十一美元的价格卖给了她,她剩下八角七分钱,匆匆赶回家去。吉姆有了那条表链,在任何场合都可以毫无顾虑地看看钟点了。那只表虽然华贵,可是因为只用一条旧皮带来代替表链,他有时候只是偷偷地瞥一眼。

德拉回家以后,她的陶醉有一小部分被审慎和理智所替代。她拿出卷发铁钳,点着煤气,着手补救由于爱情加上慷慨而造成的灾害。那可是一件艰巨的工作,亲爱的朋友们——简直是了不起的工作。

不出四十分钟,她头上布满了紧贴着的小发髻,变得活像一个逃课的小学生。她对着镜子小心而挑剔地照了又照。

"如果吉姆看了一眼不把我宰掉才怪呢,"她自言自语地说,"他会说我像是康奈岛游乐场里的卖唱姑娘。我有什么办法呢?——唉!只有一美元八角七分,叫我有什么办法呢?"

到了七点钟,咖啡已经煮好,煎锅也放在炉子后面热着,随时可以炸肉排。

吉姆从没有晚回来过。德拉把表链对折着握在手里,在他进来时必经的门口的桌子角上坐下来。接着,她听到楼下梯级上响起了他的脚步声。她脸色白了一会儿。她有一个习惯,往往为了日常最简单的事情默祷几句,现在她悄声说:"求求上帝,让他认为我还是美丽的。"

门打开了,吉姆走进来,随手把门关上。他很瘦削,非常严肃。可怜的人儿,他只有二十二岁——就负起了家庭的担子!他需要一件新大衣,而且根本没有手套。

吉姆在门内站住,像一条猎狗嗅到鹌鹑气味似的纹丝不动。他的眼睛盯着德拉,所含的神情是她所不能理解的,这使她大为惊慌。那既不是愤怒,也不是惊讶,又不是不满,更不是嫌恶,不是她所预料的任何一种神情。他只带着那种奇特的神情凝视着德拉。

德拉一扭腰,从桌上跳下来,走近他身边。

"吉姆,亲爱的,"她喊道,"别那样盯着我。我把头发剪掉卖了,因为不送你一件礼物,我过不了圣诞节。头发会再长出来的——你不会在意的,是不是? 我非这么做不可。我的头发长得快极啦。说句'恭贺圣诞'吧! 吉姆,让我们快快乐乐的。我给你买了一件多么好——多么美丽的好东西,你怎么也猜不到的。"

"你把头发剪掉了吗?"吉姆吃力地问道,仿佛他绞尽脑汁之后,还没有把这个显而易见的事实弄明白似的。

"非但剪了,而且卖了,"德拉说,"不管怎样,你还是同样地喜欢我吧? 虽然没有了头发,我还是我,可不是吗?"

吉姆好奇地向房里四下张望。

"你说你的头发没有了吗?"他带着近乎白痴般的神情问道。

"你不用找啦,"德拉说,"我告诉你,已经卖了——卖了,没有了。今天是圣诞前夜,亲爱的。好好地对待我,我剪掉头发为的是你呀。我的头发也许数得清,"她突然非常温柔地接下去说,"但我对你的情爱谁也数不清。我把肉排煎上好吗,吉姆?"

吉姆好像从恍惚中突然醒过来。他把德拉搂在怀里。我们先花十秒钟工夫好好瞧瞧另一方面无关紧要的东西吧。每星期八美元的房租,或是每年一百万美元房租——那有什么区别呢? 一位数学家或是一位俏皮的人可能会给你不正确的答复。麦琪带来了宝贵的礼物,但其中没有那件东西。对这句晦涩的话,下文将有所说明。

吉姆从大衣口袋里掏出一包东西,把它扔在桌上。

"别对我有什么误会,德尔,"他说,"不管是剪发、刮脸,还是洗头,我对我姑娘的爱情是绝不会减少的。但是只消打开那包东西,你就会明白,你刚才为什么使我愣住了。"

白皙的手指敏捷地撕开了绳索和包皮纸。接着是一声狂喜的呼喊;紧接着,哎呀! 突然转变成女性神经质的眼泪和号哭,立刻需要公寓的主人用尽办法来安慰她。

因为摆在眼前的是那套插在头发上的梳子——全套的发梳,两鬓用的,后面用的,应有尽有;那原是在百老汇路上的一个橱窗里,为德拉渴望了好久的东西。纯玳瑁做的,边上镶着珠宝的美丽的发梳——来配那已经失去的美发,颜色真是再合适也没有了。她知道这套发梳是很贵重的,心向神往了好久,但从来没有存过占有它的希望。现在这居然为她所有了,可是戴这些渴望已久的装饰品的头发却没有了。

　　但她还是把这套发梳搂在怀里不放,过了好久,她才能抬起迷濛的泪眼,含笑对吉姆说:"我的头发长得很快,吉姆!"

　　接着,德拉像一只给火烫着的小猫似的跳了起来,叫道:"喔!喔!"

　　吉姆还没有见到给他的美丽的礼物呢。她热切地伸出摊开的手掌递给他。那无知觉的贵金属仿佛闪闪反映着她那快活和热诚的心情。

　　"漂亮吗,吉姆?我走遍全市才找到的。现在你每天要把表看上百来遍了。把你的表给我,我要看看它配在表上的样子。"

　　吉姆并没有照着她的话去做,却倒在榻上,双手枕着头,笑了起来。

　　"德尔,"他说,"我们把圣诞节礼物搁在一边,暂且保存起来。它们实在太好啦,现在用了未免可惜。我是卖掉了金表,换了钱去买你的发梳的。现在请你煎肉排吧。"

　　那三位麦琪,诸位知道,全是有智慧的人——非常有智慧的人——他们带来礼物,送给生在马槽里的圣子耶稣。他们首创了圣诞节馈赠礼物的风俗。

　　他们既然有智慧,他们的礼物无疑也是聪明的,可能还附带一种碰上收到同样的东西时可以交换的权利。我的拙笔在这里告诉了诸位一个没有曲折、不足为奇的故事;那两个住在一间公寓里的笨孩子,极不聪明地为了对方牺牲了他们一家最宝贵的东西。但是,让我们对目前一般聪明人说最后一句话,在所有馈赠礼物的人当中,那两个人是最聪明的。在一切授受礼物的人当中,像他们这样的人也是最聪明的。无论在什么地方,他们都是最聪明的。他们就是麦琪。

外国短篇小说精选

一块牛排

[美国]杰克·伦敦

杰克·伦敦(1876~1916),美国著名的现实主义作家。他一生共创作了约50卷作品,其中最为著名的有《野性的呼唤》《海狼》《白牙》《马丁·伊登》和一系列优秀短篇小说《热爱生命》《老头子同盟》《北方的奥德赛》《马普希的房子》《沉寂的雪原》等。

汤姆·金慢慢从桌子旁边站起来。他刚刚吃完家里的最后一块面包,并且还用它把盆子里仅剩的汤汁擦干净了。尽管如此,他还是饿得难受。全家人只有他一个吃过东西。两个孩子已经在隔壁屋里睡着了,只要他们睡着就会忘记饥饿。他的妻子正在一旁默默看着他,她也什么都没有吃。她是一个工人,尽管脸很憔悴,但仍可以显示出年轻时的美丽。刚才丈夫吃的面包是她用最后的钱买来的,而面粉是她从邻居那里借来的。

此时汤姆·金正坐在窗边的一张椅子上,那椅子东倒西歪,似乎承受不了他的重量。他盲目地把烟斗塞在嘴里,然后习惯性地把手伸向上衣口袋去拿烟草。但是,他什么都没有拿到。此时他才想起自己家中什么都没了,就皱紧了眉头。因为有些肥胖,所以他看起来行动比较笨拙。他的身体很结实,但看起来有些憨,不是人们喜欢的那种类型。他身上穿的是粗料子的衣服,使他看起来很邋遢。脚上的鞋是很久以前刚修理过的,但此时又变得非常破烂了。他的衬衫也是廉价品,颜色都已经看不清。

看他的装扮你或许猜不出他的身份,但你只要仔细观察他的脸,就很容易猜出他是干什么的了。那张脸上充满了好斗的标志,让人一看就知道他是一个职业拳击家,而且还是在拳击场待了好几年的。现在看来,这的确不是一张让人感到舒服的脸。他的嘴唇已经变了形,使嘴巴显得特别难看;脸上有一道疤,让他看起来更加恐怖;下巴很粗壮,表示他是一个残忍的人;值得一提的是他那双眼睛。在浓密的眉毛下，那双眼睛慢慢地转动着。尽管看上去两只眼睛没有精神，甚至让人觉得像睡着了一样，但如果你仔细看的话，就会发现它们写满了残忍。他的头发非常短，几乎把头上的每一个部分都暴露了出来。更加惨不忍睹的是他的鼻子，经过了多次战斗之后，它已经完全变了形，并且还曾经骨折过两次。那两只耳朵也好不到哪里去，因为它总是肿胀着，所以似乎比原来要大两倍。所有的这些，就是他脸上的附属品。尽管胡子刚刚被剃过，但新生的胡子茬仍然使他的下巴显出蓝黑色。说了这么多，还是用一句话来概括一下吧：这是一张让人在晚上或者人烟稀少的地方见过就会害怕的脸。不过，你可不要以为这张脸的主人——汤姆·金是一个坏人。其实，他除了在职场上打架之外，什么坏事也没有做过。而且到现在为止，他甚至都没和谁吵过架呢。

他是一个职业拳击手，所以他一切好斗的本性只会在职场上显示出来。在平常的生活中，他不仅性格随和，让人很容易接近，而且反应还有一些迟缓。他年轻的时候，因为赚钱很容易，就总是慷慨地帮助别人。他不记仇，而且很少为自己着想。在他的观念中，拳击场是他的工作场所，虽然在那个地方他总是会打伤甚至打死人，不过他并没有什么恶意。那不过是他的职业，是他的谋生手段而已。那些观众观看的目的，也不过是为了想看着强者把弱者打败，然后赢者得到一大笔钱。在二十年前他和乌鲁木鲁·高杰的那场比赛中，因为他知道高杰的下巴在以前的比赛中被打坏，而且到现在还没有痊愈，所以进攻时他专门进攻高节的下巴。终于，在第九个回合中，他战胜了对手，赢得了这场比赛的钱。其实他完全没有什么恶意，他只是做他应该做的。要想在职场中获胜就只有这一个办法。是不是听起来有些残忍？但没办法，因为这就是比赛。而且高杰也不会因为自己输了而怨恨他。在这种场所混的人都知道这么一个比赛规则，而且他们一直遵守着。汤姆·金的话不多，他最喜欢的就是坐在窗户附近盯着自己的手。

看那双手就知道他是如何利用自己的拳头的：手上的血管又粗又肿，而且指节已经变了形。虽然他不明白动脉对一个人生命的意义，但他完全懂得手上这些肿大的青筋对自己的重要性。他的心脏曾经用最大的压力通过这些动脉输送血液，但现在这些原本富含弹性的东西已经不中用了。而且很明显，因为这些血管的膨胀，他的耐力也远不如从前。现在，他稍微战几个回合就会气喘吁吁，而且很容易疲倦。再也不能很快地斗上二十个回合，拼命地斗呀，斗呀，斗呀，从一次锣声到又一次锣声，愈斗愈猛，一会儿给打得靠着绳子，一会儿又打得他的对手靠着绳子，而且一次比一次猛烈，终于在第二十个回合里，引得全场的观众站起来狂呼，而他自己却用冲、打、闪的方法，把暴雨般的拳头一阵阵打向对方，同时也挨对方一阵阵的拳头，而他的心脏总是忠实地把汹涌的血液送到适当的血管里。那些血管虽然当时胀得很大，可是总是缩回原状，不过，也并不完全如此——每一次斗完拳，它们总要比原来胀大了一点，只是起初看不出而已。他盯着这些血管和打伤了的指节，霎时间仿佛看到了这双手年轻优美的形象。不过，那是这双手在绰号"威尔斯的凶神"的本尼·琼斯的脑袋上击碎第一个指节之前的事了。

现在，他又觉得饿了。

"唉！难道我连一块牛排也吃不到吗！"他高声地嘟囔着，一面捏紧他的大拳头，吐出了一句抑制着的骂人话。

"我已经到勃克同索雷那儿去过了。"他的妻子有点抱歉地说。

"他们不肯？"他问道。

"半个小钱也不肯。勃克说……"她吞吞吐吐地没有说下去。

"说下去！他说什么？"

"他说，他觉得今天晚上桑德尔一定会打败你，而且你欠他的账已经够多了。"

汤姆·金哼了一声，可是没有回答。他正在一心想着年轻的时候他养的那条猎狗，他不断地喂它牛排。那时候，就是他要赊一千块牛排，勃克也会答应的。可是时代变了。汤姆·金上了年纪啦。一个在二等俱乐部斗拳的老头子，是不能指望商人赊给他多少账的。

这天早晨，他一起来就想吃一块牛排，这个心思一直没散。这一次斗拳，他没有事先好好锻炼过。这一年，澳大利亚大旱；生活很艰难，连临时工作都不容易找到。他没有陪他练拳的人，他吃的伙食非但不是最好的，而且有时还吃不饱。他有时即使找得到工作，也是临时当几天苦力。每天一早，他都要在陶门公园周围跑几圈、练练腿。可是这样也很难练好，他既没有伙伴，又得养活他的老婆同两个孩子。自从他得到跟桑德尔比赛的机会之后，商人们对他赊账才稍微放宽了一点。快活俱乐部的秘书也只肯预支三镑给他——这是失败的人可能得到的酬劳——除此之外，他就不肯再借了。有时他设法从他的老朋友那儿借到几个先令，他们本愿意多借几个给他，可是遇到这样的大旱年，他们自己也有困难。得啦——掩饰事实是没有用的——比赛前他锻炼得很不够。他应当吃得好一点,心里没有牵挂。此外,一个四十岁的人练起来,当然要比二十岁的时候难得见效。

"什么时候啦,丽芝?"他问道。

他的妻子到走廊对面问了一下,回来说:"八点差一刻。"

"再过几分钟,他们就要开始第一场比赛了,"他说,"那不过是试试拳头。接下来是狄勒·威尔士同格列德雷的四个回合的比赛,然后斯塔莱特还要同一个水手斗上十个回合,一个钟头以后我才上场。"

又默默地过了十分钟,他才站起来。

"老实说,丽芝,我简直没有好好地练过功。"

他伸手拿起帽子,就向门口走去。他并没有去跟她接吻——他出去时从不跟她接吻道别——可是这天晚上,她却主动地去吻他,用胳膊搂住他,强迫他低下头来跟她亲嘴。他的身体那么魁伟,相形之下,她就显得更小了。

"希望你交上好运,汤姆,"她说,"你一定要打败他。"

"对,我一定要打败他,"他照样说,"反正非这样不可。我一定得打败他。"

他笑了起来,装得很痛快,这时候,她跟他贴得更紧了。他从她的肩膀上瞧了瞧这个空荡荡的房间。这就是他在世界上所有的一切:欠了很久的房租,老婆和孩子。现在,他正在离开家,在黑夜里到外面去为他的老伴和小家伙弄点吃的东西——不过,他并不是像现代的工人一样到车床上去耐心工作,而是用古老的、原始的、威武的、禽兽一样的方式去角斗。

"我一定要打败他。"他重复道,这一次,稍微带着一点拼命的口气。

"如果打赢了,那就是三十镑——我就可以付清全部的账,还剩下一大笔钱。如果打败了,我就什么也得不到——连坐电车回家的一个便士也得不到。秘书已经把输家该得的那一份给过我了。再会吧,老太婆。要是打赢了,我就马上回来。"

"我等着你。"她在走廊里对他喊道。

到快活俱乐部,足足有两英里路,他一边走,一边想起他当初的黄金时代——他曾经当过新南威尔士的重量级选手——那时候,他常常坐着马车去斗拳,而且常有个在他身上押大注的人跟他同路,替他付车钱。就拿汤米·彭斯同那个美国黑人杰克·约翰逊来说吧——他们都是车接车送。可是他只好走路!同时,人人都知道,在斗拳之前,辛苦地走两英里路不是个最好的办法。他老了,如今的世界对上了年纪的人真是不好。除了做苦工以外,他简直毫无用处,即使这样,他的坏鼻子和肿耳朵还要跟他作对。他真希望当初他学会了一样手艺。从长远来看,那总要好一点。可是从来没有人对他这样说过,再者,他心里也明白,即使有人跟他说过,当时他也不会听的。那时候,生活太轻松了。大笔的进款——激烈、光彩的战斗——中间还有一段段休养和闲游的时间——一大串拼命奉承他的人总是跟在他后面,拍拍他的背,握握他的手,那些阔少也都乐于请他喝酒,借此可以跟他谈上五分钟的话,以为莫大的荣幸——那种情形的确光彩:全场观众狂呼起来,他用暴风雨一般的拳法来收场,评判员总是宣布:"汤姆·金胜利!"而第二天体育栏里就会登出他的名字。

那才是黄金时代!但是现在经过他慢慢地回想,他才明白,给他打倒的都是些老头子。那时候,他是青年,正在成长;而他们都是老年,正在没落。怪不得他赢起来那么容易——原来他们的血管都已肿胀,指节已经打伤;由于长期的拳击比赛,筋骨也已经疲乏。他记起那一次在拉希卡特斯湾,在第十八个回合里,他怎样打垮了老斯托什尔·比尔,后来老比尔在更衣室里像小孩子一样哭起来的情形。也许老比尔当时也是拖欠了房租。也许他家里也有一个老婆同两个孩子。也许在斗拳的那天,比尔也是渴望吃一块牛排。当时,比尔斗得很勇,因此挨了他无比凶猛的还击。现在,在他自己也受到了这种折磨之后,他才明白在二十年前的那天晚上,斯托什尔·比尔是为了更大的赌注去斗拳的,而他,年轻的汤姆·金,不过是为了荣誉和得来容易的钱罢了。难怪斯托什尔·比尔后来要在更衣室里那样痛哭了。

总之,看起来,一个人一生只能斗那么多次。这是拳击比赛的铁的规律。有的人的精力,也许能够狠狠地斗一百次,有的人也许只能斗二十次;每一个人,根据他的体格和气质,都有一定的数字,等到他斗完了这个数字,他就完了。不错,他斗的次数比大多数同行都多,他所经历的艰苦奋战已经远远超过了他的本分——而这种比赛,总是使心脏同肺仿佛要破裂一样,使动脉失去弹性,使年轻的灵活柔软的肌肉结成硬块,使他神经麻木,精力衰退,而且由于过分用劲与过分忍受,使他的头脑同筋骨疲乏不堪。是的,他比他们干得都好。他的老搭档已经一个也没有了。在老一辈的拳师里,他是最后一个。他看见他们一个个完蛋,其中有几个人的完结跟他也有关系。

过去,他们总是拿他来对付那些老家伙,他一个一个地打倒了他们——每逢他们像老斯托什尔·比尔一样,在更衣室里痛哭的时候,他总是觉得可笑。如今,他自己老了,他们又拿那些小伙子来对付他。就拿桑德尔这个小家伙来说吧,他是从新西兰来的,运动的成绩留在那儿。可是在澳大利亚,谁也不了解他的情形,所以他们让他跟汤姆·金比赛。如果桑德尔干得出色,他们会让他跟更好的人比赛,赢得更多的奖金。因此,不用说,这一场,他一定会斗得非常凶猛。凭着这场比赛,他会赢到一切东西——金钱,荣誉和前途;汤姆·金则是阻碍他走向名利大道的一个头发斑白的老砧板。他什么也赢不到,最多也只有那三十镑,让他还清房东和商人的账。就在汤姆·金这样回想的时候,在他的迟钝的头脑里出现了青年的形象——趾高气扬①,不可一世的光辉的青年形象,肌肉柔软,皮肤滑润,不知疲倦的健康的心肺,对力量有限那种论调加以嘲笑的青年。是的,青年是涅米塞斯。他毁掉了老一辈的人,根本不考虑这样做就等于毁掉他自己。这样扩大了他的动脉,击碎了他的指节,结果给下一辈的青年毁掉。因为青年总是年轻的,只有老年才会变老。

走到卡斯尔雷街的时候,他向左转弯,走过三条横马路,就到了快活俱乐部。门外有一群无赖少年,恭恭敬敬地给他让开了一条路,他只听见有一个人对另外一个人说:"就是他! 他就是汤姆·金!"

进去之后,他在去更衣室的路上,碰见了俱乐部的秘书,这个青年人有一双锐利的眼睛,一张机灵的脸。他跟他握了握手。

"你觉得怎么样,汤姆?"他问道。

"好得很!"他回答道。当然,他知道这是撒谎,如果他有一镑钱的话,他会马上买一块上好的牛排。

等到他从更衣室出来,带着他的助手,沿着过道向大厅中央用绳子圈起来的拳击场走去的时候,正在等候演出的观众立刻发出了一片欢迎和喝彩的声音。他向左右的观众还了还礼,可是,没有几张面孔是他认识的。大多数的观众都是他在斗拳场里第一次赢得荣誉的时候还没出世的小孩子。他轻快地跳到台上,低下头从绳子下面钻到他那一角,坐在一张折叠凳子上面。裁判员杰克·鲍尔过来,跟他握了握手。鲍尔是个垮了台的拳击家,他已经有十多年没有在台上当过主角了。汤姆看到他来当裁判,心里很高兴。他们都是老一辈的人。如果他稍微犯了一点规,对桑德尔稍微过分一点的话,他知道鲍尔一定会马虎过去的。

年轻的,雄心勃勃的重量级拳击选手,一个接着一个地爬到圈子里面,由评判员介绍给观众。同时,他还宣布了他们提出来的挑战。

① 趾高气扬:趾高,走路时脚抬得很高;气扬,意气扬扬。走路时脚抬得很高,神气十足。形容骄傲自满,得意忘形的样子。

"年轻的普隆托，"鲍尔宣布道，"是北悉尼人，他愿意另外加五十镑，向赢家挑战。"

观众喝彩之后，等到桑德尔跳到圈子里，坐在他那一角的时候，又喝了一遍彩。汤姆·金好奇地瞧着对面的桑德尔，因为几分钟之内，他们就要在无情的格斗里扭到一块儿，使出全部力量来把对方打昏过去。可是他看不出什么，因为桑德尔跟他一样，也在拳击衣外面套着长裤子同绒线衫。他的脸长得非常英俊，头上一蓬蜷曲的黄发，从他那结实的、肌肉发达的脖子，可以看出他的身体一定非常雄壮。

年轻的普隆托从这个角落走到那个角落，跟台上的主角握过手以后，就下去了。挑战继续进行。青年人不断地爬到圈子里——没有名的，然而不能满足的青年人——总是向大家喊着，他们要凭自己的力气和本事，向赢家比一比高下。要是几年之前，在他所向无敌的黄金时代，汤姆·金看到这种举动，也许会觉得又好笑又讨厌。可是现在，他坐在那儿，好像着迷一样，怎么也摆脱不掉他眼睛里的青年的幻象。这些小伙子总是在拳击比赛里占上风，总是从圈子旁跳进来，大声地挑战；而在他们面前倒下来的，总是老一辈的人。他们都是从老一辈的人身上爬上成功之路的。他们源源不绝而来，愈来愈多——难以抑止的、不可阻挡的青年——他们总是打倒了老一辈的人，然后自己变得老起来，走着同样的下坡路，而他们后面那些不断涌上来的人，永远是青年——这些新生的婴儿，长得雄壮起来之后，总是打倒他们的长辈，同时，他们后面又会出现更多的新生婴儿，直到永远——青年一定要实现他们的意志，永远不会死亡。

汤姆向记者席瞧了一眼，跟《体育报》的摩根和《公正报》的考尔柏特点了点头。然后他伸出手来，由桑德尔的一个助手严格地检查绕在他指节上的细带，并且在这个人的严密监视之下，由他自己的助手们，锡德·沙利文和查利·贝茨给他套上手套，把手套扎紧。同时，在桑德尔那一角，也有汤姆的一个助手，干着同样的事。这时候，桑德尔的裤子已经脱了下来，他一站起来，他的绒线衫也从头上给脱掉了。汤姆·金望过去，看到了青年的具体形象，厚厚的胸脯，强壮的筋肉，一身的肌肉就像活的东西在缎子似的白皮肤下面滚动。全身充满了活跃的生命，汤姆·金知道，这是从来没有失去过朝气的生命，等到在长期的战斗里，这股朝气从发痛的毛孔里泄了出去，青年付出了经过这一关的代价，他就不会再像以前那样年轻了。

这两个人走拢了,锣声一响,那些助手就噼噼啪啪地折起折叠凳子爬到圈子外面去了,他们握过手以后,立刻摆出了拳击的姿势。而桑德尔,立刻就像一个由钢铁和弹簧组成的机件,在灵巧的扳机操纵之下,来往不停,一会儿用左拳打汤姆的眼睛,一会儿用右拳打他的肋骨,然后避开对方还来的一拳,轻轻跳开,接着又声势逼人地跳了回来。他的动作很敏捷,很灵巧。

这是一种使人眼花缭乱的表演。全场观众都大声喝彩。可是汤姆并没有眼花。他参加过的比赛和遇到过的青年对手实在太多了。他知道这种拳法是怎么回事——来势太快太灵活了,不会有危险的。很清楚,桑德尔一开头就想速战速决。这是料想得到的。青年人总是如此——逞凶撒野,猛攻猛打,肆意消耗自己的光彩和优越性,凭着无限的辉煌的精力和必胜的愿望来压倒对方。

桑德尔一进一退,一会这儿,一会那儿,满场跳来跳去,步伐轻快,心情急切,就像一个由雪白的皮肤和坚实的筋肉构成的活的奇迹,用身体组成了一个令人眼花缭乱的进攻网;溜过来,跳过去,像飞梭似的一个动作接着一个动作,片刻不停。而这千百个动作针对着一个目的,就是要消灭汤姆·金。因为汤姆·金妨碍他飞黄腾达。可是汤姆·金却耐心地忍受着。他知道该怎么办,他自己虽然不再是青年了,可是他懂得青年。他的想法是,在对方没有丧失一部分精力之前,是没有办法的。于是,他就暗自狞笑了一下,故意把头一低,挨了重重的一拳。这是个恶毒的办法,不过按照拳赛的规则来说,倒是很正当的。一个人照理是应当保护自己的指节的,因此,如果他一定要打中对手的头顶,那就只能说他是自讨苦吃。金本来可以把头躲得更低一点,让这一拳毫不伤人地落空,可是他想起了在当初的比赛里,他怎样在威尔斯凶神头上打坏了自己的第一个指节的情形。现在,他不过是想取胜。这一低头使桑德尔付出了一个指节的代价。就目前来说,桑德尔是不会在乎的。在这场比赛里,他会毫不介意地继续狠狠地打到底的。不过,以后等到他在拳场上斗得久了,对他开始产生影响的时候,他就会痛惜这个指节,回想起来,记得他怎样在汤姆·金的头上把指节打碎的情形了。

第一个回合完全是桑德尔的天下,他的旋风式的猛攻引起了全场的喝彩声。他的排山倒海的拳法压倒了汤姆,汤姆什么也没有施展。他从来没有回过一拳,他只求掩护、抵挡、躲闪,或者跟对方扭抱起来以免遭到痛击。有时候,他佯攻一下,在拳头落下去的时候摇摇头,然后迟钝地兜来兜去,他从来不跳来跳去,或者浪费一丝精力。一定要等到桑德尔泄掉了青年的锐气，这个谨慎的老年人才敢还手。金的一切动作都是慢慢腾腾、一板一眼的，他那双眼皮很厚、转动得很慢的眼睛，使他带着一种半睡半醒、茫然若失的神气。可是，这是一双无所不见的眼睛，在二十多年的拳场生涯里，他的眼力早就锻炼出来了。即使一拳打到了眼前，它们也不会眨一眨，动一动，却能够冷静地观测出来拳的距离。

在第一个回合结束，休息一分钟的时候，他坐在他那个角落里，伸开两条腿仰面躺着，把胳膊搭在两旁的绳子上；当他吸进去他的助手们用毛巾扇过来的空气时，看得出他的胸膛在深深地起伏着。他闭着眼睛，听到场子里的喊声，"你为什么不斗，汤姆？"很多人都在这样喊，"你并不怕他，是吗？"

"肌肉硬了，"他听见一个坐在前排的人这样议论，"他的动作快不了啦。桑德尔要是输了，我赔双倍，论镑算。"

锣声一响，两个人都从各自的角落向前走过去。桑德尔急于再战，足足跑到全场四分之三的地方；可是汤姆却情愿少走几步。这完全符合他的节省精力的策略。他既没有锻炼好，又没有吃饱，每一步路都很要紧。再者，他到拳场已经走了两英里路。这一回合跟第一回合一样，桑德尔仍旧像旋风一样地猛攻，观众都愤愤地质问汤姆·金为什么不打。他假装进攻，不起作用地慢慢挥了几拳，除此之外，他就只采取抵挡、拖延和扭抱的办法。桑德尔要速战速决，可是汤姆很聪明，不肯去迎合桑德尔。他露齿一笑，那张在拳场上击伤了的脸，露出一种沉思悲愤的神气，继续怀着老年人才有的谨慎，保存着实力。桑德尔是青年，他总是以青年人慷慨放纵的气派，浪费他的精力。汤姆是拳场上的一位将才，他有着由长期的痛苦战斗里得来的智慧。他用冷静的眼光和头脑注视对方，他行动迟缓，等待着桑德尔泄去锐气。在大多数观众看起来，汤姆似乎已经毫无希望地给压倒了，他们表示愿意在桑德尔身上押下三对一的赌注。可是也有几个聪明人，他们知道汤姆过去的情形，因此，他们就接受了他们认为容易赢钱的挑战。

第三个回合开始的时候，仍旧是一面倒，桑德尔仍旧掌握着全部主动权，尽量痛击。半分钟之后，桑德尔由于过分自信，露出了一个破绽。在这刹那间，汤姆眼到手到，他两眼发光，右手像闪电一样打了过去。这是他第一次真正的一击——使了一个勾拳，他把胳膊抡成拱形，使拳头更坚实，同时把旋转一半的身体的全部重量加在拳头上。这就像一头仿佛沉睡的狮子，突然闪电似的伸出一只爪子来。下巴旁边挨了这一下的桑德尔，立刻像一头阉牛似的倒了下去。观众倒抽了一口气，喃喃发出了一种敬畏的喝彩声。这个人的肌肉不曾变僵硬，他能够把拳头像大铁锤一样打出去。

桑德尔心惊胆战。他翻了个身，打算爬起来，可是他的助手喝住了他，要他等着计数。他单膝跪着，准备起来，可是仍旧等着，这时候，裁判监视着他，正在大声对着他的耳朵计数。数到九的时候，他站起来摆出了战斗的姿态；这时候，面对着他的汤姆·金不由懊悔起来，这一拳要是离桑德尔的下巴尖再近一英寸就好了。那样，他就能把他打昏过去，自己就可以带着三十镑回家去见老婆孩子了。

这一回合一直打完了规定的三分钟，桑德尔这才初次敬重起他的对手来，可是汤姆的动作仍旧很慢，眼睛仍旧那么昏昏欲睡。汤姆·金看到他的助手们在绳子外面蹲下来，准备跳进来时，就警觉到这个回合快要结束了，于是他就把战斗向他自己的那一角引过去。锣声一响，他立刻坐在那张等着他坐的凳子上，而桑德尔却只好走完这个正方形的对角线，回到他那一角。这是一件小事，不过把很多小事累积起来就是一件大事。桑德尔不得不多走许多路，多消耗许多精力，而且要在这宝贵的一分钟休息里损失一部分时间。

在每一回合开始的时候，汤姆·金总是慢腾腾地从他那一角走过去，逼着他的对手要比他走更长的路。而在每一回合结束之前，汤姆总是把战斗引到自己的一角，而他自己可以立刻坐下。

在接下来的两个回合里，汤姆·金一直节省着气力，而桑德尔则尽量浪费。桑德尔力求速战速决的攻势弄得他很不舒服。因为那些像雨点似的拳头大都打中了。可是汤姆坚持着他的顽固的拖延战略，无论那些急性子的青年人怎样催他斗，他也不理。后来，在第六个回合里，桑德尔又大意了一次，汤姆的可怕的右拳又像闪电似的打中了他的下巴，桑德尔于是又等到裁判数到九才起来。

打到第七个回合，桑德尔的优势完了，他于是安定下来，应付他知道这是他有生以来最艰苦的一场比赛。汤姆·金是个老家伙，可是比他碰到的那些老家伙要厉害得多——这个老家伙从来不失去理智，他的防守本领非常强，他的拳头就像一根有节的棍子，而且他两只手都能把人打倒。然而，汤姆·金仍旧不敢时常攻打。他从来没有忘记他那些打坏了的指节，他知道，如果要他的指节能够支持到底，他就必须次次打中。当他坐在自己的角落里，瞟着他的对手的时候，他忽然想到了一个念头，如果把他的智慧跟桑德尔的青春结合在一起，那就会成为一个闻名世界的重量级锦标选手。可是困难就在这里。桑德尔绝不会变成世界选手。他缺乏智慧，而得到智慧的唯一办法，就是用青春去买；等到他有了智慧，他的青春也就耗光了。

汤姆·金利用一切他所知道的有利的手法。他从来没有放过一次扭抱的机会，每逢扭抱起来，他总是用肩膀硬撞对方的肋骨。按照拳击的理论，就肩膀跟拳头造成的损伤来说是一样的，就消耗体力来说，那简直要好得多。

而且，一扭抱起来，汤姆总是把自己的重量压在对方身上，不肯松开。这样就逼得裁判来干涉，把他们拉开，而没有学会休息的桑德尔还帮着裁判来松开。他忍不住，他总是运用他那威风凛凛的飞舞的胳膊和他的不停扭动的肌肉。每逢对方冲过来扭抱，用肩膀抵住他的胁下，而把头靠在桑德尔的左臂上的时候，桑德尔几乎总是把右拳从自己背后挥过去，打那个突出的脸。这一手打得很巧妙，观众非常钦佩，然而并不危险，因此，只好算是浪费气力。不过，桑德尔既不知疲倦，也不知节制，而汤姆总是露齿笑着，顽强地忍受着。

后来，桑德尔使出了一种用右拳猛击汤姆身体的拳法，看起来就像汤姆挨了一顿饱打似的。不过，只有老看赛拳的人才佩服汤姆那种在拳头打到之前的一刹那，用左面的手套碰一碰对方的二头肌的巧妙手法。当然，次次都打中了；可是每一次都因二头肌给碰了一下，使拳头失去了力量。在第九个回合里，一分钟里一连三次，汤姆都弯着胳膊，用右拳一钩，打中了对方的下巴；一连三次，桑德尔的沉重身体，都给打倒在垫子上。每一次他都在休息了应有的九秒钟之后，才站起来，他虽然摇摇晃晃，有点头昏，不过体力还是很强。他的速度比以前慢多了，可是他浪费的气力也少了。他斗得很苦，可是他会继续利用他的本钱——青春。汤姆的本钱是经验。现在，他的精力衰退了，气力也小了，可是他用策略代替了它们，他会利用他在长期比赛里得来的智慧，他会谨慎地积蓄他的力量。他不仅懂得绝不能有一个多余的动作，他还懂得怎样引诱对方消耗精力。他一再地用手、脚同身体，装作要攻击的样子，引得桑德尔一时向后跳，一时闪避，一时还击。汤姆·金休息着，可是他绝不肯让桑德尔休息。这是老年人的战略。

第十个回合才打起来，汤姆·金就开始用左直拳攻对方的脸，来阻挡对方的猛攻；这时候，桑德尔已经变得谨慎了，他立刻收回左臂，低头一闪，把右拳向上一钩，向汤姆的头旁边打过去。这一拳打得太高，没有真正奏效；可是汤姆一挨到拳头，立刻就产生了过去他很熟悉的那种面前一片漆黑，一时昏迷的感觉。一刹那间,或者不如说,在一刹那的万分之一的时间里,他的生命停止了。在这瞬间之前,他看见桑德尔闪出他的视野,后面背景上的一片注视着的白面孔也不见了;而一瞬之后,他又看到了桑德尔和背景上的那些面孔。他好像睡了一会儿,才睁开眼睛;不过,不省人事①这一刹那间非常短暂,他没有来得及倒下去。观众只看到他摇晃了一下,膝盖一弯,然后又看见他恢复过来,用左肩紧紧地护住下巴。

桑德尔照这样连打了几次,让汤姆一直保持着半昏迷状态,可是汤姆终于想出了一个以攻为守的办法。他假装用左拳进攻,可是马上退后半步,把右拳用全力向上猛攻。他把时间计算得非常准确,趁着桑德尔正在低头闪避时,把拳头端端正正地打到了他的脸上,打得桑德尔两脚腾空,缩成一团向后一仰,脑袋和肩膀同时撞在垫子上面。汤姆·金照这样接连打中了两次,然后他就放手痛击他的对手,把他逼到绳子上面。他不让桑德尔有一点休息或者振作起来的机会,只顾一拳接一拳地捣下去,直到全场的观众都站起来,空气中充满了狂吼的彩声。可是桑德尔的气力和耐力是超群出众的,他仍旧站着。看起来,桑德尔肯定要给击昏过去,场子旁边的一个警官,给这种可怕的狠打吓坏了,连忙站起来阻止这场拳击。等到锣声一响,这一个回合宣告结束的时候,桑德尔一面摇摇晃晃地回到他的角落,一面对警官声明,说他仍旧很好,很有劲。为了证明这一点,他向后连跳了两下,那个警官就退让了。

这时候,靠在自己的角落里喘得很厉害的汤姆·金非常失望。如果这场拳击给阻止了,那么,裁判就会迫不得已作出结论,那三十镑就会归他了。

他跟桑德尔不一样,他不是为了争荣誉或者前程而来斗拳的,他只为了那三十镑。现在,桑德尔只要休息一分钟就会恢复过来。

青年总有办法——这句话忽然在汤姆的脑子里一闪,他想起了他头一次听到这句话,是在他打垮斯托什尔·比尔那天晚上。这是那个在拳击之后请他喝酒的家伙,拍着他的肩膀对他说的。青年总有办法!那个家伙说得对。

在很久之前的那个晚上,他的确是青年。然而今天晚上,青年却坐在对面的一角。至于他自己呢,他已经斗了半个钟头,他已经是个老头儿了。如果他像桑德尔那样斗,他连十五分钟也支持不了。不过,问题在于:他的气力不能恢复。那些突出的动脉和那颗疲劳至极的心脏使他不能在两个回合之间的休息里重振

---

① 不省人事:省,知道,知觉。指昏迷过去,失去知觉;死亡。也指不懂人情世故。

威力。而且，一开头他的气力就不充沛。他的腿很沉重，正在开始抽筋。他不应该在拳击之前走那两英里路，还有他早上一起来就非常想念的那块牛排。他恨透了那个不肯赊账给他的肉店老板。一个没有吃饱的老年人是很难斗胜的。区区一块牛排，最多不过值几个便士，然而对他来说，却等于三十镑。

第十一个回合的锣声响过之后，桑德尔为了显示他实际上并没有的锐气，发动猛攻。汤姆知道这是怎么回事——这种虚张声势的把戏跟拳击本身一样古老。为了挽救自己，他扭抱起来，然后松开，让桑德尔摆开阵式。这正是他求之不得的事。他先装作用左拳进攻，引得桑德尔低头一闪，然后退半步，用右拳向上猛地一钩，迎面击中脸部，打得桑德尔摔倒在垫子上。后来，他一直不让桑德尔休息，尽管他自己也受到痛击，但是他打中的次数要多得多，他打得桑德尔靠在绳子上，上下左右地用各种拳法擂过去，然后挣脱开对方的扭抱，或者用重拳打得对方不能来扭抱，每逢桑德尔快要倒下去的时候，他就用举起的一只手撑住地，而立刻用另一只手打得他靠在绳子上，不摔下去。

这时候，全场都疯狂了，成了汤姆·金的天下，几乎每一个人都在喊，"加油，汤姆！""打垮他！打垮他！""你已经胜了，汤姆！你已经胜了！"

比赛就要在旋风式的攻击之下结束了，而观众花钱到这儿来看的，也正是这个。

半小时以来一直保存着实力的汤姆·金，现在一下子把他所有的力气全使出来了。这是他的唯一的机会——要是现在不赢，就根本赢不了啦。他的气力消耗得很快，他只希望在最后一点气力用完之前，能够打得对方爬不起来。因此，他一面继续猛攻，一面冷静地估计他的拳头的分量和它们造成的损伤，这才看出桑德尔是一个很难打垮的人。他的体力和耐力简直大到了极点，这是青年的原封未动的体力和耐力。桑德尔一定是个蒸蒸日上的好手。

他是一个天生的拳击家。只有这样坚韧的材料，才能创造出成功的斗士。

桑德尔已经摇摇晃晃，站不稳了，可是汤姆的腿也在抽搐，他的指节也痛起来了。不过他还是咬紧牙关，猛捶狠打，每一次都打得自己的手疼得不得了。现在，他虽然实际上一拳也没有挨到，可是他的气力也在跟对方一样迅速地衰弱下去。他次次都打中要害，可是再也没有以前那种分量了，而且每一拳都要经过极大的努力。他的腿跟铅一样重，看得出在拖来拖去；因此，把赌注押在桑德尔身上的人，看到这种情形都很高兴，就大声地鼓励着桑德尔。

这情形刺激得汤姆产生了一股劲儿。他一连打了两拳——左拳打在腹腔神经丛上，稍微高了一点，右拳横击在下巴上。这两拳打得并不重，可是本来就昏迷无力的桑德尔已经倒下去，躺在垫子上直哼嗦。裁判监视着他，对着他的耳朵，大声数着有关生死的秒数。如果在数到十秒之前他还没有起来，他就输了。全场的观众都肃静无声地站着。汤姆·金两腿发抖，勉强支持着。他感到一阵剧烈的眩晕，观众的脸好像一片大海，在他眼前波澜起伏，裁判数数的声音，好像是从很远的地方传到他耳朵里的。可是他认为自己是赢定了。一个挨了这么多重拳的人是不可能站起来的。

只有青年人能够站起来，桑德尔终于站起来了。数到四的时候，他翻了个身，面孔朝下，盲目地摸索那些绳子。数到七的时候，他把身子拖了起来，用一条腿跪着，一面休息，一面像喝醉了似的摇晃着脑袋。等到裁判喊了一声"九！"的时候，桑德尔已经笔直地站了起来，摆出适当的招架姿势，用左臂护着脸，右臂护着胃部。他护住要害以后，便摇摇摆摆地向汤姆走过去，希望能跟对方扭抱在一块，以便争取时间。

桑德尔一起来，汤姆·金就开始进攻，不料打出去的两拳都给招架的胳膊挡住了，接着，桑德尔就跟他扭在一块儿，拼命地抵住他，裁判费了很大力气才把他们拉开。汤姆也帮着摆脱自己。他知道青年人恢复得很快，而且知道，只要他能不让桑德尔恢复，桑德尔就会败在他手下。只要狠狠的一拳就够了。桑德尔已经败在他的手下，这已经是无疑的了。他已经在战略和战术上胜过他，占了上风。汤姆·金从扭抱中摆脱出来，摇摇晃晃，他的成败得失，就在毫发之间。只要好好的一拳，就能把他打倒，叫他完蛋。汤姆·金忽然一阵悲痛，想到了那块牛排，来支撑他这必要的一击，那有多好啊！他鼓足力气，打了一拳，可是分量不够重，出手也不够快。桑德尔摇摆了一下，没有摔倒，蹒跚地退到绳子旁边就支撑住了。汤姆·金蹒跚地追过去，忍受着好像要瓦解一样的剧疼，又打了一拳。可是他的身体已经不听指挥了。他只剩下了一种要斗下去的意识，然而由于疲劳过度，连这一点意识也很模糊了。这一拳他是对着下巴打过去的，可是只打到肩膀上。他本来想打得高一点的，可是疲劳的肌肉不服从指挥。同时，他自己却受了这一拳回冲力的影响，踉跄地倒退回来，几乎栽倒。后来他又勉强打出了一拳。这一次简直完全落空，他因为身体衰弱到了极点，就倒在桑德尔身上，跟他扭抱在一块儿，以免自己摔倒。

汤姆一点不想挣脱开来。他的力气已经用光了。他垮了。青年总有办法。即使在扭抱的时候，他也觉得桑德尔的体力变得比他强起来。等到裁判把他们拉开的时候,他所看到的,已经是一个身体复原的青年。桑德尔变得一刻比一刻强壮。他的拳头,起初还是软绵绵,不起作用。现在已经变得又硬又准了。汤姆的昏花眼睛看见他的戴手套的拳头正在向自己的下巴打来,他打算抬起胳膊来保护。他看到了这个危险,而且准备这样做,可是他的胳膊太沉了。它好像一百多磅的铅块那么重。它不能自动地举起来,因此他就拼命集中意志要抬起这只胳膊。这时候,那只戴手套的拳头已经打中了他。他好像给电火击中一样,感到了一种剧烈的痛苦,同时,眼前一黑,就什么都不知道了。

等到他再睁开眼睛的时候,已经坐在自己的一角,只听见观众的喊声像邦狄海滨的惊涛骇浪一样。他的后脑压在一块潮湿的海绵上,锡特·沙利文正在向他脸上和胸口上喷冷水,让他苏醒过来。他的手套已经给脱下了,桑德尔正弯下腰来,跟他握手。他一点也不恨这个打昏了他的人,因此,他热诚地跟他握手,一直握得自己的破指节疼得受不了。然后,桑德尔就走到斗拳场当中,观众停止了喧嚣,听他讲话。他接受了年轻的普隆托的挑战,而且建议把超过一般赌注的赌注增加到一百镑。汤姆无动于衷地听着,这时他的助手们拭去他身上的热汗,揩干他的脸,以便他可以出场。他觉得很饿。这不是那种寻常的、胃很疼的饥饿感觉,而是一种极度的衰弱,一种心口悸动,传遍全身的感觉。他回想起刚才比赛时,桑德尔摇摇欲坠,快要失败的那一刻。唉,一块牛排就顶用了!决定胜负的那一拳,就缺少那块牛排,现在他输了。这全因为那块牛排。

他的助手们扶着他,帮助他钻过绳子。他挣脱他们的手,自个儿低头钻过绳子,沉重地跳到地板上,跟在替他从拥塞的中间过道挤出一条路的助手们后面。当他离开更衣室到街上去的时候,有一个青年人在大厅的人口对他说了几句话。

"刚才他在你手掌之中的时候,你为什么不把他打倒呢?"这个小伙子问道。

"去你妈的!"汤姆·金一面说,一面走下台阶,到了人行道上。

街角上酒店的门开得大大的,他看到那些灯光和含笑的女侍者,听到很多人都在谈论这次比赛,他还听到了柜台上生意兴隆的叮当直响的钱声。有人喊他喝一杯。看得出来他犹豫了一下,就谢绝了,继续走路。

他口袋里连一个铜板也没有,回家的两英里路好像特别长。他的确老了。

走过陶门公园的时候,他突然在一张凳子上垂头丧气地坐下来,因为他想起了他的老婆正坐着等他,等着听拳赛的结果。这比任何致命的拳头都沉重,简直无法承受。

他觉得自己很衰弱,身上处处酸疼,那些打碎了的指节也很疼,它们在警告他,即使他找到了一种粗活儿,也要等一个星期,他才能握得住一把锄头或者铲子。饿得心口悸动的感觉使他要呕吐。悲惨的心情压倒了他,他眼睛里涌出了不常有的泪水,他用手蒙住脸,一面哭,一面想起了很久之前那天晚上,他对待斯托什尔·比尔的情形。可怜的老斯托什尔·比尔!现在他才明白了比尔为什么在更衣室里痛哭。

无神论者望弥撒

[法国]巴尔扎克

巴尔扎克(1799～1850),法国 19 世纪伟大的批判现实主义作家,欧洲批判现实主义文学的奠基人和杰出代表,法国现实主义文学成就最高者之一。他创作的《人间喜剧》共 91 部小说,写了两千四百多个人物,充分展示了 19 世纪上半叶法国的社会生活,是人类文学史上罕见的文学丰碑,被称为法国社会的"百科全书"。

毕安训大夫是一位优秀的医生,他的生理学理论对科学事业有很大的贡献。虽然还很年轻,但他却已经跻身于巴黎大学医学院知名学者的行列,要知道那所医院可是全欧洲医生都敬仰的学术中心啊。毕安训大夫以前曾向闻名法国的外科医生——德普兰学习。

德普兰就犹如昙花一现,在医学界存在了很短时间,就算他的对手——那些与他为敌的人也不得不承认,他把那些还没来得及传授的高深绝技带到了坟墓中。和其他的天才人物一样,他的才能并没有找到一个继承人。他的所有被他带来,又毫无保留地被他带走。就犹如演员的光荣,外科医生的光荣也是一样:当他们活着的时候,他们的才能值得所有人称赞;而一旦他们死去,即使再伟大的才能也什么价值都没有。所以那些伟大的演员、外科医生以及歌星等等,即使再怎么明亮,也只是暂时的英雄而已。德普兰便是一个例证。或许就在昨天,他的名字还被所有人挂在嘴边,但今天却没有一个人记得他曾经存在过。那么,是否存在什么稀奇的意外,某个学者的名字能够冲破科学界而被载入史册呢?德普兰能不能凭借自己的本事成为他那个时代的象征和代言人呢?德普兰的确很不同寻常,因为先天具有或者后天培养的某些能力,他只看一眼就能够看出病人得的是什么病。他可以准确地推断病人的病情,并根据周围环境和病人的情况决定什么时候做手术最合适;更为奇妙的是,他可以把进行手术的时间精确到几分几秒。他对大自然是如此了解,难道他曾经深入地了解过空气或者土地吗?难道他十分精通演绎法和推理法吗？不管我们怎么说，对于人体深知的秘密，无论是在过去还是将来，都是值得人们称道的。那么他是否就像希波克拉底①、加莱诺斯和亚里士多德那样，能够集科学之大成于一体呢？他能否凭借自己的能力把某一门学术推向世界呢？答案是否定的。虽然这位深知人体秘密的观察者掌握了人体的一切，看起来就像魔术一样不可思议，他甚至懂得生命的起因、现在和将来的发展方向，但由于他的自私和与世隔绝的性格，这些东西都没有得到发扬。德普兰的墓前也没有什能言的雕像，向世人显示他是一个天才。也许他的最终命运和他的信仰有关，所以最终的结局都是死亡。他把围绕地球的大气层看作一个蛋壳，而地球就是蛋壳里面的东西。因为他无法知道到底是先有鸡后有蛋还是先有蛋后有鸡，所以他对这一切都不予承认。在他的心中，他什么都不相信：既不相信人死后有精神的存在，也不相信人是由动物进化来的。当然，德普兰也不是一点头绪都没有，他也有自己的主见。就像许多优秀的学者一样，他始终坚持无神论观点。在他年轻的时候，他就解剖人体，他仔细研究人体的所有器官之后，并没有发现宗教理论宣传的唯一的灵魂。在他的观念中，人体一共有三个中枢：大脑中枢、神经中枢和气血中枢。其中大脑中枢和神经中枢相互补充替代。就因为这些观点，在他生命的最后日子里，他甚至觉得视觉器官和听觉器官对视觉和听觉没有什么作用，太阳神经丛可以悄悄地替代它们。德普兰认为人身上有两个灵魂，而且他还用此来证明他的无神论，尽管他对上帝没有发表自己的任何看法。而且听说他死前还没有向上帝忏悔，希望上帝可以宽恕他的灵魂。许多天才人物都是这样死去的。根据那些用尽心思贬低他的人的观点，他的身上有许多渺小之处。但是与其说这些是他的渺小之处，还不如说这些不过是表面上看起来不可能的东西。那些总是嫉妒别人才能的人是根本不能理解伟人的行为动机的，他们总是抓住一些表面现象做文章，并且还根据自己的推测做出判断。即使后来这些判断被证实是错误的，证明伟人是被冤枉了之后，他们的观点仍会留下不好的影响。举个例子来说吧，如果拿破仑想将帝国之鹰的翅膀伸展到英国的时候，就曾受到同时代人的攻击。要等到一八二二年才有可能解释一八〇四年的事件和布洛涅的平底船。

德普兰的名望和学识是无懈可击的，因此他的敌人就指责他的古怪脾气、他的性格，而他确实也像英国人所说的，有点 excentricity。有时他像悲剧诗人克雷比庸一样衣冠楚楚，有时却故意做出不修边幅的模样。有时他出门坐马车，有时却步

外国短篇小说精选

①　希波克拉底：被西方尊为"医学之父"的古希腊著名医生，欧洲医学奠基人，古希腊医师，西方医学奠基人。他提出"体液（humours）学说"，他的医学观点对以后西方医学的发展有巨大影响。

行。时而粗暴,时而和善;表面上既贪财又吝啬,却能把家产奉献给流亡国外的主人,这些主人也赏脸,曾一度接受他的资助。没有人像他那样招来那么多相互矛盾的评价。虽然他也会为了获得医生们不该觊觎的黑绶带,在宫中故意从口袋里掉出一本祈祷书来,但是请相信他心里对这一切是嗤之以鼻的。他对人们深感轻视,因为他曾对他们自上而下,自下而上地进行观察,在人生最庄严和最平庸的行为中看到过他们的真面目。在伟人身上,各种品质往往是相辅相成的。如果这些巨人中有的人才干多于机智,那他也比通常所谓"机灵人"还要机智得多。一切天才人物都有一种精神上的洞察力,这种洞察力可以应用于某个专业,但见到花的人也见到太阳。当此人听到被他救活的外交官问他:"皇帝陛下安否?"他答道:"朝臣既已起死回生,君主自当逢凶化吉。"这时,他就不仅仅是外科医生或广义的医生,而且也是绝顶机智的人了。因此对人类进行耐心而坚持不懈的观察的人,会为德普兰的极端自负辩护,并且认为他正如他所自诩的那样,完全可以成为一个伟大的部长,犹如他是个伟大的外科医生一样。

德普兰的一生中有几件事情被他同时代人看作难解之谜,我们选择了其中最有趣的一件,因为谜底就在故事的末尾,而且这能为他洗雪某些荒谬的指控。

荷拉斯·毕安训是德普兰在医院带过的所有学生中最受喜爱的一个。在进入市立医院当实习生以前,荷拉斯·毕安训是个医科学生,住在拉丁区一所名叫伏盖宿舍的破公寓里。这位穷苦的青年在那里饱受贫困的煎熬,贫困像一座熔炉,伟大的天才人物应当纯洁无瑕地从熔炉里出来,就像钻石经受任何锤击而不破裂一样。他们奔放的热情像一团烈火,熔炼出一种刚正不阿的品质。他们永不停歇地工作以抑制自己未能如愿的欲望,这使他们养成奋斗不息的习惯。而对于一个天才来说,奋斗是必经之路。荷拉斯是位正直的青年,在荣誉问题上从不含糊,总是真刀真枪,无一句空话,为朋友可以当掉自己的大衣,牺牲自己的时间,甚至彻夜不眠。荷拉斯还是这样一种朋友,他从不计较自己所得的报酬与自己付出的劳动是否相当,因为他深信自己将会得到比给予更多的酬报。他的许多朋友对他怀有发自内心的敬意,这种敬意是他那毫不夸张做作的美德所唤起的,他们中有几个人甚至害怕他的批评。然而他的这些品质丝毫不带道学气味。他既不是清教徒也不是布道师,他在提出忠告时会高高兴兴地诅咒骂人,遇到机会也会痛痛快快地大吃大喝一顿。他是个好伙伴,像大兵一样不会假正经,既干脆又坦率;但他不像水手(如今的水手都是老谋深算的外交家),而像一个无事不可对人言的诚实青年,走起路来昂首挺胸,心情舒畅。最后,一言以蔽之,荷拉斯是不止一个俄瑞斯忒斯的皮拉得斯,而债主们则是古代复仇女神在今天的真正化身。他安贫苦素，这恐怕是他从不气馁消沉的主要原因之一。他像那些一无所有的人一样很少欠债。他像骆驼般淡泊，牡鹿般机敏，而思想和行为则坚如磐石。荷拉斯·毕安训大夫的缺点和他的优点一样使他的朋友们觉得可亲。自从那位大名鼎鼎的外科医生真正了解到他这些优缺点，他就开始交上好运。正如人们所说的，当一位主任医师开始关照一个年轻人，这个年轻人便算踏上马蹬子了。德普兰常带毕安训去富家大户当他的助手，几乎每次都有一些礼金落进这个实习生的钱包，巴黎生活的秘密也不知不觉地显现在这个外省青年眼前。德普兰在门诊时间把他留在自己诊室工作；有时则派他陪一个有钱的病人去矿泉疗养；总之，在为他准备主顾。这样过了一段时间，这位外科界的暴君便造就出了一个忠心耿耿的赛义德。这两个人，一个是地位和学术已臻极顶，财富和光荣巨大无边；另一个则是初出茅庐的无名之辈，既无财产又无名声，两人却成了心腹之交。伟大的德普兰对他的实习生无话不谈，实习生知道某位女士曾否坐过老师身边的椅子或是诊室里那张无人不知的长沙发，德普兰常在那张沙发上睡觉。毕安训深知这个兼有狮子和公牛气质的伟人的秘密，这种气质最终使这位伟人上身过度扩张和心脏扩大而死亡。他研究了德普兰忙碌的一生的古怪现象，种种可鄙的悭吝的计划，隐藏在这位学者身上的当政治家的希望，这颗与其说是冷酷不如说是表面上冷酷的心中埋藏着的唯一感情，毕安训可以预见其结果是失望。

有一天毕安训告诉德普兰，圣雅各区的一个贫苦的挑水夫，由于劳累和贫困得了重病。这可怜的奥弗涅省人在一八二一年的严冬只靠一点土豆生活。德普兰扔下所有的病人，冒着把马累死的危险，带着毕安训飞驰到那个可怜的挑水夫那里，亲自把他送到著名的杜布瓦在圣德尼城区创办的疗养院。他亲自为这个挑水夫治疗，治愈之后又给他一笔钱用以购买一匹马和一只水桶。这个奥弗涅人有个特别之处，每当他的一个朋友生病，他就马上把朋友带到德普兰家，对他恩人说："我可不愿意让他去别人那里看病。"德普兰虽然脾气很坏，却还是握了握挑水夫的手，说："你把他们都领到我这里来吧。"于是他就把这个康塔勒子弟送进市立医院，为他悉心治疗。毕安训早已多次发现他的老师对奥弗涅省人，尤其是挑水夫，怀有一种偏爱，但由于德普兰对自己在市立医院的医疗事业十分自豪，所以毕安训也不觉得其中有什么特别反常之处。

一天早上九点左右，毕安训穿过圣絮尔皮斯广场时，忽然看见他的老师走进教堂。德普兰平时没有他的双轮轻便马车连一步路也不肯走，这时却是在步行，而且是由小狮街的那个门悄悄溜进去的,仿佛是走进什么花街柳巷一般。那实习生自然起了好奇心,因为他知道老师的观点,而他自己也是个双料的卡巴尼斯主义者。毕安训悄悄钻进教堂,大吃一惊地看见伟大的德普兰,这个对天使们毫无怜悯之心的无神论者,因为他从来没有解剖过他们,因为他们既不会生疹管也不会得胃炎,这个大无畏的嘲弄上帝的人,竟然谦恭地跪在,在什么地方?……在圣母的祭台面前,听着弥撒,交礼拜费、济贫捐,态度严肃,像在做手术一样。

"他肯定不是来这里弄清有关圣母生子的问题,"毕安训想,惊异得无以复加了,"我要是在圣体瞻礼节看见他手持圣像华盖上的一根饰绦游行,那当然只是付诸一笑。可是在这个时间,又是单独一人,无人看见,这就耐人寻味了。"

毕安训不愿显得是在刺探市立医院首屈一指的外科大夫的隐私,便走开了。凑巧德普兰这天请他吃晚饭,不是在自己家,而是下饭馆。在饭后吃梨和奶酪的时候,毕安训巧妙地把话题引到弥撒上面,称弥撒为可笑的仪式、闹剧。

"这种闹剧使基督教民族所流的血比拿破仑所有的战争和布鲁塞所有的蚂蟥让他们流的血还多。弥撒是教皇的一大发明,至多不过可以追溯到公元六世纪,其根据是这是我的身体。为了确立圣体瞻礼节,不知多少次血流成河。罗马教廷想通过这个节日的确立,表明自己在圣体存在说问题上取得了胜利。这个引起宗教争端的问题,曾使教会动乱了三个世纪。德·图卢兹伯爵和阿尔比人的战争是这场动乱的尾声。伏多瓦教派和阿尔比教派都拒绝承认教皇的这个发明。"

接着德普兰又兴致勃勃地大发其无神论者的宏论,讲了一连串伏尔泰式的笑话,更确切些说,是《语录》的恶劣翻版。"啊!"毕安训心想,"今天早上那个虔诚的信徒到哪里去了?"

但他没有作声,他怀疑自己在圣絮尔皮斯教堂看到的并不是自己的老师。德普兰没必要对毕安训撒谎:他们相知极深,在一些同等重大的问题上都交换过思想,也讨论过关于万物之本的种种学说,以怀疑论的利刃和解剖刀对这些学说进行探讨剖析。三个月过去了,毕安训并没有对这件事刨根究底,但这件事却已在他记忆中留下了深刻的印象。就在这年,有一天,市立医院一位医生当着毕安训抓住德普兰的胳膊,像审问似的说:

"我亲爱的老师,您那天到圣絮尔皮斯教堂干什么去呢?"

"去看一位教士,他膝盖上长了骨疽,德·昂古莱姆公爵夫人推荐我为他治疗。"德普兰答道。

那位医生只好认输,毕安训却不以为然。

"他去教堂看生骨疽的膝盖吗？他是去望弥撒的！"实习生心想。

毕安训决定监视德普兰，他回想起撞见德普兰走进圣絮尔皮斯教堂的日子和钟点，决定来年在同一日子、同一钟点去教堂，看能不能再次碰见德普兰。如果碰上了，那么，德普兰这种周期性的虔诚表现便值得进行一次科学调查，因为在他这样的人身上不应该有思想和行为的直接矛盾。第二年，毕安训已经不再是德普兰的实习生，他在同一日子、同一钟点看见那位外科医生的双轮轻便马车停在图尔农街和小狮街的街角，他的朋友蹭着墙根藏头露尾地走进圣絮尔皮斯教堂，又在圣母祭台面前做了弥撒。那人的的确确就是德普兰！主任外科医生，深藏不露的无神论者，偶尔为之的信徒。真是扑朔迷离！这位大名鼎鼎的学者坚持不懈的虔诚表现使一切都复杂化了。德普兰走后，毕安训朝着过来撤掉祭坛圣器的圣器管理人走去，问他这位先生是否常来。

"我在这里二十年了，"那位圣器管理人说，"二十年来德普兰每年都来四次，参加这台由他捐资设立的弥撒。"

"由他捐资设立的弥撒！"毕安训走开时想道，"这就跟圣母无玷而孕同样神秘。这件事本身就足以使一位医生怀疑一切了。"

毕安训大夫虽是德普兰的朋友，却过了好久还没有机会对他提起他生活中的这件怪事。他们在会诊或是社交场合相遇时，很难找到单独相处、推心置腹的时刻，把脚搁在壁炉的柴架上，头枕着椅背相互说些心里话。直到七年之后，在一八三〇年革命之后，当人民冲进总主教府；当共和思潮的影响促使人民摧毁矗立的这片辽阔无际的房屋的海洋之上、像闪电一般直指天宇的金色十字架；当不信神和反叛的人民充斥街头的时候，毕安训又一次撞见德普兰走进圣絮尔皮斯教堂。毕安训跟了进去，待在他身边。德普兰没有露出丝毫惊异之色，也没有对他做任何手势。两人一起听完了那台由德普兰捐资设立的弥撒。

"亲爱的老师，您能告诉我您这种过分虔诚的原因吗？"他们俩走出教堂后，毕安训问德普兰，"我已经三次撞见您来做弥撒了。您必须为我解开这个疑团，并对我说明您这种观点与行为之间的明显矛盾。您不信上帝，却去望弥撒。亲爱的老师，您一定要回答我的问题。"

"我和许多信徒相似，他们表面上笃信宗教，实际却和你我一样是些无神论者。"

于是他又滔滔不绝地把某几位政界人物挖苦了一顿，其中最有名的那位，活脱是莫里哀的答尔丢失在本世纪的翻版。

"我不是问您这些，"毕安训说，"我想知道您为什么来这里，为什么捐资设立这台弥撒？"

　　"说实在的，我亲爱的朋友，"德普兰说，"我已经快进棺材了，自然无妨对你谈谈我早年的生活。"

　　这时毕安训和那位伟人走到了四风街，这是巴黎最破烂的街道。德普兰指着一座像方尖碑似的房子的七楼，那房子的独扇大门通向一条甬道，甬道尽头是个曲曲折折的楼梯，墙上开着几扇叫做气窗的格子窗，楼梯就由墙外透进来的光线照亮。那是一座暗绿色的房子，底层住着一个家具商，上面每层似乎都各住着一些不同类型的贫困人家。德普兰有力地挥动一下手臂，对毕安训说："我在那上面住过两年。"

　　"我知道，阿泰兹也在上面住过。我年轻时候几乎天天来这里，我们称这房间为培育伟大人物的阔口瓶。这跟我们的话题有什么关系？"

　　"我刚才听的弥撒，与我住在这间阁楼里时发生的事件有关。就是你说阿泰兹曾经住过的、窗口摆着盆花、上面晃荡着一根晾衣服绳子的那间。我的开端十分艰难，亲爱的毕安训，我比巴黎任何人吃过的苦头都多。我什么苦都受过：饥、渴，没有钱，没有衣服、鞋子、内衣，真是贫困艰难到了极点。我曾在这个培育伟大人物的阔口瓶里，呵着冻僵的手指，我真想和你一起再去看看这个房间。有年冬天，我在学习时看见自己脑袋冒烟，身上的热气像冰封雪冻的天气里马匹身上冒出来的热气一样清晰可辨。我真不知道人是从哪里找到支持来忍受这种生活的。我孤身一人，无人资助，没有一文钱买书和付学医的费用。我没有一个朋友，我那暴躁易怒和多疑的性格使我交不到朋友。谁也不能理解，我的暴躁脾气是一个想从社会底层挣扎到上面来的人的苦恼和劳累所造成的。但我可以告诉你，在你面前我没必要掩饰自己，我的本性还是心肠很软并且易受感动的，这是那些有足够力量在贫困的沼泽里长期跋涉后终于攀登一座高峰的人所固有的秉性。我从我的家庭和故乡，除了一笔不够用的膳宿费以外，什么也得不到。总之，在那个时期，我每天早上吃一小块面包，是小狮街的面包店老板贱卖给我的隔夜或隔两夜的面包。我把面包掰碎，浸在牛奶里。这样，我的早饭只用两个苏。我两天才吃一顿晚饭，在一家膳宿公寓，每顿晚饭只要十六个苏。这样我每天只要花九个苏。你跟我一样清楚，我对我的衣服、鞋子有多爱惜！我不知道后来我们俩被同行暗算时，心里有没有像当时见到一只开了线的皮鞋咧嘴怪笑，或听到自己上装袖笼开缝绷裂的声音那么难过？我当时只能喝白水，而对咖啡馆怀有最大的敬意。佐皮咖啡馆在我眼里就像一块人间乐土,只有我们这个拉丁国家的吕居吕斯们有权出入。'我能不能有朝一日也进去喝杯牛奶咖啡,在里面玩一盘多米诺骨牌呢?'我有时心里这么想到。总之,我把贫穷在我心头引起的愤懑变为学习的动力。我努力占有一切有用的知识,使自己具有最大的个人价值,以便自己一旦不再默默无闻时,能配得上那时所达到的地位。我点掉的灯油比吃的面包还多,在那些苦读的夜晚,我用于照明的费用比伙食费还贵。这场奋斗是漫长、艰苦,而且得不到安慰的。我没有引起周围人们的任何同情。要交朋友,不就是必须和青年们来往,身上有几个余钱和他们一起去喝上几杯,那些学生上哪儿就跟着一起上哪儿吗?可是我一无所有!在巴黎谁能想象得出一无所有意味着什么!当我被人看出自己的贫苦时,喉头总感到一种神经性的痉挛,这种痉挛常使病人以为自己食道里有一个球状物升到了喉管。我后来遇到过一些生来富裕的人,他们从来没有短缺过什么东西,因此他们不懂以下这个比例题:一个青年比犯罪,等于一枚十个苏的硬币比 X。这些有钱的傻瓜问我:'你那时候为什么要欠债呢?为什么借利息那么重的债呢?'他们使我想起那位公主,当她听说老百姓饿得要死的时候,说道:'他们为什么不去买点奶油蛋糕吃呢?'我很想看到那些抱怨我给他们开刀收费太贵的富人里面,也有人在巴黎孤苦伶仃,分文不名,无亲无故,告贷无门,不得不靠自己的双手干活……他会怎么办?他上哪儿充饥?毕安训,如果你见到我有时态度尖刻而生硬,那是因为我想起了早年所受的苦,以及后来我在上层社会千百次体验到的自私自利、冷漠无情;或是想起了仇恨、贪欲、嫉妒和诽谤曾在我的成功之路上设下的障碍。在巴黎,有人见你正要踏镜上马,前程万里的时候,便有的扯住你的衣服下摆,有的解开马肚带的扣子,这人撬掉马蹄铁,那人偷走马鞭。让你看见他走过来当面打你一枪的人便算是最不阴险的了。你很有才华,我亲爱的孩子,你一定不久也会尝到庸碌之辈对出类拔萃的人物展开的那种骇人听闻的、永无休止的战争的滋味。如果你有天晚上输掉二十五个路易,隔天你就会被人说成一个赌棍,连你最好的朋友也会说你头天晚上输了二万五千法郎。你如果有点头疼,就会被人看成疯子。你如果火气大一些,大家就说你难以交往。你如果集中精力去对付这一大群侏儒,你最好的朋友也会叫嚷你要鲸吞一切,说你想发号施令、专横跋扈。总之你的优点会变成缺点,缺点变成恶习,德行变成罪恶。你如果救了一个人的命,人家会说成你把他治死了;如果这个病人重新露面,那人家也能自圆其说,说你为了暂保眼前而使他的病拖成不治之症;如果他现在还没有死,以后也要死的。你只要稍微立足不稳就会被人推倒。无论你有什么发明,只要你要求得到发明的权益,人家就会说你这人太难办,

外国短篇小说精选

太精明,不肯让年轻人成名成家。因此,我亲爱的,我不信上帝,更不信人类。你不是知道我身上有个与被人中伤的德普兰截然不同的德普兰吗?不过我们别再翻这堆老账了。我那时就住在那间阁楼上,正在准备通过第一场考试,而身上已一文不名。你知道,我已经到了要说'我当兵去!'那么一种山穷水尽的地步了。我有一个希望。我在等着从家乡托运来的一只装满衬衣的箱子,那是老姑母们的礼物。她们不了解巴黎,只想到给我衬衫,还以为她们的侄子每月有三十法郎就能吃山珍海味了。箱子运到时,我正在学校里。运费要四十法郎。门房是个德国鞋匠,住在楼梯下的小房间里,他替我垫付了运费,留下了箱子。我在草场圣日耳曼沟街和医学院街之间踱来踱去,找不出一条妙计,可以先不付那四十法郎而取回箱子。我把箱子里的衬衣卖掉以后当然就会还这笔钱的。我在这件事上的无能使我明白了我只能当个外科医生。我亲爱的,那些灵魂高尚的人能在高级的范围施展才能,却没有一个足智多谋的权术头脑,他们的天才要靠机遇:他们不会去寻找而只能偶然碰上。总之,到了晚上,我回家了,我的邻居,一个名叫布尔雅的圣弗卢尔挑水夫,也在这时回家。我们的交情不过是两个房间在同一个楼道口,互相听得见彼此睡觉、咳嗽、穿衣的声音,而终于彼此适应的房客之间的交情而已。我这邻居告诉我,由于我拖欠房东三个月房租,房东要赶我搬家。第二天就得走。他自己也由于他所干的职业而被撵走。我度过了平生最痛苦的一夜。'到哪里去找个搬运夫来替我搬走这些可怜的家当和书籍? 拿什么来付钱给搬运夫和门房? 搬到哪儿去?'我含着泪反复思量这些难以解决的问题,就像疯子总是重复同样的几句话一样。我睡着了。穷人也自有其充满美梦的甜蜜的睡眠。第二天早上,我正在吃我那碗牛奶泡面包,布尔雅走了进来,用蹩脚的法语对我说:'大学生先生,我是个穷人,圣弗卢尔医院收养的弃婴,没有父母,也没有钱娶亲。您亲戚也不多,也没有什么钱财吧?您听我说,我在下面有辆手推车,是我租的,两个苏一小时,咱俩所有的东西都能装下。您要是不嫌弃,我们可以一起去租房,既然人家把我们从这里赶走。这里反正也算不上人间天堂。''我知道,我的好布尔雅,'我对他说,'但我很为难,我在下面有只箱子,里面有价值一百埃居的衬衣,用这笔钱我可以付清欠房东和门房的钱。可是我连一百个苏都没有。''没关系,我还有几个钱。'布尔雅快活地回答我说,指给我看一个油腻腻的旧皮夹子。'留着您的衬衣吧。'布尔雅付了我三个月的欠租和自己的房租,还了门房的钱。然后他把我们的家具和我那箱衬衣放在手推车上,拖着车子穿街走巷,见有挂着出租牌子的房子就停下来。我就走上去看出租的房间对我们是否合适。直到中午我们还在拉丁区转来转去,一无所获。主要是因为租金太贵。布尔雅提议到一家酒店吃午饭，我们把手推车停在门口。快到晚上的时候，我们在商业巷的罗昂大院一家房子的顶层，房顶下面，找到两个房间。我们每人每年只要付六十法郎租金。我和我那位谦卑的朋友便这么安顿了下来。我们一起吃了晚饭。布尔雅每天赚五十个苏，手头有大约一百个埃居，他马上可以实现自己的夙愿，买一只水桶和一匹马了。他以至今想起仍使我深为感动的、狡黠而好意的问话套出了我的实情，在知道我的处境以后，他暂时放弃了自己毕生的愿望，布尔雅当了二十年的挑水夫，为了我的前途却牺牲了那一百埃居。"

说到这里，德普兰猛地抓住了毕安训的胳膊。

"他给了我考试必需的费用！我的朋友，这个人懂得我负有重任，我的智慧的需要重于他自己的需要。他照料我，管我叫孩子，借钱给我买书，有时还蹑手蹑脚地走过来看我用功。他像慈母一样关心我的饮食，把我原先菲薄而低劣的食物换成有益于健康的、丰富的食物。布尔雅年约四十，长着一副中世纪市民的相貌，隆起的前额，脑袋会被画家当作黎居尔格的模特儿。这个可怜人感到心中充溢着的爱需要宣泄，他没有被人爱过，只有一只鬈毛狗爱过他，但不久前死了。他总对我谈起这只狗，问我教堂是否会同意举行弥撒，让它的灵魂得到安息。他说他的狗是个真正的基督徒，十二年来一直陪他上教堂，从来不叫一声，闭嘴静听风琴弹奏的乐曲，它蹲在他身边，那神气真使他以为它在跟他一起祈祷。这人把他的全部爱情倾注给我，把我当作一个孤单的、受苦的人予以照料，他成了我无微不至的慈母，体贴入微的恩人，他是以做好事为乐的典型。我在街上碰到他时，他对我会心地一瞥，目光充满难以形容的高贵神情。这时他会装出担子毫无分量的样子走着。他看见我身体健康、衣着整齐，显得十分高兴。这种感情是人民的忠诚和女工的爱情升华到一个更高的境界。布尔雅为我购买食品；夜里在我对他事先说好的钟点叫醒我；为我擦灯罩，擦楼梯平台。既是好仆人，又是好父亲，而且像英国女郎那么爱干净。他揽起全部家务。他像菲洛珀芒①一样，自己锯我们的劈柴，他做一切家务的时候态度简单自然，并且保持着自己的尊严，因为他似乎懂得：目的高尚，会使所做的事情都同样高尚。当我离开这个好心人进市立医院当实习生的时候，他想到再也不能和我一起生活而感到说不出的愁闷。但他想到还要为我的论文所需费用积攒一笔钱，这才稍感安慰。他要我答应在休息的日子去看他。布尔雅为我感到自豪，他之爱我是爱我也是爱他自己。如果你去查我的论文，就会看见论文是献给

---

① 菲洛珀芒：公元前 253～前 184 年，古希腊名将，以勤劳节俭著称。

他的。在我实习的最后一年，我挣到了不少钱，足够偿还我欠这个可敬的奥弗涅人所有的款项，我用这笔钱买了一匹马和一只水桶。他见我花这么多钱十分生气，然而又为自己的愿望得以实现而非常高兴。他又是笑又是责备我，他凝视着他的马和水桶，抹掉一滴泪花，对我说：'这可不好！这水桶真漂亮啊！你不该这样！这马就像奥弗涅人一样结实！'我没有见过比这更动人的场面。布尔雅坚持要为我买个医用器械包，就是你在我诊室里见过的镶银的那个包。这是我最珍贵的东西。虽然他对我初步的成就感到陶醉，却从来没有流露一句话、一个手势，表示：'这个人全靠我才有今天！'而事实上如果没有他，我也许早就死于贫困了。这个可怜人曾为我拼命干活，为让我喝咖啡提神熬夜，他只吃蒜泥抹面包。他病倒了。你可以想象，我怎样一夜夜地守在他床头。第一次发病时我把他救了过来。可是两年之后他又旧病复发，尽管我极力抢救，使尽了医学上的绝招，他还是不治身亡。没有一个国王曾受到过他那样的治疗。是啊，毕安训，我为了从死神手中夺回他的生命，真是无所不用其极。我想让他活下去，看到自己造就的人才所取得的成果，我要实现他的全部愿望，满足我心中的唯一感恩之情，从而熄灭至今在我胸中燃烧的火焰！"

"布尔雅，"德普兰显得非常激动，他停了一会儿又说，"我的第二个父亲，死在我的怀里。他把全部财产留给了我，遗嘱是他找一个街头代书人立的，订遗嘱的日期就在我们住进罗昂大院的那一年。这人的宗教信仰十分朴实真诚。他爱圣母犹如爱妻子。他是个热诚的天主教徒，但对我的不信教从来不置一词。他病危时请求我尽量设法使他得到教会的救援。我让教堂天天为他举办弥撒。他常在夜间对我表示对来世的担心，他唯恐自己今生过得不够圣洁。可怜的人啊！他从早干到晚。如果真有天堂的话，除了他还有谁配进入天堂呢？为他办的终傅礼与像他那样的圣者相称，他的死配得上他的生。送葬行列只有我一个人。我把唯一的恩人葬毕，就考虑如何报答他，我发现他既无家庭，又无妻子、儿女或朋友。但他有宗教信仰！既然他笃信宗教，我有什么权利提出异议？他曾对我小心翼翼地提到为死者安息举办的弥撒，他不愿意把这个责任强加于我，认为那等于要求人报答自己。我一有财力举办一台弥撒，就给了圣絮尔皮斯教堂一笔钱，让他们每年举行四次弥撒。我唯一能够奉献给布尔雅的，就是满足他虔诚的愿望，因此在每季度之初举办这台弥撒的日子，我就以他的名义去教堂为他背诵他想要的经文。我以怀疑论者的真诚态度祝祷道：'主啊，如果确实有那么一个你用来安置那些生前十全十美的人的地方，请别忘了好心的布尔雅吧；如果需要为他受苦，请把他的痛苦给我，而让他能更快地升入人们所说的天堂吧。'我亲爱的,这就是一个具有像我这样的信仰的人所能做到的一切。上帝该是个好心的家伙,他不会怪我的。我敢向你起誓,我甘愿舍弃家产,只要布尔雅的信仰能够在我脑子里生根。"

毕安训在德普兰最后病危时治疗过他,现在他不敢说这位著名的外科医生在弥留之际仍然是个无神论者。信教的人们不是都愿意相信那位卑微的奥弗涅人来为德普兰打开了天国的门,正如他从前为德普兰打开了地上神殿的门一样,那神殿的门楣上写着:"祖国感谢所有的伟人"!

一颗简单的心

[法国]福楼拜

福楼拜(1821～1880),19世纪中叶法国重要的批判现实主义作家,莫泊桑就曾拜他为师。其著名作品有《包法利夫人》《感情教育》。福楼拜认为艺术应该反映现实生活,要敢于揭露丑恶现象。在精确地再现社会现实方面,他是位杰出的现实主义大师。

一

只要一说起欧班太太的女仆全福,主教桥的太太们就会毫无保留地显示出自己的眼红。为了得到一年一百法郎的工资,她不仅做饭,打扫房间,而且缝、洗、烫、套马、喂家禽、炼牛油全包了,而且更重要的是,她对主妇十分忠心——尽管这听起来很好,但她却不是一个随和的人。

她的丈夫是一个拥有英俊外表但却什么家业都没有的人,他在1809年初去世,除了两个还在哭闹的孩子和一屁股债外什么都没留下。为了承担这一切,她只好把所有的不动产卖掉——除了杜克的田庄和皆佛司的田庄。这两块土地每年最多只能带来五千法郎的收益。她从圣·麦南的房子里搬出来,住到一所小房子里,因为那开销比较少。那座房子在菜场后面,是她祖上留下的。

青石瓦覆盖着房子的房顶,它的两边分别是夹道和通往河边的小巷。房子里面是高低不平的地面,只要你稍一不小心就会被摔一跤。厨房和厅房被狭窄的过堂隔开。欧班太太每天待在靠近窗户的位置,坐在一张草编的大靠背椅子上。在被砌成白色的墙边,八张桃花心木椅子整齐地排列着。晴雨表底下,有一架旧钢琴,上面摆放着很多东西,有匣子和纸盒子等。壁炉是黄色的大理石,样式很古老,两个小软椅靠在两边,上面蒙着锦绣。当中有一个像维丝塔庙似的钟摆。房间里有一种潮湿的味道,可能是因为花园高于地板的原因吧。

如果你上二楼去,首先看到的就是"太太"的卧室,看起来很高大,裱糊了一种浅淡颜色花朵的墙纸,挂着麝香公子装束的"老爷"的画像。还有一个比较小的卧室与这间卧室相连,有两张不铺垫子的小人床放在卧室中。再往前走就是搁满家具的客厅,家具被布覆盖着。然后是一个可以通往书房的过道,书房里有一张大乌木书桌,三面是书橱,书橱的架子上放着一些书和废纸。那些曾代表幸福日子的奢华的东西,比如说钢笔啦、水彩风景画啦、欧庄的版画啦,把两块垂直的雕版全给遮住了。在三楼有一扇天窗,与牧场相对,从窗户里射出来的阳光把卧室照得很明亮。

为了不错过弥撒,全福从早上一睁眼就一刻不停地忙碌着,一直忙到天黑。吃过晚饭,把碗碟收拾好后,她就握住念珠在灶炉前面睡觉。说起买东西,那谁都比不上全福。她特别会讲价,只要是她约准的价钱,就一分也不肯往上添。而且她还非常节俭,从来都是不急不躁地吃饭,而且会拿手指头把桌子上的面包屑沾得一干二净。那个专门为她烤的十二磅重的面包,足够她吃两个星期呢!更让其他女仆嫉妒的是,她总是把锅擦得很亮,简直就像新的似的。

全福一年到头几乎是一个造型:披一条印花的帕子,拿别针在背后别住,戴一顶遮没头发的帽子,穿一双灰袜子,系一条红裙子,外面加一条打格子的长围裙。看到这身装扮的她,就很容易联想到医院的女护士。

她最显著的特点就是尖尖的声音,而且她的脸也很瘦。不知为什么,她的外貌总是让人感觉与她的实际年龄不相符。当她二十岁的时候,所有人都以为她已经四十岁了;而当她五十岁的时候,人们甚至不敢猜她的年龄了。在大家的印象中,她总是沉默不语的。她无时无刻不把身子挺直,然后机械地做事情,就像一个木头人一样。

二

就像其他人一样,她也有自己的恋爱故事。

因为一次偶然的事故,他的父亲——一个泥水匠,从脚手架上跌下来摔死了。不久之后,她的母亲也离开了人世。从那以后,她和她的姐妹们就分开了,开始了彼此的生活。

后来,她得到了一个佃农的收留,在田野里放牛。那时她年龄很小,连一身完整的衣服都没有,每天穿着破布烂条,冻得直打哆嗦;如果口渴,只能贴住地面

外国短篇小说精选

喝池塘里的死水。这还不算什么,而且她还总是挨打,自己甚至连挨打的原因都不清楚;最后,她被诬陷偷了三十苏,然后被撵走了。后来,她在另一家田庄工作,主要是管理家禽。东家喜欢她,她的同伴却又妒忌她。

八月有一天晚上(她那时候十八岁),他们带她去参加考勒镇的晚会。提琴手刺耳的响声、树上的灯火、五颜六色的服装、花边、金十字架,还有一道蹦跳的那群人,马上就闹了她一个晕头转向,不知所以。她怯生生地站在一旁,见一个有钱模样的年轻人,两个胳膊肘搭在一辆小车的辕木上吸着烟斗,走过来邀她跳舞。他请她喝苹果酒,喝咖啡,吃点心,送她一条绸帕子,自以为她猜出他的心思了,献殷勤送她回去。他在荞麦地头,愣头愣脑,把她翻倒了。她一害怕,叫唤起来。他只得走开。

又一天黄昏,一辆装干草的大车,在去宝孟的大路上,慢悠悠地走着,她想赶到前头去,在从车轮旁边蹭过的时候,认出了吆车的就是代奥道尔。

他一副安适的模样,走到她跟前,说一定要宽恕他才好,因为"毛病出在酒喝多了"。

她不晓得怎样回答,直想逃开。

他掉转话头,谈起收成和乡里的名流,因为他父亲已经离开考勒镇,住到艾考田庄,所以他们如今成了邻居。她说了一句:"啊!"他接下去就讲,家里盼他成家,其实他并不急,等到有了对胃口的女人再说。她低下了头。他于是问她,想不想嫁人。她带笑回答:不好寻人开心的——"没有的话,我对你赌咒!"他拿左胳膊围住她的腰;她就这样由他搂着走路;他们放慢步子。风柔柔的,星星照耀着,老大一车干草在他们前面摇来摇去;四匹马悠着步子,扬起尘土,走着走着,不用吆喝,就朝右转。他又吻了她一回。她在夜色中跑开了。

下一个星期,代奥道尔约她幽会了。

他们在院子里一堵墙后孤零零的一棵树底下相会。她不像小姐们那样不懂事——牲口早就教会了她;可是理智和从一而终的天性没有让她失身。她一抵抗,越发煽起了代奥道尔的爱火。他为了得到满足(或者也许不存坏心思)起见,提议娶她。他立下天大的誓,她就不相信他的话。

没有多久,他想起一件不如意的事来:他父母去年给他买过一个替身,可是说不定哪一天,就许要他入伍;他想起当兵就害怕。对于全福,这种胆怯成了一种钟情的证据;她加倍爱他。她夜晚偷偷出来,溜到幽会地点,代奥道尔说起话来,不是发愁,就是央求,直磨她。

最后他讲,他要亲自去州长衙门打听一下消息,下一个星期天,十一点到半夜之间,他带消息来。

到了时候,她跑去会她的情人。

她见到的是他的一位朋友。

他告诉她:她不会再看见他了。代奥道尔为了逃避征役,已经娶了杜克一个很有钱的老寡妇勒胡塞太太。

她听了这话,万分难过,扑在地上,放声大哭,喊叫上帝,一个人在田野里哽噎到大天明。接着她就回到田庄,说她不打算做下去了。到月底,她支了工钱,拿一条帕子包起她的全部小行李,来到主教桥。

她在客店前面,问一个戴寡妇帽子的太太,凑巧她就在找一个烧饭的。年轻女孩子没有什么本事,可是看样子肯学,又样样迁就,欧班太太临了道:"好吧,我就用你!"

一刻钟后,全福住到她家来了。

这家人家处处讲究"家风",对"老爷"的悼念又是时刻不忘,她起初战战兢兢,直怕做错事。保尔和维尔吉妮,一个七岁大,一个不到四岁,在她看来,像是贵重的东西做的,她像马一样背他们,只是欧班太太不许她随时亲他们,扫她的兴。不过她觉得自己很快活。环境安适,她不再忧愁了。

每逢星期四,总有亲友来玩包司东。全福事先把牌和脚炉准备好。他们准八点钟到,敲十一点以前告退。

每星期一早晨,住在林阴道树底下的杂货商,就地摊开他的破铜烂铁。接着镇上就人声喧闹,中间还夹杂着马嘶、羊咩、猪哼和车在街上吱吱嘎嘎走的响声。将近正午,赶集到了最热闹的时候,就见门槛上出现了一个高个子的老农夫,鸭舌帽歪在后头,钩鼻子,原来是皆佛司的佃户罗伯兰。不多光景,杜克的佃户李耶巴尔也来了,人又矮、又红、又胖,穿一件灰上衣。

两个人全给女地主送来一些母鸡或者干酪。任凭他们花言巧语诡计多端,全福回回戳穿,不上他们的手,所以走的时候,他们对她敬服得不得了。

欧班太太接待格洛芒维耳侯爵,没有准定的日子。他是她的一位长辈,吃喝嫖赌败了家,住在法莱司他最后留下的一小块土地上。他总在用午饭的时候来,带了一条可怕的鬈毛狗,狗爪子弄脏了所有家具。他竭力摆出贵人的架势,甚至于每一次说起"先父"来,还举举帽子。可是习惯成自然,他照样一杯一杯给自己倒酒喝,说些不三不四的话。全福客客气气地把他推到外头:"够数儿啦,格洛芒维耳老爷！下一回来吧！"她关上了大门。

她兴冲冲地给前公家律师布赖先生开门。一看见他的白领巾、他的秃头、他衬衫前面的皱纹、他宽大的棕色大衣、他弯胳膊捏鼻烟的姿势、他的全部形态，她就心慌意乱，像我们乍见到大人物一样。

他经管"太太"的产业，所以有好几小时和她待在"老爷"的书房。他总怕受牵连，万分尊敬官府，自命懂拉丁文。

为了用一种有趣的方式教导孩子，他送了他们一套地理知识图片，上面印着世界各种景象：几个头上插羽毛的吃人的野人、一只抢去一位小姐的猴子、几个沙漠地的拜都安人、一条中了镖枪的鲸鱼等等。

保尔解释这些图片给全福听。这就是她的全部文学教育。

孩子们的教育由居尤担任，一个在镇公所办事的可怜虫，出名写一手好字，在他的靴子上磨他的小刀。

天气晴和的日子，全家一早就去皆佛司田庄。

院子在斜坡上，房子在正当中；往远里望，海像一个灰点子。

全福从篮子里取出一片一片冷肉，一家人就在靠近牛奶房的一间屋子用午饭。这是如今不在了的一所别墅的唯一残余的屋子。破烂的墙纸随风摆动。欧班太太回想当年，触目伤情，不由就低下了头；孩子们不敢再言语了。她说："你们玩去吧！"他们就溜掉了。

保尔爬上仓房，捉小鸟，在池边打水漂，或者拿手杖敲大桶，像鼓一样响。

维尔吉妮喂兔子，跑过去采矢车菊，两条腿飞快，小绣花裤子露在外头。

秋季有一天黄昏，他们穿过草原回家。

上弦月照亮一部分天空，雾像纱一样，浮在杜克河弯弯曲曲的水面。牛躺在草地当中，安安静静；看这四个人走过。来到第三个牧场，有些牛站起来，后来就在他们前面，聚成一个圈子。全福说："别害怕！"她哼着一种悼歌似的调子，轻轻摩挲着顶近的一条牛的脊梁，它转过身子，别的牛也学它转过身子。可是穿过下一个草原，凭空起了一声惊人的牛叫。原来是一条公牛，给雾挡住了。它朝两个女人走过来。欧班太太拔脚就跑。"不！不！别那么快！"不过她们还是放快步子，因为背后的粗鼻息越来越近。牛蹄子如同铁锤一样敲打牧场的青草，它奔腾起来了！全福扭回身，抓起两把土，朝它的眼睛丢过去。它低下头，摇摆犄角，狂蹦乱跳，怪声吼叫。欧班太太带了两个小孩子，跑到草原尽头，又急又怕，寻思怎样越过高堰子。全福总在公牛前面朝后退，不住手地拿泥丢它的眼睛，同时喊着:"快呀！快呀！"

欧班太太推着维尔吉妮,紧跟着又推保尔,滑到沟底下,几次试着爬到坝上又跌了下去,后来总算鼓起勇气爬上去了。

公牛把全福逼到栅栏跟前,口沫溅着她的脸,再有一秒钟,就会顶穿她的肚子。她不迟不早,恰好从两根桩子当中钻出去;庞大的畜生,大吃一惊,站住了。

这事多年以来,成了主教桥的一种谈话资料。全福一点也不觉得这有什么好骄傲的,她连干下了什么英勇的事,也没有想到过。

维尔吉妮完全占住了她的心。因为自从这场惊恐以后,她就得了脑神经病,浦帕尔医生建议她到土镇洗海水浴。

那时候,到土镇洗海水浴的并不多。欧班太太四处打听,请教布赖,筹划一切,就像要出一趟远门一样。

行李放在李耶巴尔的大车上,先一天走。第二天,他牵来两匹马,一匹有马鞍子,装着绒靠背;第二匹跨背上,放一件斗篷,卷成座椅式样。欧班太太骑在他后头。全福照管维尔吉妮,保尔跨上勒沙坡杜瓦先生的驴;驴是在小心照料的条件下借到的。

路坏极了,八公里路要走两小时。马陷在烂泥里头,一直陷到骸骨,拔出来要猛摇几下屁股,要不就是绊在车辙上,有时候又非跳不可。李耶巴尔的母马,走到一些地方,忽然停住不走。他耐着性子等它走;他说起沿路的地主,故事之外,还添上几句道德的感想。所以他们来到杜克乡镇中心,从围满旱金莲的窗户底下走过,他就耸肩膀道:"这儿有一位勒胡塞太太,不挑年轻人嫁,反而……"全福没有听见下文;马走快了,驴奔着;大家走进一条小路,栅栏门开开,出来两个小孩子,他们就在门口粪池前面下了牲口。

李耶巴尔的妈妈看见女东家,做出种种欢喜的表示。她开出来的午饭有牛里脊、大肠、灌肠、炒子鸡、起沫的苹果酒、蜜饯糕、酒醉李子,还一边说着礼貌话,太太身子像是更好了、小姐变得越发"俏"啦、保尔少爷格外"壮"啦,还提起他们过世的祖父母,因为李耶巴尔一家人在他们家做过好几代,所以全都认识。田地像他们一样,显出古老的意味。虫蛀了房椽,烟熏黑了墙,玻璃窗蒙了一层尘土,灰灰的。一张栎木桄架,放着形形色色的器皿:罐子、碟子、锡盘子、捕狼的机器、剪羊毛的大剪子;一个老大的灌肠器把孩子们逗笑了。三所院子没有一棵树不靠根长着蘑菇或者杈桠中间长着一簇槲寄生的。风刮下好些槲寄生,又从半腰长起;累累的果实把枝子全压弯了。草铺的房顶,看上去像棕色的绒,厚薄不等,不怕最强烈的暴风。不过车房坍掉了。欧班太太说她会搁在心上的，接着就吩咐套牲口。

他们又走了半小时才到土镇。过文考尔的时候，一小队人马下来；文考尔是船的上空的一个悬崖。他们又走了三分钟，走到码头紧底，就进了大卫妈妈开的金羔客店的院子。

换空气和洗海水浴有效验，维尔吉妮从头几天起，就觉得自己不那么虚弱了。她没有游泳衣，穿着衬衫下水；女仆在一间供洗澡人用的海关小屋给她穿衣裳。

下午，他们骑驴，翻过黑石崖，到海格镇那边游玩。小路开头越上越高，两旁的地一个浅壑又一个浅壑，如同公园的草坪一样，接着就是一片高原，有牧场，有耕田，前后错落开了。路边的水莓丛里，冬青直挺挺立着；一棵高大的松树，或远或近，枝子横在蓝空里，权杈一片。

他们几乎总在一块小草地上休息，左边是豆镇，右边是勒阿弗尔，前面是大海。阳光照耀，海像镜子一样光滑，而且那样平静，简直听不见潺潺的水声；几只麻雀躲在一旁啾唧；晴空万里，又把这一切罩在底下。欧班太太坐着做针线活；维尔吉妮在旁边编灯心草；全福采着香草的花朵；保尔嫌气闷，直要走开。

有时候，他们乘船，渡过杜克河，找寻贝壳。潮退的时候，留下一些海胆、石决明、水母；孩子们跑来跑去，要捉风带来的泡沫。波浪像在睡觉一样，沿着海滩，静静地落在沙上。海滩扩展开了，一望无际，只在陆地方面，沙丘为界，把它和跑马场似的马赖大草原分开。他们从这里回去，就见土镇紧靠坡下，一步一步渐渐大了起来；参差不齐的房屋，像笑盈盈的花，七歪八倒开满一片。

天气太热，他们待在屋里不出去。耀眼的太阳，从帘子的隙缝，射进一道一道亮光。村子里没有任何声响。外边人行道上没有一个人。四下里一片沉静，越发显得安宁。远处有船工的铁锤敲打船底，热风带来柏油气味。

主要的娱乐是看渔船回来。它们一过浮标，开始纡徐前进；帆降到桅杆的三分之二高；它们破浪前进，前帆膨胀胀的，好像一个气球，一直滑到港口中心，突然抛了下去。接着船就靠码头停住。水手隔着搪板，往外扔活鱼；一排大车等着装鱼；有些戴布帽子的女人，冲到前头拿筐子，搂抱她们的丈夫。

有一天，这中间有一个女人，走到全福跟前。没多久，全福欢天喜地走进院子；她找到了一位姐姐。接着就见勒鲁的老婆纳丝塔席·巴乃特出现了，胸前吊着一个吃奶的孩子，右手挽着一个，左边还有一个小水手，拳头顶住屁股，圆帽子扣住耳朵。

一刻钟过后,欧班太太就把她打发走了。

他们总在厨房附近或者散步期间遇见这一家人。丈夫并不露面。

全福对他们有了感情。她给他们买了一床被、几件衬衫、一只炉子;他们明明在揩她的油。欧班太太讨厌这种软心肠,而且也不喜欢那位外甥放肆——因为他你呀你呀地喊她的儿子;维尔吉妮又直咳嗽,季候不相宜了,她回到主教桥。

布赖先生指点她挑选中学校。康城的中学校据说最好。保尔到那边去了;他鼓起勇气告别,住到一个有学伴的地方,他是满意的。

欧班太太容忍儿子远离,因为这是免不了的。维尔吉妮一天比一天不想念他。全福怀念他的吵闹,可是有一件事占住她的心:从圣诞节起,她天天带着小姑娘去学教理问答。

三

她先在门口跪一下,这才走进教堂,在两排椅子当中,打开欧班太太的凳子,坐下来,眼睛朝四周望。

男孩子在右,女孩子在左,坐满了唱经堂的椅子;教士站在经架一旁。后殿有一块花玻璃窗,画着圣灵和圣母,圣灵在圣母上面;另一块花玻璃窗,画的是圣婴耶稣,圣母跪在前面。圣体龛子背后,有圣·米速勒降龙的木雕。

教士先讲一遍圣史的梗概。她恍惚看见乐园、洪水、巴别塔、烧毁的城市、灭亡的民族、推倒的偶像;她听到后来,眼花耳热,充满对天父的尊敬和对他的震怒的畏惧。过后她听见耶稣殉难,哭起来了。他疼小孩子,给众人吃,治好瞎子,而且心性谦和,愿意降生在穷人中间一个牲口棚的粪堆上,他们为什么还要把他钉死在十字架上啊?《福音》书上说起的那些家常事:播种、收获、压榨器,全在她的生活里头,通过上帝,神圣化了。她因为爱圣羔,也就越发爱羔羊,由于圣灵的缘故,也就越发爱鸽子。

她不大想象得出圣灵的形体;因为它不仅是鸟,而且还是火,有时候又是气息。晚上在沼泽周围飞翔的或许就是它的亮光,云飘来飘去或许就是由于它的哈气,钟抑扬动听或许就是由于它的声音。她坐在那里,万分虔诚,享受着四壁的清凉和教堂的安静。

至于教义,她丝毫不懂,就连尝试了解的心思也没有。堂长在讲,孩子们在背，她最后睡着了，直到大家要走，木头鞋打着石板地响，这才忽然惊醒过来。

她就这样靠着听，学会了教理内容，因为她小时候没有受过家教教育；从那时起，维尔吉妮做什么，她学什么，学她吃斋，和她一起忏悔。圣体瞻仰节那一天，她们合献了一张圣坛。

第一次圣体还没有领，她先忙坏了。她为了鞋、书、念珠、手套发急。她帮太太给维尔吉妮穿衣服，自己直打哆嗦！

弥撒进行的期间，她一直焦灼不安。布赖先生挡住她，唱经堂的一侧她看不见；不过正在对面，有一群小姑娘，面网拉得低低的，上头压着白花冠，看上去好像一片大雪；她老远就从更细的颈项和文静的姿态认出了心爱的女孩子。钟响了。头全低下来；一片肃静。风琴一响，唱经班就和群众唱起"上帝的羔羊"；接着男孩子就排队走动；女孩子跟着也站了进来。她们两手合十，一步一步，走向灯火辉煌的圣坛，跪在第一级，一个挨一个，领受祭饼，然后按照原来的行列，回到她们的跪垫跟前。轮到维尔吉妮的时候，全福伸出身子看她，由于真心疼爱导致想象的缘故，觉得自己变成这孩子，长着她的小脸，穿着她的袍子，胸脯里面是她的。心在跳。临到张嘴闭眼的时候，她险些晕了过去。

第二天一清早，她来到教堂更衣室，求堂长先生给她圣体。她虔诚地领受，但是感觉不出同样欢愉的味道。

欧班太太希望女儿成一个十全十美的人；居尤既然不能教她英文、音乐，她决定送她到翁福勒的虞徐林修道院作寄宿生。

女孩子并不反对。全福直叹气，觉得太太心狠。过后她想，也许她的主妇对。这些事不是她能理解的。

终于有一天，门前停了一辆有顶篷的旧车；车上下来一位修女，她是接小姐来的。全福把行李放在顶篷上，叮咛车夫几句，给车座里头搁了六罐蜜饯，一打上下的梨和一把紫罗兰。

临到分手，维尔吉妮抱住母亲，大哭起来，母亲吻着她的额头，说了好几遍："好啦！勇敢些！勇敢些！"脚凳朝上一翻，马车出发了。

欧班太太这时候支持不住，晕过去了；她的朋友：劳尔冒夫妇、勒沙坡杜瓦太太、"那些"洛赦弗叶小姐们、胡波维尔先生和布赖，夜晚全过来安慰她。

女儿不在，她起初很痛苦。不过她一星期收到女儿三封信，别的日子给她写回信，在花园散散步，看看书，时间也就这样消磨掉了。

全福早晨照例走过维尔吉妮的卧室，望望四墙，不再给她梳头，不再给她的小靴子系鞋带，不再帮她塞紧被窝，不再成天看她可爱的脸蛋儿，不再攒着她一块儿走出去；她觉得憋闷。她没有事干，试着织花边。手指又太笨，一来弄断了线；她什么也不在心，睡又睡不着，照她说的，"毁啦"。

为了"解闷"起见，她求太太允许她接见她的外甥维克道尔。

他星期天做完弥撒来，脸庞红红的，光着胸膛，有一股从乡下带来的田野气味。她立刻给他摆好刀叉。他们面对面用午饭；她节省开支，自己尽量少吃，拼命塞饱他的肚子，吃到末了，他睡着了。晚课钟声一响，她叫醒他，刷净他的裤子，帮他打好领带，然后扶住他的胳膊，走向教堂，像母亲一样得意。

他的父母总吩咐他带点儿东西回去，一包土糖呐，肥皂呐，酒精呐，有时候连钱也要。他拿他的破烂衣裤给她缝补；她接受这种工作，高兴有一个机会叫他再来。

临到八月，他父亲带他跑码头去了。

这时候正放暑假。孩子们回来了，她有了安慰。可是保尔变任性了，维尔吉妮到了不能用"你"呼唤的年龄，这造成她们中间的拘束、障碍。

维克道尔前后去过莫尔列、敦刻尔克、布赖顿；他每次出门回来，都送她一件礼物。头一次是一个贝壳盒子；第二次是一只咖啡杯子；第三次是一个大点心人儿。他好看了，长短相宜，留了点儿髭，有一对爽朗的眼睛，后脑勺戴一顶小皮帽，像一个领港的。他娱乐她，为她讲一些夹杂着水手语言的故事。

有一天，星期一，一八一九年七月十四日（她忘不了这一天），维克道尔说，他受雇跑外洋，后天夜晚，搭翁福勒的邮船，去赶他的快帆船；三两天内，就要从勒阿弗尔启程。他这一去，也许要去两年。

要好久不见面，全福难过了；于是星期三黄昏，太太用过晚饭，她换上水底鞋，一口气走完主教桥到翁福勒的四公里地，和他再话别一回。

她走到各各他前面，不朝左转，反而朝右走，在造船厂迷了路，只得倒回来，她问路的人劝她快走。她兜着装满船只的水坞走，碰来碰去是缆索，再走下去，地面低了，有几道光交在一起。她望见天空有几匹马，心想自己疯了。

码头边还有马在嘶叫。它们是看见了海害怕。一架起重机把它们吊上来，坠到船里头。船上的乘客，在苹果酒桶、酪饼筐和谷子口袋中间挤来挤去；母鸡在啼，船长在骂人；一个小水手，胳膊肘靠着船头的锚桩，什么也不在心上。全福没有认出他来，直喊："维克道尔！"他仰起了头，她朝前冲，梯子忽然抽掉。

几个女人边唱边拉船。邮船出了港口。龙骨发出响声，沉重的波浪打着船头。帆掉转方向，什么人也望不见了——月亮照耀，一个黑点子在银光闪闪的海上越来越淡，沉下去，不见了。

全福从他的近旁走过，想把她顶心疼的人交托上帝；她站着祷告了老半天，眼睛望着云彩，满脸的眼泪。城市睡眠了，海关上有几个人员走来走去；水从闸孔不住地往外流，声音像瀑布一样响。正敲两点钟。

天亮以前，会客室不会开的。回去迟了，太太一定会不开心的；她虽然直想搂搂另一个孩子，还是不去了。她走到主教桥，客店的女仆们正好醒来。

那么，可怜的孩子要在海上颠簸好些月！他先前出门，她不害怕。去英吉利，去布列塔尼①，人回得来的；可是亚美利加洲、殖民地、群岛，全在偏僻地方、世界的另一头啊。

全福从这时候起，一心挂念她的外甥。有太阳的日子，她愁他渴；起了暴风雨，她怕雷劈了他。她听见风在烟囱吼，刮下瓦来，就看见这同一的狂风也在吹他，他站在一棵断桅的尖尖头，整个身子往后一倒，淹在一片泡沫底下；或者——想起地理知识图片——野蛮人吃掉他，猴子在树林捉住他，死在一个荒凉的海滩。可是她从不讲起她的挂虑。

欧班太太一直在牵挂她的女儿。

善良的修女们觉得她感情重，过于脆弱，一点点刺激也受不了。必须停止学习钢琴。

她母亲要求修道院按时来信。有一天早晨，邮差没有来，她急了，在客厅来回走动，从她的大靠背椅踱到窗口。简直出人意料！四天了，没有消息！

全福希望她拿自己做榜样，把心放宽了，对她说：

"我，太太，半年没有得到消息！……"

"谁的消息？……"

女仆和颜悦色地回道：

"呵……我外甥的消息！"

"啊！你外甥！"欧班太太耸耸肩膀，又走动起来，意思好像是说："我不想他！……再说，管我什么事！一个小水手，一个叫花子，可漂亮呐！……不过我女儿……想想看！……"

全福受惯了气，恼起太太来了，过后也就忘记了。

① 布列塔尼：法国的几个大区之一，位于法国西北部的布列塔尼半岛，英吉利海峡和比斯开湾之间。首府是雷恩。

为了女儿失掉理性，她觉得是常情。

两个孩子同等重要；她的心把他们连在一起，他们的命运应当一样才是。

药剂师告诉她：维克道尔的船到了哈瓦那。他在报上看到了这段新闻。

哈瓦那出雪茄，她想象人在这地方，除去抽烟，不干别的事，维克道尔裹在烟雾里面，在黑人当中走来走去。万一有急事的话，人能走陆地回来吗？那儿离主教桥有多远？她想晓得，就请教布赖先生去了。

他找出地图，开始解释纬度；他看见全福发呆，露出洋洋得意的学究的微笑。他最后在一个椭圆斑点的裂口，拿他的铅笔套，指着一个看不清的黑点子说："这儿就是。"她把身子弯在地图上，看着这些着色的线网，眼睛看花了，什么道理也没有看出来；她有什么难处，布赖叫她说出来，她求他指出维克道尔住的房子。布赖举起胳膊，打喷嚏，哈哈大笑起来；他笑她这样老实。全福不明白他为什么笑——她的理解力是那样有限，也许希望看到他外甥的画像哩！

半个月以后，李耶巴尔照常在赶集的时候走进厨房，递给她一封她姐夫写来的信。两个人谁也不识字，她央求她的主妇念给她听。

欧班太太正在计算一件编织东西的针数，把活放在一旁，边拆信，边哆嗦，声音放低，眼色严重：

"是坏消息……他们告诉你，你外甥……"

他死了。信上没有说起别的话。

全福倒在一张椅子上，头靠板壁，眼皮闭住，马上眼皮变成红的。接着她就低下额头，搭下两只手，瞪着眼睛，停一时重复一回道：

"可怜的孩子！可怜的孩子！"

李耶巴尔望着她直叹气。欧班太太微微打战。

她建议她到土镇看她姐姐去。

全福做了一个手势，表示她没有去的必要。

都不作声。李耶巴尔老头一想，还是走的好。

她这时候才说：

"他们才不拿这搁在心上，他们！"

她又垂下了头；她不时机械地拿起女红桌子上的长针。

有些女人走过门口，抬着一块板子，上面放着湿淋淋的衣服。

她从玻璃窗望见她们，想起要洗的衣服；衣服昨天泡下去的，今天该洗出来了；她走出房子。

她的搓板和水桶放在杜克河边。她把一堆衬衫扔在岸上,挽起袖子,拿起棒槌,打下去的有力的响声,附近花园也听见了。草原空落落的,风吹皱了河水;水底长着一些草,高高的,垂在水面,如同死人的头发在水里漂浮。她捱下痛苦,直到天黑,还很勇敢;但是走进她的屋子,她支不住了,扑到褥子上,脸埋在枕头里,两个拳头顶住太阳穴。

过了好久,她从维克道尔的船长本人那边打听到他死的情形。他害黄热病;医院放血放得太多了。四个医生同时治他。他马上就死了,为首的说:

"好!又死了一个!"

他父母一向苛待他。她也不高兴再见到他们。他们没有再来攀她,不是忘记,就是穷苦人的心硬吧。

维尔吉妮病下来了。

气闷、咳嗽、不断发烧、颧骨上有青纹,全都表示病症严重。浦帕尔先生建议住到普洛旺斯。欧班太太决定照做,不是主教桥气候不好,立刻就把女儿接回家了。

她同一个出赁车辆的人讲定,每星期二送她到修道院去一趟。花园里面有一座高台子,人在这里望得见塞纳河。维尔吉妮扶着她的胳膊,踩着落下来的葡萄叶子,在这里散步。她眺望远处的帆和从唐卡尔镇的庄园到勒阿弗尔的灯塔的天边,有时候太阳穿过云彩,照得她直眨眼睛。她们随后坐在花棚底下休息,母亲弄来一小坛玛拉嘎好酒,她想起会醉就笑了,喝两指高,不喝了。

她的元气恢复了。秋天平平安安地过去了。全福请欧班太太放心。但是有一天黄昏,她到邻近有事回来,看见门前停着浦帕尔先生的马车,他本人站在过堂。欧班太太在系帽带。

"拿我的脚炉、我的钱包、我的手套给我,快一点!"

维尔吉妮害肺炎,可能没有救。

医生说:"还有希望!"于是两个人冒着飘旋的雪花,上了马车。天快黑了,天气很冷。

全福奔进教堂,点起一支蜡烛。接着她就追马车,一小时以后赶上了,从后头轻轻跳上去,抓住两边的穗子,忽然又想起:"院门没有关,万一贼进来呢?"就跳下车来。

第二天,蒙蒙亮,她去探望医生。他回来又下了乡。她随后待在客店,以为会有生人捎信来的。最后,一清早,她上了黎孝来的邮车。

修道院在一条陡斜的小巷的紧底。上到半腰,她听见奇怪的响声、一种报丧的钟声。全福心想:"这是为别人敲的。"她拼命拍门环。

几分钟后,拖鞋提踏提踏地响了,门打开一半,出现了一位修女。

善良的修女显出沉痛的神情,说起"她方才过世"。就在同时,圣·莱奥纳教堂的钟声又响了。

全福上了三楼。

她从门口起,就望见维尔吉妮仰天躺着,手合在一起,口张开,头在一个朝着她的黑十字架下面向后仰着,两旁幔子一动不动,还不如她的脸白。欧班太太在床前,抱住床腿,抽抽噎噎,透不过气。院长站在右边。五斗橱上放着三只蜡烛台,滴下来一些红点子;雾漂白了窗户。几位修女换走欧班太太。

一连两夜,全福没有离开死人。她重复着同一的祷告,拿圣水洒在单子上,回到原处坐下,细端详她。守到第一夜临了,她看出死人脸色变黄,嘴唇变蓝,鼻子抽缩,眼睛下陷。她吻死人眼睛吻了好几回;万一维尔吉妮睁开眼睛的话,她也绝不会大吃一惊;对她这种人,怪异的事也很平常。她给她梳洗好,换上寿衣,放进棺材,戴上一顶花冠,把她的头发散开了。头发是金黄色,在她这种年龄,要算很长了。全福剪下一大绺来,一半放在自己的胸脯前头,立定主意,永不相离。

依照欧班太太的意思,尸首运回主教桥,她乘了一辆关严的马车,跟在枢车后面。

做完弥撒,还要走三刻钟,才到公墓。保尔领头走,呜咽着。布赖先生跟在后头,接着就是重要的居民、披着黑纱的妇女和全福。她想到她的外甥,因为不能举行这种殡礼,分外悲伤,如同埋这一个,同时把另一个也埋了一样。

欧班太太悲痛到了极点。

开头她埋怨上帝,觉得他不公道,不该夺去了她的女儿——她从来没有做过坏事,一直良心安宁! 不对! 她早该带她去南方才是。那的医生会救活她的! 她怪自己不好,愿意跟她走,梦中一来就哭醒。有一个梦,她特别入迷。她丈夫出远门回来,水手打扮,哭着对她讲:他奉命要带维尔吉妮走。他们于是商量妥当,寻找一个躲藏的地方。

有一回,她丢魂失魄,从花园回来。方才(她指出地点)在她面前,父女肩靠肩出现,什么也不做,只是望她。

好几个月,她待在房间发愣。全福和颜悦色地开导她,她应当看在儿子份上,保重身体,而且要想到另一位,思念"她"。

"她?"欧班太太回答着,好像才醒过来一样,"啊!是的!……是的!……你没有忘记!"她指公墓说,因为她是绝对不许去公墓的。

全福天天去。

一到四点正,她绕过几家人家,走到坡上,推开栅栏门,来到维尔吉妮的坟前。坟是一根玫瑰色的大理石小柱,底下是一块青石板,四周是链子圈起来的一个小花园,一片花卉,畦界都分不出来了。她给叶子浇水,换上新沙,跪在地上翻土。欧班太太到了能来的时候,感到一阵松快,像是得到了安慰。

随后许多年过去,一模一样,没有再出事,除非是节日去了又来:耶稣复活瞻礼、圣母升天瞻礼、诸圣瞻礼。家里有些事,过后想起,也成了重大事件。例如一八二五年,两个镶玻璃的工人粉刷过堂;一八二七年,屋顶有一部分掉在院里,险些砸死人。一八二八年夏天,轮到太太献弥撒用的面包;布赖临近这时期,不知道捣什么鬼,人不见了;旧日亲友:居尤、李耶巴尔、勒沙坡杜瓦太太、罗柏兰、早已瘫了的长辈格洛芒维耳,都日渐疏远了。

有一天夜晚,邮车的车夫在主教桥讲起七月革命。不几天,派来了一位新县长:前任亚美利加洲的领事拉尔扫尼耶男爵。他家里除去太太,还有他的大姨和三位已经相当大了的小姐。大家望见她们穿着宽适的长背心,在她们的草地散步;她们有一个黑奴和一只鹦鹉。她们拜望欧班太太,全福远远望见,就跑去通知欧班太太。欧班太太紧跟着回拜她们。不过只有一件事能感动她,就是她儿子来信。

他沉湎在咖啡馆,一事无成。她替他还完旧债,他又有了新债。欧班太太在窗户旁边编织东西,叹气的声音,全福在厨房也听见了。

她的小东西统统放在有两张床的卧室的壁橱里。欧班太太平时尽可能减少查看的次数。夏季有一天,她决定去看一趟;橱里飞出好些蛾子。

她的袍子一平排挂在一块木板底下,木板上放着三个囡囡、几个圈圈、一副小家具、她用的洗脸盆。她们也把裙子、袜子、帕子取出来,在两张床上摊开了,晾晾再叠起来。太阳照着这些可怜的东西,显出上面的油渍和身体动来动去动出来的褶子。蓝蓝的天,空气暖暖和和,一只喜鹊在叫唤,似乎一切悠然自得,异常恬适。她们找到一项栗子颜色的长毛小绒帽,不过整个让虫蛀掉了。全福求主妇赏给她。她们含着一包眼泪,你看我,我看你,最后主妇张开胳膊,女仆扑过去,搂得紧紧的,在一个不分上下的吻里,满是她们的痛苦。

有生以来,她们这还是第一次吻抱,因为欧班太太不是一种喜怒见于外的性格。全福感激她,就像得到恩赏一样,从此以后,她疼她,具有牲畜的忠诚和宗教的尊敬。

她越发心善了。

她听见街上过兵的铜鼓声,来到门前,捧着一坛苹果酒,请兵士喝。她照料霍乱病人。她保护波兰人;甚至于有一个波兰人讲,愿意娶她。不过两个人吵了嘴;因为有一天早晨,她做完礼拜回来,发现他溜进厨房,端起一盘拌好的菜,安安静静地吃着。

波兰人以后,就是考耳米赦老爹,一个据说在一七九三年干过恶事的老头子。他住在河边一个破猪圈里。孩子们从墙缝张望他,朝他扔石子,掉在他的破床上;他躺在上面,害重感冒,老在咳嗽,身子不停地抽动,头发很长,眼皮发炎,胳膊上长着一个比他的头还大的瘤子。她给他找了些吃的,试着打扫干净他的脏窝,还打算把他安插在烤面包的地方,只要他不给太太添麻烦。癌肿破了以后,她天天帮他包扎,有时候带饼给他吃,把他放在太阳地的草堆上;可怜的老头子,流着涎水,哆哆嗦嗦,发出微弱的声音谢她,直怕丢掉她,看见她走,就伸长了手。他死了;她为他的灵魂安息,做了一回弥撒。

她当天交了一个大好运:吃午饭的时候,拉尔扫尼耶太太的黑奴来了,拿着装在笼子里的鹦鹉,还有木架、链子和锁,男爵夫人有一个纸条给欧班太太,说她丈夫升了省长,黄昏动身,请她收下这只鸟儿,作为一个纪念和表示敬意的凭证。

全福许久以来,就在盘算它了,因为它是从亚美利加洲来的,这地名让她想起维克道尔,所以她常常在黑奴跟前问起它。有一次她甚至于说:"太太得到它,会开心的!"

黑奴又把这话说给他的主妇听,反正她不能带走,倒不如顺水人情把它丢了。

四

它叫琭琭。身子是绿颜色,翅膀的尖尖是玫瑰红,蓝额头,金脖子。不过它有一种讨厌的怪癖:咬它的木架、拔它的羽毛、抛它的粪、泼它的杯子里的水;欧班太太嫌烦,把它永远给了全福。

她用心教它;不久它就重复着:"乖孩子! 先生,您好! 玛丽,我向你致敬!"它挂在大门一旁,有些人奇怪叫它雅考不见答应,因为鹦鹉全叫雅考。大家把它说成一只火鸡、一根木头：一刀子一刀子刺全福的心！琭琭也出奇的固执，有人看它，就不言语了。

可是它喜欢人多；因为一到星期天，"那些"洛赦弗叶小姐，胡波维耳先生和带来的新客人、药剂师翁弗洛瓦、法来先生和马修队长，正斗牌的时候，它就拿翅膀打玻璃窗，乱飞乱跳，闹得谁也听不见谁讲话。

不用说，它觉得布赖的脸很可笑。它一看见他，就笑开了，拼命大笑。笑声一直传到门外院子，回声重复笑声，把邻居引到窗口，也笑起来了。布赖先生不要鹦鹉看见自己，拿帽子遮住侧脸，贴墙溜到河边，再从花园内进来；他投向鸟儿的视线缺乏好感。

琭琭擅自把头探到肉铺伙计的篮子里头，他弹了它一下；从这时候起，它总试着隔开他的衬衫啄他。法布吓唬它，要扭断它的脖子，其实他并不残忍，别看他胳膊上画着花纹，长着一脸络腮胡须。正相反，他倒喜欢鹦鹉，甚至于兴致勃勃，愿意教它说脏话。全福怕它胡闹，把它搁到厨房。链子去掉，它兜着房子飞。

下楼的时候，它用上嘴勾子顶住梯级，举起右爪，再举左爪；她直怕这种运动把它弄晕了。果不其然，它病了。它不能说话，也不能吃东西。原来是它的舌头底下起了一层厚苔，母鸡有时候就得这种病。她拿指甲剥掉这层薄膜，治好了它。有一天，保尔少爷不小心，把雪茄烟喷进它的鼻孔；又有一次，劳尔冒太太拿伞尖儿逗它，它一口就把铁箍噙下来；最后，它不见了。

先是她要它吸吸新鲜空气，放在草地上，走开了一会儿；她回来一看，鹦鹉不见了！起初她在灌木丛、河边、房顶上找，主妇对她喊："留神呀，你疯啦！"她也不听她劝。接着她就查访主教桥所有的花园。她拦住行人问："你有没有，什么时候，凑巧看见我的鹦鹉？"有些人不认识鹦鹉，她就对他们形容一番。忽然她相信，在山坡底下磨坊后头，瞥见一个东西飞。可是上到山顶，什么也没有！有一个商贩告诉她，他方才在圣·墨南遇到它，在西蒙妈妈的铺子。她跑过去。她想说的话，人家听不懂。她最后回来了，累得要命，鞋磨穿了，心里什么希望也没有了；她坐在凳子当中，靠近太太，述说她的全部经过，就见一只不怎么重的东西，轻轻落在她的肩上，原来是琭琭！它干什么去了？或许在邻近散步来着！

她没有能一下子复原，或者不如说，永远没有复原。

她由于着凉，喉咙发炎；没有多久，耳朵有了毛病。再过三年，她聋了；她说话的声音很高，甚至于在教堂也这样高。她的罪过散到教区每一个角落；对她虽然没有什么不体面，对别人也没有什么不方便，堂长先生以为听她忏悔，还是改到更衣室,比较相宜。

想象的声音把她折磨坏了。主妇常对她说:"我的上帝! 看你多蠢!"她答道:"是啊,太太。"一边在周围寻找东西。

她的观念世界本来就小,现在越发缩小了。钟的铿锵、牛的哞鸣,都不存在了。生物全像鬼一样,静悄悄地行动。如今只有一个响声听得见,就是鹦鹉的声音。

它像是帮她解闷吧,学机器转烤肉铁钎子的滴答声、鱼贩尖锐的叫声、住在对面的木匠的拉锯声;它听见门铃响,就学欧班太太喊:"全福! 大门! 大门!"

他们有话谈,它拼命卖弄它那烂熟的三句话,而她,回答一些无头无尾的字句,可是有真感情。在她索居独处的生涯里,它差不多成了一个儿子、一个情人。它爬她的手指,咬她的嘴唇,抓她的肩巾;她一额头朝前,像奶妈那样摇头,帽子的大耳朵和鸟翅膀就一道颤动起来。

云一聚,雷一响,它就叫唤,也许是记起家乡森林的暴雨了吧。看见水流,它就欢狂了,疯了一样飞上天花板,把东西全撞翻,从窗户飞到花园里头去淋雨;不过它很快就回来了,歇在灶堂上,一跳一蹦,抖干羽毛,一会儿露出尾巴,一会儿露出嘴。

一八三七年可怕的冬季,她看天空,把它放在壁炉前面,有一天早晨,她发现它死了,在笼子当中,头朝下,爪子在铁丝的空当。想必是充血死的吧? 她相信它中了芹菜毒;虽然缺乏证据,她疑心是法布干的。

她哭得好不伤心,主妇对她道:"好啦,做成标本不就得了!"

她请教药剂师,他一向待鹦鹉好。

他写信到勒阿弗尔。有一个叫佛拉丽的,承受这种活儿。不过公共汽车往往遗失包裹,她决定亲自把它送到翁福勒。

沿路接连不断是没有叶子的苹果树。沟里结着冰。狗在田庄边沿吠着;她拿手缩在小斗篷底下,踏着她的小黑木头鞋,挎着她的篮子,在石路当中快步走着。

她穿过森林,走过高栎树,来到圣·嘎母。

她后面起了一阵尘土,就见一辆邮车飓风似的从坡上驰了下来。车夫看见这女人不让路,站直了,身子露在车篷外,车僮也在喊叫,同时他管制不住的四匹马快跑着。头两匹从她旁边蹭过去;他摇起缰绳,死命把马揪到大路一旁的便道;可是他气极了,举起胳膊,抡起他的大鞭子,从她的肚子一直抽到她的后颈,她仰天倒下了。

她醒过来，头一个动作是打开她的篮子。总算好，琭琭没有受伤。她觉得右脸烧痛，两只手一摸，手变成红的。血直流。

她坐在一堆石子上，拿帕子包住脸，然后取出盘子里预先搁好的干面包，咬一口，看着鸟儿，也就忘记她受伤了。

她走到艾克莫镇的坡头，望见翁福勒的灯火，像一群星星在夜里闪烁；再往远去，海就隐隐约约展开了。于是她不由一阵伤心，收住了脚；儿时贫苦、初恋落空、外甥离开、维尔吉妮死去，好像一片潮水，同时卷来，涌到咽喉，噎住了她。

她随后希望和船长说话；她叮咛他小心，不过没有说明托他带去的是什么东西。

佛拉丽许久没有寄出鹦鹉。他总答应下星期寄出；过了半年，他通知寄出一只箱子，再也没有下文了。琭琭简直就像永远不会回来了。她想："他们也许是把它偷去了！"

它终于来了——神气得很：红木座子嵌着一个树枝子，直挺挺立在上头，一个爪子在半空，侧着头，咬一颗核桃，做标本的爱装潢，还给核桃镀了金。

她把它藏在她的屋里。

这地方她很少放人进来过，里面塞满宗教物品和古怪东西，像一座小礼拜堂，也像一家百货公司。

一个大橱立在门旁，妨碍开门。延伸到花园上空的窗户的对面，有一个朝院子开的小圆窗。帆布床旁边是一张桌子，上面放着一个水罐、两把蓖梳、一个缺口碟子，碟子里头放着一小块蓝胰子。沿墙摆着一些念珠、徽章、几尊圣母像、一个椰子做的圣水杯；五斗橱上，像圣坛一样盖着单子，上面放着维克道尔送她的贝壳盒子；此外还有一把喷壶、一个皮球、几本练习簿、地理知识图片、一双小女靴子；挂镜子的钉子上，挂着帽带子。那顶小绒帽！全福毕恭毕敬到了这种地步，连"老爷"一件礼服，她也保存着，欧班太太不要的老古董，她全收到自己的屋子里，这就是为什么五斗橱靠边放着纸花，天窗里挂着达尔杜瓦伯爵的画像。

琭琭用一块小木板架住，放在屋里凸出的壁炉上。她每天早晨醒来，靠黎明的亮光望见它，她于是想起过去的年月、无足轻重的动作，一直想到它们的细枝末节，不但不痛苦，反而充满平静。

她不和任何人往来，日子过得懵懵懂懂①的，活像一个梦游人。圣体瞻礼节游行，她兴奋起来，到四邻妇女家求了一些蜡烛和草垫，装扮搭在街心的圣坛。

她在教堂总望着圣灵，注意到它和鹦鹉有些地方相似。有一张厄比纳尔的圣像，画着救主领洗，上面的圣灵她觉得特别像它。绯红翅膀和绿玉似的身子，活脱脱就是琭琭的写照。

她买过来，挂在原来挂达尔杜瓦伯爵画像的地方——她正好一眼把它们看到。它们在她思想里面联结起来，由于和圣灵这种联系，鹦鹉神圣化了，同时在她看来，也就变得更生动、更容易理解了。

教堂组织圣母的传女队，她直想加入。欧班太太劝住了她。

来了一件大事：保尔结婚。

他起先给公证人当书记，后来经商，在关卡服务，在税局做事，甚至于活动水利和森林的差事，忽然临到三十六岁，不知道天上刮来一阵什么风，他发现他的出路了：登记处！他在这里显出很大的才干，有一位检察官居然把女儿许给他，答应栽培他。

保尔变严肃了，带她来见母亲。

她指责主教桥的风俗习惯，摆少奶奶架子，作践全福。她走的时候，欧班太太觉得轻松。

接着下星期，传来布赖先生死在下·布列塔尼一家客店的消息。自杀的谣言证实了；人对他的正直起了疑心。欧班太太复查她的账簿，很快就看出他连串的弊端：挪用利息、私卖木材、滥用收据等等。而且他有一个私生子，"和道需赖一个女人有来往。"

她很为这些事难过。一八五三年三月，她觉得胸口疼，舌头像是有烟罩着，放血也减轻不了气闷；第九天黄昏，她咽了气，正好七十二岁。

人以为她没有年老，由于头发还是棕色的缘故；头发从鬓角下来，兜着她苍白的细麻子脸。很少朋友惋惜她，她拘礼的作风近乎拒人于千里之外的傲慢。

全福不像普通仆人哭主人那样哭她。"太太"会死在她前头，她怎么也想不通，觉得这违反事物的程序，不能接受，简直荒唐。

十天以后（从贝藏松赶来需要的时间），继承的人们突然来了。少奶奶翻抽屉，挑家具，卖掉多余的家具，随后他们又回登记处去了。

"太太"的沙发椅、她的独腿圆桌、她的脚炉、八张椅子，全运走了！板壁上的

---

① 懵懵懂懂：糊里糊涂，什么也不知道。

画幅也摘掉了,留下一些黄颜色的方空挡。他们带走两张小床和床垫,壁橱里头维尔吉妮的东西统统不见了! 全福走上楼,满脸的忧郁。

第二天,门上多了一张招贴;药剂师冲她的耳朵嚷嚷:出卖房子。

她站不住脚,一屁股坐了下来。

她顶难过的是放弃她的屋子——对可怜的球球是那样方便,她哀求圣灵,焦灼的视线圈着它,而且养成崇拜偶像的习惯,跪到鹦鹉前面祷告。太阳有时候从天窗下来,照到它的玻璃眼睛,反射出一道明晃晃的亮光,她入神了。

她一年有三百八十法郎收入,是主妇留给她的。花园供她种青菜。至于衣服,足够穿戴到她末一天,而且节省灯火,天一黑,她就睡了。

她不出门,免得看见旧货铺子那边,摆着几件旧家具。自从她摔晕过去以来,她就拖着一条腿走路;她的气力衰了;开杂货铺开穷了的西蒙妈妈,天天早晨来帮她砍柴打水。

她的眼睛不中用了。百叶窗不再打开。许多年过去了,房子租不出去,也卖不掉。

全福怕人家撵她,绝不要求修理。屋顶的板条烂了;一整冬天,她的长枕头都是湿的。复活节后,她吐血。

西蒙妈妈于是请了一位医生。全福想知道她害什么病。不过耳朵太聋,她听不见,只抓住两个字:"肺炎"。她晓得这个,和颜悦色地答道:"啊! 跟太太一样。"她觉得和太太一样是很自然的。

搭圣坛的日子近了。

第一座总在山坡底下,第二座在邮局前面,第三座在街中心。关于末一座的地点,大家起了争端;最后,教区妇女选定欧班太太房前的院子。

气闷和体温增加了。全福没有为圣坛做一点点事,觉得难过。起码她能放点儿东西上去也好! 她于是想到鹦鹉。邻居妇女反对,说这不相宜。可是堂长答了;她非常快活,请他收下她唯一的财宝球球,万一她死了的话。

从星期二到星期六,圣体瞻仰节的前一天,她咳嗽的回数越发多了。临到黄昏,脸绷紧,嘴唇粘在牙床上,她作呕了;第二天,一清早,她觉得险恶,托人请来一位教士。

抹圣油的时候,三个善良的妇女围着她。她随后说,她需要和法布谈谈。

他穿着星期天的好衣服来了,在这阴惨惨的空气中间,很不舒服。

她用力伸出胳膊,说:"原谅我吧,我先前一直以为是你把它害死的!"

什么意思,说这种废话?疑心他杀过人,像他这样一个男人!他动气了,要吵闹。

"她头脑不清楚,你看得出来。"

全福不时在同影子说话。善良的妇女走了。西蒙妈妈吃着午饭。

停了一会儿工夫,她拿起球球,送到全福面前。

"好啦!和它告别吧!"

虽然不是尸首,也虫蛀了;一个翅膀断掉,麻絮从肚里散了出来。不过她如今眼睛瞎了,看不见。她吻它的额头,脸贴着它贴了许久。西蒙妈妈要把它放到圣坛上,就又拿开了。

五

草原送来夏天的气味;苍蝇嗡嗡在飞;太阳照亮河水,晒暖房顶的青石瓦。西蒙妈妈回到屋里,不久也就睡着了。

钟声吵醒了她;人们做完晚课朝外走。全福的昏迷好些了。她想到游行,好像她跟在后头一样,看见了游行。

全体学童、唱经班和消防队,走在人行道上,同时领头在街前行的,有握着斧钺的教堂守卫、捧着一个大十字架的教堂执事、管理男孩子们的教师、不放心小姑娘们的修女;三个最可爱的小女孩,天仙一般,头发鬈着,往空里散玫瑰花瓣;助祭教主张开胳膊,为音乐打拍子;两个管香炉的,走一步,向圣体一回身,同时堂长先生,披着华丽的祭被,在四个财务员的一顶鲜红绒盖底下,捧着圣体。在白布盖着的房墙之间有一大群人,熙熙攘攘,跟在后头;他们来到山坡底下。

全福的太阳穴直冒冷汗。西蒙妈妈拿一块布给她揩汗,自言自语,说她一定也会有这一天的。

群众的呢喃变大了,有一时很响,随后又远了。

一阵枪声震动窗户玻璃。原来是车僮在向圣龛致敬。全福转动瞳孔,拼命提高声音说:"它好吗?"她在担心鹦鹉。

她开始咽气。气越喘越急,两胁一上一下地掀动。嘴角起泡沫,浑身打战。

没有多久,就听见铜喇叭呜嘟嘟的响声、儿童响亮的声音,男子低沉的声音。有时候一切寂静,脚踩着花,声音发闷,好像一群牛羊在草地上走。

教堂人员在院子里出现了。西蒙妈妈爬上一张椅子,凑近小圆窗,望出去就是圣坛。

祭桌挂着绿花环,周围镶着一道英吉利针织的边饰,当中一个小架子,托着一些先圣的遗物,桌角有两棵橘子树,四周全是银蜡烛台、瓷花瓶;花瓶插着葵花、百合、牡丹、毛地黄、小簇八仙花。这堆绚丽的色彩,从高处第一级朝下,斜着铺向伸到石路的毯子上。有几样罕见的东西引人注意:一个戴着一项紫罗兰花冠的镀银糖罐,在青苔上闪烁的阿朗松的玉耳坠子,露出风景的两扇张开的中国屏风。珺珺藏在玫瑰花底下,只有它的蓝额头露出来,仿佛一枚青玉片子。

财务员、唱经班、儿童,全在院子三面排好。教士慢条斯理地走上台阶,把他的光芒四射的大金太阳放在花边上。人全跪下。一片沉静。香炉随着链子的摆动,摇过来摇过去。

一道青烟上来,进了全福的屋子。她伸出鼻孔吸着,有一种神秘的快感;她随后闭住眼皮,微笑着。她的心一回跳得比一回慢,每回都更模糊了,更柔和了,好像一道泉水干涸,一片回声散开。她呼最后一口气的时候,恍惚在天空分开的地方,看见一只巨大的鹦鹉,在她的头上飞翔。

柏林之围

[法国]都德

都德(1840~1897),是法国19世纪著名的现实主义小说家。25岁时,他发表了短篇小说集《磨坊文札》,描写了法国南方的自然风光和生活习俗。两年后他出版了一部带有半自传体性的长篇小说《小东西》,揭露了资本主义社会中冷漠的人际关系,一举成名。阿尔封斯·都德是法国文学史上一个很有特色的小说家,是"五人聚餐会"的成员之一(其他四位是福楼拜、屠格涅夫、左拉、爱蒙特·龚古尔)。

我们和韦医生正走在一条被机枪扫射得坑洼不平的人行道上,旁边就是被炮弹打得千疮百孔的墙壁。当然,我们并不是因为没事做才这样的,我的正在做的是一件有意义的事情:我们在研究巴黎被围的历史。正当我们走到离明星广场不远的地方时,韦医生突然停了下来,指着那些环绕着凯旋门的富丽堂皇的高楼大厦中的一幢,对我说:

"那个阳台上有四扇关着的窗子,你看到了么? 去年八月初,那可是个充满灾难的日子,有人来找我去诊治一个患中风病的病人。那个病人可以说是一个老顽固,尤其是在荣誉和爱国观念上,他是一个拿破仑帝国时代的军人。在战争刚刚进行的时候,他就迫不及待地搬到一套有阳台的房间里。你知道他这样做的原因是什么吗? 他就是为了能够看到我们军队胜利后凯旋的盛况……当维桑堡惨败的消息传到他家时,这个可怜的老人正离开饭桌。当他在这张宣告失利的战报下方看到拿破仑的名字时,就突然像遭到雷击一样倒在地上。

"当我到达那里的时候,看到这位满脸通红的老人正躺在房间的地毯上。他的样子看起来有些迟钝,好像有人刚刚给了他一棒似的。尽管他那时躺在地上,可看起来仍然很高大魁梧。他长得还算英俊,最起码可以说是五官端正,而且牙齿很好看;那头卷曲的头发使他看起来根本不像八十岁的人。我猜想如果他站立在我面前的时候，一定会是一个高大生猛的人。他的孙女正跪在他的旁边痛哭。他们长得很像，我想如果他们年龄差不多的时候，一定会有人以为他们是孪生兄妹。

"其实我很理解这个女孩的痛苦。她的爷爷和父亲都是军人，父亲在麦克－马洪元帅的参谋部服役，当看到躺在地上的老人时，她很容易就联想到她的父亲。虽然我努力安慰她，但我知道，这个老人的希望并不大。因为他得的是一种很严重的半身不遂，这种病本身就不容易医治，更何况是在八十岁得了这种病呢？就像我猜想的一样，病人一直昏迷了三天三夜，而且一动也不动。

"在老人昏迷的这几天，陆续传来雷舍芬战役失败的消息。至于消息是如何传来的，你一定记得很清楚吧。在那天傍晚，我们还以为我们胜利了，以为我们歼灭了两万普鲁士①军队，还俘虏了普鲁士王太子……我也说不清是什么原因，也许是什么奇迹和电流之类的东西所起的作用，那种兴奋感竟然也波及到了老人的幻觉中。反正那天晚上当我和往常一样接近他的时候，他已经不再是那个样子了。他的眼睛很有神，舌头也不再僵直，更加让我吃惊的是，他居然还笑着用不连贯的话和我说：

"'打……胜……了！'

"'对，亲爱的老人。我们打了个大胜仗！'

"我把麦克－马洪元帅如何取得胜利的情况全都告诉他，发现他的精神好了很多，而且眼睛也更加有神。

"当我离开房间的时候，看到那个女孩正站在门外。她看到我之后哭了。

"'他现在已经没有生命危险了！'我握住她的双手安慰她。

"但是，那个哭泣的姑娘几乎没有勇气和我说起事实的真相。原来，雷舍芬战役的真实情况刚刚公布了，麦克－马洪元帅逃跑，全军覆没……我和她用慌张的眼神望着对方。她正在担心自己的父亲是否安全而惊慌；而我，则是担心老人的病情。我们都清楚，这个可怜的老人已经无法再接受这个打击了。可是……我们应该怎么办呢？要想让他高兴，让他继续这个美妙的幻想，我们只有一个办法，那就是——向他撒谎，用善意的谎言来挽救他的生命。

"'好吧，由我来对他撒谎！'这个勇敢的姑娘把脸上的泪水擦干净之后对我说，然后她表现出很高兴的样子，走进祖父的房间。

"她所负担的这个任务可真艰难。头几天还好应付。这个老人头脑还不十分

---

① 普鲁士：欧洲历史地名，一般指 17 世纪至 19 世纪间的普鲁士王国。由于普鲁士在短短二百年内崛起并统一德国，建立了德意志第二帝国，所以普鲁士有时也是德国近代精神、文化的代名词。

健全，就像一个小孩似的任人哄骗。但是，随着健康日渐恢复，他的思路也日渐清晰。这就必须向他讲清楚双方军队如何活动，必须为他编造每天的战报。这个漂亮的小姑娘看起来真叫人可怜，她日夜伏在那张德国地图上，把一些小旗插来插去，努力编造出一场场辉煌的战役；一会儿是巴赞元帅向柏林进军，一会儿是弗鲁瓦萨尔将军攻抵巴伐利亚，一会儿是麦克－马洪元帅挥戈挺进波罗的海海滨地区。为了编造得活龙活现，她总是要征求我的意见，而我也尽可能地帮助她；但是，在这一场虚构的进攻战里，给我们帮助最大的，还是老祖父本人。要知道，他在拿破仑帝国时期已经在德国征战过那么多次啊！对方的任何军事行动，他预先都知道：'现在，他们要向这里前进……你瞧，他们就要这样行动了……'结果，他的预见都毫无例外地实现了，这当然免不了使他有些得意。

"不幸的是，尽管我们攻克了不少城市，打了不少胜仗，但总是跟不上他的胃口，这老头简直是贪得无厌……每天我一到他家，准会听到一个新的军事胜利：

"'大夫，我们又打下美央斯了！'那年轻的姑娘迎着我这样说，脸上带着苦笑，这时，我隔着门听见房间里一个愉快的声音对我高声喊道：

"'好得很，好得很……八天之内我们就要打进柏林了！'

"其实，普鲁士军队离巴黎只有八天的路程……起初我们商量着把他转移到外省去；但是，只要一出门，法兰西的真实情况就会使他明白一切。我认为他身体太衰弱，精神上受到沉重打击所引起的中风还很严重，不能让他了解真实的情况。于是，我们决定还是让他留在巴黎。

"巴黎被围的第一天，我去到他家。我记得，那天我很激动，心里惶恐不安。当时，巴黎所有的城门都已关闭，敌人兵临城下，国界已经缩小到郊区，人人都感到恐慌。我进去的时候，这个老好人正坐在自己的床上，兴高采烈地对我说：

"'嘿！围城总算开始了！'

"我惊愕地望着他：

"'怎么，上校，您知道了？……'

"他的孙女赶快转身对我说：

"'是啊！大夫……这是好消息，围攻柏林已经开始了！'

"她一边说这话，一边做针线活，动作是那么从容、镇静……老人又怎么会产生怀疑呢？屠杀的大炮声他是听不见的。被搅得天翻地覆、灾难深重的不幸的巴黎城，他是看不见的。他从床上所能看到的，只有凯旋门的一角，而且，在他房间里，周围摆设着一大堆破旧的拿破仑帝国时期的遗物，有效地维持着他的种种幻想。

拿破仑手下元帅们的画像,描绘战争的木刻,罗马王婴孩时期的画片;还有镶着镂花铜饰的高大的长条案,上面陈列着帝国的遗物,什么徽章啦,小铜像啦,玻璃圆罩下的圣赫勒拿岛上的岩石啦,还有一些小画像,画的都是同一位头发卷曲、眉目有神的贵妇人,她穿着跳舞的衣裙、黄色的长袍,袖管肥大而袖口紧束——所有这一切,长条案,罗马王,元帅们,黄袍夫人,那位身材修长、腰带高束、具有一八〇六年人们所喜爱的端庄风度的黄袍夫人……构成了一种充满胜利和征服的气氛,比起我们向他——善良的上校啊——撒的谎更加有力,使他那么天真地相信法国军队正在围攻柏林。

"从这一天起,我们的军事行动就大大简化了。攻克柏林,这只是一个时间问题。过了一些时候,只要这老人等得不耐烦了,我们就读一封他儿子的来信给他听,当然,信是假造的,因为巴黎已经被围得水泄不通,而且,早在色当大败以后,麦克－马洪元帅的参谋部就已经被俘,押送到德国某一个要塞去了。您可以想象,这个可怜的女孩多么痛苦,她得不到父亲的半点音讯,只知道他已经被俘,被剥夺了一切,也许还在生病,而她却不得不假装他的口气写出一封封兴高采烈的来信;当然信都是短短的,一个在被征服的国家不断胜利前进的军人只能写这样短的信。有时候,她实在坚持不下去了,于是好几个星期都没有来信。这位老人可就着急了,睡不着了。于是很快又从德国来了一封信,她来到他床前,忍住眼泪,装出高高兴兴的样子念给他听。老人一本正经地听着,一会儿心领神会地微笑,一会儿点头赞许,一会儿又提出批评,还对信上讲得不清楚的地方给我们加以解释。但他特别高贵的地方,是表现在他给儿子的回信中。他说:'你永远不要忘记自己是法国人……对那些可怜的人要宽大为怀。不要使他们感到我们的占领是令人难以忍受的……'信中全是没完没了的叮嘱,关于要保护私有财产啦,要尊重妇女啦等等一大堆令人钦佩的车轱辘话,总而言之,是一部专为征服者备用的地地道道的军人荣誉手册。有时,他也在信中夹杂一些对政治的一般看法以及媾和的条件。在这个问题上,我应该说,他的条件并不苛刻:'只要战争赔款,别的什么都不要……把他们的省份割过来有什么用呢? 难道我们能把德意志变成法兰西吗? ……'

"他口授这些话的时候,语气是很坚决的,可以感到他的话里充满了天真的感情,他这种高尚的爱国心听起来不能不使人深受感动。

"这期间,包围圈愈来愈紧,唉,不过并不是柏林之围! ……那时正是严寒季节,大炮不断轰击,瘟疫流行,饥馑逼人。但是,幸亏我们精心照料,无微不至,老人的静养总算一刻也没有受到侵扰。直到最困难的时候,我都有办法给他弄到白面包和新鲜肉。当然这些食物只有他才吃得上。您很难想象还有什么比这位老祖父就餐的情景更使人感动的了，自私自利地享受着而又被蒙在鼓里：他坐在床上，红光满面，笑嘻嘻的，胸前围着餐巾；因为饮食不足而脸色苍白的小孙女坐在他身边，扶着他的手，帮助他喝汤，帮助他吃那些别人都吃不上的好食物。饭后，老人精神十足，房间里暖和和的，外面刮着寒冷的北风，雪花在窗前飞舞，这位老军人回忆起他在北方参加过的战役，于是，又向我们第一百次讲起那次倒霉的从俄罗斯的撤退，那时，他们只有冰冻的饼干和马肉可吃。

"'你能体会到吗？小家伙，我们那时只能吃上马肉！'

"我相信他的孙女是深有体会的。这两个月来，她除了马肉外没有吃过别的东西……但是，一天天过去了，随着老人日渐恢复健康，我们对他的照顾愈来愈困难了。过去，他感觉迟钝、四肢麻痹，便于我们把他蒙在鼓里，现在情况开始变化了。已经有那么两三次，玛约门前可怕的排炮声惊得他跳了起来，他像猎犬一样竖起耳朵；我们就不得不编造说，巴赞元帅在柏林城下又取得了决定性的胜利，刚才是荣军院鸣炮表示庆祝。又有一天，我们把他的床推到窗口，我想那天正是发生了布森瓦血战的星期四，他一下就清清楚楚看见了在林阴道上集合的国民自卫队。

"'这是什么军队？'他问道。接着我们听见他嘴里轻声抱怨：

"'服装太不整齐，服装太不整齐！'

"他没有再说别的话；但是，我们立刻明白了，以后可得特别小心。不幸的是，我们还小心得不够。

"一天晚上，我到他家的时候，那女孩神色仓皇地迎着我：

"'明天他们就进城了！'她对我说。

"老祖父的房门当时是否开着？反正，我现在回想起来，经我们这么一说，那天晚上老人的神色的确有些特别。也许，他当时听见了我们的谈话。只不过我们谈的是普鲁士军队；而这个好心人想的是法国军队，以为是他等待已久的凯旋仪式——麦克–马洪元帅在鲜花簇拥、鼓乐高奏之下，沿着林阴大道走过来，他的儿子走在元帅的旁边；他自己则站在阳台上，整整齐齐穿着军服，就像当年在鲁镇那样，向遍布弹痕的国旗和被硝烟熏黑了的鹰旗致敬……

"可怜的儒弗老头！他一定是以为我们为了不让他过分激动而要阻止他观看我们军队的凯旋游行，所以他跟谁也不谈这件事；但第二天早晨，正当普鲁士军队小心翼翼地沿着从玛约门到杜伊勒利宫的那条马路前进的时候，楼上那扇窗子慢慢打开了，上校出现在阳台上，头顶军盔，腰挎马刀，穿着米约手下老骑兵的光荣而古老的军装。我现在还弄不明白,是一种什么意志、一种什么突如其来的生命力使他能够站了起来,并穿戴得这样齐全。反正千真万确他是站在那里,就在栏杆的后面,他很诧异马路是那么空旷、那么寂静,每一家的百叶窗都关得紧紧的,巴黎一片凄凉,就像港口的传染病隔离所,到处都挂着旗子,但是旗子是那么古怪,全是白的,上面还带有红十字,而且,没有一个人出来欢迎我们的队伍。

"霎时间,他以为是自己弄错了……

"但不!在那边,就在凯旋门的后面,有一片听不清楚的嘈杂声,在初升的太阳下,一支黑压压的队伍开过来了……慢慢地,军盔上的尖顶在闪闪发光,耶拿的小铜鼓也敲起来了,在凯旋门下,响起了舒伯特的胜利进行曲,还有列队笨重的步伐声和军刀的撞击声伴随着乐曲的节奏!……

"于是,在广场上一片凄凉的寂静中,听见一声喊叫,一声惨厉的喊叫:'快拿武器……快拿武器……普鲁士人。'这时,前哨部队的头四个骑兵可以看见在高处阳台上,有一个身材高大的老人挥着手臂,跟跟跄跄,最后全身笔直地倒了下去。这一次,儒弗上校可真的死了。"

广告的受害者

［法国］左拉

左拉(1840～1902),法国作家。其代表作有《萌芽》《娜娜》《卢贡－马卡尔家族》等。左拉是自然主义文学流派的领袖,19世纪后半期法国重要的批判现实主义作家,自然主义文学理论的主要倡导者,被视为19世纪批判现实主义文学遗产的组成部分。

我认识了一个可怜的小伙子,他非常诚实,可以说是受了一辈子的折磨。他去年刚刚去世。

刚刚开始懂事时,克洛德就对自己说:"我的生活已经被规划出了一个轨迹,从现在起,我要做的就是闭着眼睛接受上帝的安排。为了让自己不落后,也为了可以过幸福愉快的生活,从我每天要看报纸和广告,然后根据那些智慧认识的指导去做。要想获得幸福的生活,这是唯一的办法。"

从下定决心的那一刻起,这个年轻人就把报纸上登的和墙上贴的广告当作自己每天的任务,他几乎把这些广告看作指导自己人生的宝典。它们可以帮助他处理一切无法面对的问题。只要是广告上有的,他就会去做;而广告上没有的,他就不买或者不做。如此看来,这个可怜的年轻人就好像是生活在一个枷锁中一样。

克洛德买了一块地产,土是从别处运来的,他只能在桩基上盖房子。这座房子不是按照以往的方法建造的,而是依靠最近的方法。当然,房子的结构和一般房子也不一样。它的命运是:一刮风就晃动,一下雨就往下掉。这仅仅是房子外部的情况,内部的情况也好不到哪里去。虽然壁炉里装着结构精巧的除烟器,但是其中冒出来的烟仍可以让人喘不过气来。门上的电铃即使是神仙下来了,也别想让它发出声音。厕所原来是按照一个精美的模型做的,但现在却成了一个散发着臭味的粪坑。抽屉和橱门装的是特别的机件,一旦打开就别想关上。

更加值得一提的是那个保险箱,虽然它不容易撬开,但是却在一个下雪的冬

外国短篇小说精选

天,被几个小毛贼不费力气地搬走了。

这个可怜的人不仅遭受了财产上的损失,而且身体受的折磨也不少。比如说,有一天他刚刚走到街上,那件从出清存货举行大拍卖的公司里买来的衣服就裂缝了。

有一天我看到他的时候,他原本浓密的头发被一个光头取代了。我一问才知道这又是他追求幸福生活的产物。他原来想把满头黄发染成黑色的,为了达到目的,就选用了广告上推荐的一种药水,用完这种药水之后,满头黄发就消失不见了。但是年轻人仍然很高兴,因为他说,还有一种药水,如果把它涂在头上后,过不了多久就会长出浓密乌黑的头发。

关于他曾吞服的不计其数的药品我就不一一向大家介绍了,因为这说起来会没完没了的。原来他是一个健壮的年轻人,但现在却非常憔悴,几乎用不了什么力气,无论什么活儿干一会儿就气喘吁吁的。大概从这个时候开始,那些广告开始要他的命了。他认为自己有病,就想按照广告上的药方为自己治疗。但是他又不知道到底哪种药最好,因为几乎每种药都被称赞过,于是为了得到显著疗效,他只好把所有药都吞服了一遍。

至于他的智力,受到广告的损害就更加严重了。每当报纸上推荐一本书,他就会以最快的速度把它买回来。他选用的分类方法也很奇特,他既不是根据体裁,也不是根据国籍,而是根据这些书的价值大小。换句话说你应该明白,他就是根据出版社对这些书的宣传程度来排列这些书。如此一来,当代那些最愚蠢和无耻的文化就全都集中在他的书架上了。

不仅如此,克洛德还仔细地把每本书的情况贴在书脊上,这样一来,每当他想看一本书的时候,就可以从书脊上知道他读这本书应怀有的感情,决定他应该是愉快还是伤心地品读它。

自从用了这种方法之后,可怜的年轻人成了一个白痴。

这出悲剧的最后一幕是令人悲痛的。

克洛德知道有一个女梦游者能治疗各种各样的疾病,就去请求她为自己治疗,其实这些病他本身就没有。这个医生非常热心,她想帮助克洛德返老还童。为了表达她的热心和无私,她把能够回到十八岁的秘方给了年轻人。其实秘方也没什么神秘,就是用一种水洗澡,然后再内服另一种水就可以。

他吞下药水,钻到洗澡水里,他变得非常年轻了,年轻得半个钟头以后别人发现他已经死在澡盆里。

克洛德甚至在死了以后，也是广告的受害者。

他在遗嘱中嘱咐，要把他装在一口能够很快就起防腐作用的棺材里。这种棺材是一位药剂师新近取得专利权的。棺材刚抬到公墓，就裂成两半，这个可怜虫的尸体滚到烂泥里，只好和碎棺材板混在一起埋了。

他的坟是用硬质纤维板和人造大理石砌的，这些东西在头一个冬天就被雨水淋坏了，很快就在他的墓穴上变成了一堆叫不出名堂的破烂。

项　链

[法国]莫泊桑

莫泊桑(1850～1893)，法国作家，被称为短篇小说巨匠。他一生写的短篇小说将近300多篇，代表作有《项链》《羊脂球》《我的叔叔于勒》《漂亮朋友》等。他的文学成就以短篇小说最为突出，与契诃夫和欧·亨利并列世界三大短篇小说巨匠，对后世产生极大影响，被誉为"短篇小说之王"。

　　这个世界其实很公平，它给了你姣好的容貌，就不会再给你显赫的家庭背景。比如说她，她有一个迷人的脸，并且有高贵的气质，但是却生长在一个普通的职员家庭中。她不仅没有陪嫁财产，而且将来也得不到什么丰厚的遗产，当然，她更没有机会去结识一些上层的优秀男士，然后让他们爱她甚至娶她。所以最后在命运的安排下，她只能嫁给一个教育部的小科员。

　　因为生活条件不是很好，所以她没钱打扮自己，总是很朴素的样子。对于一个女子来说，尽管她没有什么背景，也不属于什么上级阶层，但是她们的美貌就可以被当作一笔无形的高贵象征。因此，这个女子总感觉自己像贵族下嫁一样，内心很痛苦。

　　因为她太漂亮了，所以她一直认为她应该是享受那种豪华生活的。但是很遗憾，她现在的生活不仅不能用豪华来形容，而且还有一些拮据。简陋的卧室，毫无装扮的墙壁，破旧的桌椅，丑陋的衣服……这一切都让她很厌烦。如果相同的情况被另一些和她同一阶层的妇人遇到的话，那么她们一定会很快习惯，不会有什么怨言；但她不同，对于这种生活，她不仅厌恶而且有些气愤。

　　每当看到那个给她料理家务的布列塔尼省的小女人，她就会心生很多不合实际的感慨和幻想。她会幻想高贵而明亮的接待室；她会想到接待室里服侍她的仆人如何劳累，然后在宽大的椅子上休息；她会想到古老优雅的大客厅，其中装饰了不少小巧玲珑的饰品；她会想到那些会邀请她的优秀男士，当然，这些男士都是让女士敬仰的上层人士。

每当坐在三天没有洗桌布的桌子旁边时，她的丈夫总是会心满意足地发出一声感叹："天哪！多么好吃的炖肉啊。看起来让人忍不住吃一口。嗯。这真是世界上最美味可口的饭菜。"而这个时候，她心里想的却是上层人士享有的盛宴。她甚至幻想此时她正坐在一个摆满佳肴的饭桌前，一边吃着昂贵的食物，一边听着旁边的男友对她表白的让人害羞的情话。

她最喜欢的是漂亮的衣服和高贵的珠宝，然而现在她却什么都没有。她总感觉像她这样美丽的人，应该享受这些美好的东西才对。她最希望做的事就是得到男士们的喜欢，让女士们嫉妒，然后到哪里都会得到别人的欢迎。

她曾经有一个很好的女友，那是在学校读书时的同学。因为那个女友非常有钱，所以她就不愿意再去看她的女友，因为每次回来之后，想想她与别人的差距她都会忍不住痛苦，并且懊悔。

有一天晚上，当她丈夫回来的时候，满脸得意地拿着一个大信封。

"拿去吧！"他说，"这是送给你的一件东西。"

她急匆匆打开一看，原来是一个信封，上面写着这样的字：

兹订于一月十八日（星期一）在本部大厦举行晚会，敬请准时莅临，此致罗瓦赛尔先生夫人教育部部长乔治·朗蓬诺暨夫人。

看完这个请帖之后，她不但没有像丈夫那样表现出高兴的样子，反而很气愤。

"你给我这个干什么？你有没有为我考虑过。"

"可是亲爱的，我原本以为你会很高兴的。要知道，为了给你弄这张请帖，我费了很大劲呢。你通常都不怎么做客的，这次可是一个好机会。这种请帖一般是不给小职员的，参加的只有一些上层官员。"

还没等丈夫说完，她就气恼地打断："那么你准备让我穿什么衣服去呢？"

这个问题他从来没有考虑过，所以他支支吾吾地说：

"你上戏园穿的那件衣服呢？我认为那件就挺漂亮的……"

但是他突然停止了，因为他发现他的妻子流泪了。两行眼泪沿着妻子漂亮的脸颊往下流。他有些惊慌了，结结巴巴地说：

"你怎么啦？你怎么啦？"

她使了一个狠劲儿把苦痛压了下去，然后一面擦着眼泪沾湿的两颊，一面用一种平静的语调说：

"什么事也没有。不过我没有衣饰，当然不能去赴会。有哪位同事的太太能比

215

我有更好的衣衫,你就把请帖送给她吧。"

他感到很窘,于是说道:

"玛蒂尔德,咱们来商量一下。一套过得去的衣服,一套在别的机会还可以穿的、十分简单的衣服得用多少钱?"

她想了几秒钟,心里盘算了一下钱数,同时也考虑到提出怎样一个数目才不致当场遭到这个俭朴的科员的拒绝,也不致把他吓得叫出来。

她终于吞吞吐吐地说了:

"我也说不上到底要多少钱;不过有四百法郎,大概也就可以办下来了。"

他脸色有点发白,因为他正巧积攒下这样一笔款子打算买一支枪,夏天好和几个朋友一道打猎作乐,星期日到南泰尔平原去打云雀。

不过他还是这样说了:

"好吧。我就给你四百法郎。可是你得好好想法子做件漂漂亮亮的衣服。"

晚会的日子快到了,罗瓦赛尔太太却好像很伤心,很不安,很忧虑。她的衣服已经齐备了。有一天晚上她的丈夫问她:

"你怎么啦? 三天以来你的脾气一直是这么古怪。"

"我心烦,我既没有首饰,也没有珠宝,身上什么也戴不出来,实在是太寒碜了。我简直不想参加这次晚会了。"

他说:

"你可以戴几朵鲜花呀。在这个季节里,这是很漂亮的。花上十个法郎,你就可以有两三朵十分好看的玫瑰花。"

这个办法一点也没有把她说服。

"不行……在那些阔太太中间,显出一副穷酸相,再没有比这更丢脸的了。"

她的丈夫突然喊了起来:

"你可真算是糊涂! 为什么不去找你的朋友福雷斯蒂埃太太,跟她借几样首饰呢? 拿你跟她的交情来说,是可以开口的。"

她高兴地叫了起来:

"这倒是真的。我竟一点儿也没想到。"

第二天她就到她朋友家里,把自己的苦恼讲给她听。

福雷斯蒂埃太太立刻走到她的带镜子的大立柜跟前,取出一个大首饰箱,拿过来打开之后,便对罗瓦赛尔太太说:

"挑吧! 亲爱的。"

她首先看见的是几只手镯，再便是一串珍珠项链，一个威尼斯制的镶嵌珠宝的金十字架，做工极其精细。她戴了这些首饰对着镜子左试右试，犹豫不定，舍不得摘下来还给主人。她嘴里还老是问：

"你再没有别的了？"

"有啊。你自己找吧。我不知道你都喜欢什么？"

她突然在一个黑缎子的盒里发现一串非常美丽的钻石项链；一种过分强烈的欲望使她的心都跳了。她拿起它的时候手也直哆嗦。她把它戴在颈子上，衣服在外面，对着镜中的自己看得出了神。

然后她心里十分焦急，犹豫不决地问道：

"你可以把这个借给我吗？我只借这一样。"

"当然可以啊。"

她一把搂住了她朋友的脖子，亲亲热热地吻了她一下，带着宝贝很快就跑了。

晚会的日子到了。罗瓦赛尔太太非常成功。她比所有的女人都美丽，又漂亮又妩媚，脸上总带着微笑，快活得几乎发狂。所有的男子都盯着她，打听她的姓名，求人给介绍。部长办公室的人员全部要跟她合舞。她还引起了部长的注意。

她已经陶醉在欢乐之中，什么也不想，只是兴奋的、发狂地跳舞。她的美丽战胜了一切，她的成功充满了光辉，所有这些人都对自己殷勤献媚、阿谀赞扬、垂涎欲滴①；妇人心中认为最甜美的胜利已完完全全握在手中，她便在这一片幸福的云中舞着。

她在早晨四点钟才离开。她的丈夫从十二点起就在一间没有人的小客厅里睡着了。客厅里还躺着另外三位先生，他们的太太也正在尽情欢乐。

他怕她出门受寒，把带来的衣服披在她的肩上，那是平日穿的家常衣服，那一种寒碜气和漂亮的舞装是非常不相称的。她马上感觉到这一点，为了不叫旁边的那些裹在豪华皮衣里的太太们注意，她就急着想要跑出大门。罗瓦赛尔还拉住她不让走：

"你等一等啊。到外面你要着凉的。我去叫一辆马车吧。"

不过她并不听他这套话，很快地走下了楼梯。等他们到了街上，那里并没有出租马车；他们于是就找起来，远远看见马车走过，他们就追着向车夫大声喊叫。

他们向塞纳河一直走下去，浑身哆嗦，非常失望。最后在河边找到了一辆夜里

---

① 垂涎欲滴：涎，口水。馋得连口水都要滴下来了。形容十分贪婪的样子。

做生意的旧马车,这种马车在巴黎只有在天黑了以后才看得见,它们是那么寒碜,白天出来好像会害羞似的。

这辆车一直把他们送到殉道者街,他们的家门口,他们凄凄凉凉地爬上楼回到自己家里。在她说来,一切已经结束。他呢,他想到的是十点钟就该到部里去办公。

她褪下了披在肩上的衣服,那是对着大镜子褪的,为的是再一次看看笼罩在光荣中的自己。但是她突然大叫一声。原来颈子上的项链不见了。

她的丈夫这时衣裳已经脱了一半,便问道:

"你怎么啦?"

她已经吓得发了慌,转身对丈夫说:

"我……我……我把福雷斯蒂埃太太的项链丢了。"

他惊惶失措地站起来:

"什么!……怎么!……这不可能!"

他们于是在裙子的褶层里,大擎的褶层里,衣袋里到处都搜寻一遍。哪儿也找不到。

他问:

"你确实记得在离开舞会的时候还戴着吗?"

"是啊,在部里的前厅里我还摸过它呢。"

"不过如果是在街上失落的话,掉下来的时候,我们总该听见响声啊。大概是掉在车里了。"

"对,这很可能。你记下车子的号码了吗?"

"没有。你呢,你也没有注意号码?"

"没有。"

他们你看我,我看你,十分狼狈地看着。最后罗瓦赛尔重新穿好了衣服,他说:

"我先把我们刚才步行的那一段路再去走一遍,看看是不是能够找着。"

说完他就走了。她呢,连上床去睡的气力都没有了,就这么穿着赴晚会的新装倒在一张椅子上,既不生火也不想什么。

七点钟丈夫回来了。他什么也没找到。

他随即又到警察厅和各报馆,请他们代为悬赏寻找,他又到出租小马车的各车行,总之凡是有一点希望的地方他都去了。

她呢,整天地等候着;面对这个可怕的灾难她一直处在又惊又怕的状态中。

罗瓦赛尔傍晚才回来,脸也瘦削了,发青了。什么结果也没有。他说:

"只好给你那朋友写封信,告诉她你把链子的搭扣弄断了,现在正找人修理。这样我们就可以有应付的时间。"

他说她写,把信写了出来。

过了一星期,他们已是任何希望都没有了。

罗瓦赛尔一下子老了五岁,他说:

"只好想法买一串赔她了。"

第二天,他们拿了装项链的盒子,按照盒里面印着的字号,到了那家珠宝店。珠宝商查了查账说:

"太太,这串项链不是在我这儿买的,只有盒子是在我这儿配的。"

他们于是一家一家地跑起珠宝店来,凭着记忆要找一串和那串一式无二的项链;两个人连愁带急眼看要病倒了。

在王宫附近一家店里他们找到了一串钻石的项链,看来跟他们寻找的完全一样。这件首饰原值四万法郎,但如果他们要的话,店里可以减价,三万六就可成交。

他们要求店主三天之内先不要卖它。他们并且谈妥条件,如果在二月底以前找着了那个原物,这一串项链便以三万四千法郎作价由店主收回。

罗瓦赛尔手边有他父亲遗留给他的一万八千法郎。其余的便须借了。他于是借起钱来,跟这个人借一千法郎,跟那个人借五百,这儿借五个路易,那儿借三个。他签了不少借约,应承了不少足以败家的条件,而且和高利贷者以及种种放债图利的人打交道。他葬送了他整个下半辈子的生活,不管能否偿还,他就冒险乱签借据。他既害怕未来的忧患,又怕即将压在身上的极端贫困,也怕各种物质缺乏和各种精神痛苦的远景;他就这样满怀着恐惧,把三万六千法郎放到那个商人的柜台上,取来了那串新的项链。等罗瓦赛尔太太把首饰给福雷斯蒂埃太大送回去时,这位太太神气很不痛快地对她说:

"你应该早点儿还我呀,因为我也许要戴呢。"

她并没有打开盒子来看,她的朋友担心害怕的就是她当面打开。因为如果她发现调包了,她会怎么想呢?会怎么说呢?难道不会把她当作窃盗吗?罗瓦赛尔太太尝到了穷人的那种可怕生活。好在她早已一下子英勇地拿定了主意。这笔骇人听闻的债务是必须清偿的。因此,她一定要把它还清。

他们辞退了女仆,搬了家,租了一间紧挨屋顶的顶楼。

家庭里的笨重活,厨房里的腻人的工作,她都尝到了个中的滋味。碗碟锅盆都

外国短篇小说精选

得自己洗刷,在油腻的盆上和锅子底儿上她磨坏了她那玫瑰色的手指甲。脏衣服、衬衫、抹布也都得自己洗了晾在一根绳上。每天早上她必须把垃圾搬到街上,并且把水提到楼上,每上一层楼都要停一停喘喘气。她穿得和一个平常老百姓的女人一样,手里挎着篮子上水果店,上杂货店,上猪肉店,对价钱是百般争论,一个铜子一个铜子地保护她那一点可怜的钱,这就难免挨骂。

每月都要还几笔债,有一些则要续期,延长偿还的期限。

丈夫傍晚的时候替一个商人去誊写账簿;夜里常常替别人抄写,抄一页挣五个铜子。

这样的生活过了十年。

十年之后,他们把债务全部还清,确是全部还清了,不但高利贷的利息,就是利滚利的利息也还清了。

罗瓦赛尔太太现在看上去是老了。她变成了穷苦家庭里的敢作敢当的妇人,又坚强,又粗暴。头发从不梳光,裙子歪系着,两手通红,高嗓门说话,大盆水洗地板。不过有几次当她丈夫还在办公室办公的时候,她一坐到窗前,总还不免想起当年那一次晚会,在那次舞会上她曾经是那么美丽,那么受人欢迎。

如果她没有丢失那串项链,今天又该是什么样子? 谁知道? 谁知道? 生活多么古怪! 多么变化莫测! 只需微不足道的一点小事就能把你断送或者把你拯救出来! 且说有一个星期天,她上大街去散步,劳累了一星期,她要消遣一下。正在此时,她忽然看见一个妇人带着孩子在散步。这个妇人原来就是福雷斯蒂埃太太,还是那么年轻,那么美丽,那么动人。

罗瓦赛尔太太感到非常激动。去跟她说话吗? 当然要去。既然债务都已经还清了,她可以把一切都告诉她。为什么不可以呢? 她于是走了过去。

"您好,让娜。"

对方一点也认不出她来了,被这个民间女人这样亲密地一叫觉得很诧异,便吞吞吐吐地说:

"可是……太太! ……我不知道……您大概认错人了吧。"

"没有。我是玛蒂尔德·罗瓦赛尔。"

她的朋友喊了起来:

"哎哟! ……是我的可怜的玛蒂尔德吗? 你可变了样儿啦! ……"

"是的,自从那一次跟你见面之后,我过的日子可艰难啦,不知遇见了多少穷困……而这一切都是因为你! ……"

"因为我……那是怎么回事啊?"

"你还记得你借给我赴部里晚会去的那串钻石项链吧。"

"是啊。那又怎样呢?"

"那又怎样! 我把它丢了。"

"那怎么会呢! 你不是给我送回来了吗?"

"我给你送回的是跟原物一式无二的另外一串。这笔钱我们整整还了十年。你知道,对我们说来这可不是容易的事,我们是什么也没有的……现在总算还完了,我太高兴了。"

福雷斯蒂埃太太站住不走了。

"你刚才说,你曾买了一串钻石项链赔我那一串吗?"

"是的。你没有发觉这一点吧,是不是? 两串原是完全一样的。"

说完她脸上显出了微笑,因为她感到一种足以自豪的、天真的快乐。福雷斯蒂埃太太非常激动,抓住了她的两只手。

"哎哟! 我的可怜的玛蒂尔德! 我那串是假的呀。顶多也就值上五百法郎! ……"

蚂　蚁

[法国] 博里斯·维昂

博里斯·维昂（1920～1959），法国作家，生于巴黎郊区。1946年，他以笔名发表了《我要在你们的坟上啐唾沫》，揭露美国的种族歧视。其代表作《岁月的淘汰》（1947年）是一部反映战后现实的爱情小说，得到很高评价。这部小说表现了维昂运用幽默描写人物绝望心理的才能。1948年他发表的《要杀掉一切丑人》也用幽默的笔触去描写一个涉及优生学问题的故事。《红草》描写一个学者发明了一部机器，能使往事和烦恼再现。维昂用幽默手法去描写人物的不安心理，使这部小说具有他一贯的独特风格。除了长、中篇和短篇小说，维昂还写过一些戏剧和诗歌，都具有幽默诙谐的特点。他是一个多产的作曲家，写过四百多首歌曲。1959年他因心脏病逝世。维昂富有独创性的才能在50年代并没有得到人们足够的重视。随着"黑色幽默"小说的流行，人们才重新发现了他。目前，他被誉为战后法国的一位重要作家。

一

我们今天早上终于到达了，但海滩上却一个人都没有，所以我们并没有收到什么好的接待。除了数不清的死者，我们能在海滩上看到的只有一堆又一堆的坏掉的坦克和卡车。子弹凌乱地从空中飞来飞去，这可是我们都不愿看到的场面。

我们都跳到了水中，这水不深也不浅。忽然我被什么东西绊倒了，摔了一跤，原来是一个罐头盒子。就在我看是什么东西绊倒我的时候，从远处飞来了一颗子弹，正好打中我后面那个小伙子的脸，使他脸的四分之三不见了。我正想把他被子弹打掉的肉交还给他，却发现他已经急急忙忙地去就医了。不过他似乎找错了方向，因为他一直往水的深处走，然后消失在了水中。

我可顾不了管他，沿着正确方向往前走。忽然，有人朝着我的脸就是一脚，我还没来得及张嘴咒骂他，他就已经被地雷炸成了好几片。看到他悲惨的结局，我也来不及和他计较了，就继续赶我的路。

向前大概走了十米，我就碰到了另外三个人。他们躲在一大块钢筋水泥后面，正朝上面一堵墙的一角射击。他们浑身被汗水渗透了，看起来很是狼狈，我估计我也好不到哪里去。我匆匆加入射击的队伍中。正在这时，我们的中尉双手捧着头回来了，他的嘴角流着血，看起来伤得挺严重。他张着嘴巴躺在了沙滩上，鲜血把沙滩弄脏了。

从我的方向望过去，只好看见我们搁浅的船，因为现在又中了两颗炸弹，所以那条船也显得很狼狈。看到这个局面我十分不高兴，因为船里还有我两个朋友呢。他们在准备跳水的时候被子弹打中了，所以只好倒在船上。

我拍了拍那三个和我一块儿射击的小伙子的肩膀，然后说道："来，小伙子，我们走吧。"当然，我得让他们三个在前面，我在后面。果然，就像我猜想的那样，还没走多远，前面那两个小伙子就被对方打中了。现在我前面只有一个人掩护我了。走了没多久，正当他把对方一个残忍的家伙处理掉之后，他也被打死了。

这个时候我从海滩高处看，看到的范围还挺大的。海面上正冒着烟，海水也比往常高了很多。我可以看到很多炮弹从我头上飞过，发出隆隆的声音，就好像好多种乐器在奏乐一样。

等到上尉来到的时候，我们这边只剩下十一个人。上尉说："虽然人不算多，但我们完全可以应付。"但到了后来，我们的人员又得到补充了。现在，上尉安排给我们的任务是让我们挖洞。我一开始还以为挖洞是为了让我们睡觉，可是后来才知道原来是让我们钻在里面射击。

现在好的形势开始转向我们这边。我们所有人开始下水登陆，但因为我们搅乱了鱼的生活，所以大群的鱼开始在我们双腿之间游来游去，好像是要报复我们似的。我们很多人倒在了水里，有的甚至被海水冲走了。

我们剩下的人开始躲在坦克后面。因为对这些坦克的刹车装置有些怀疑，所以我躲在最后面。不管怎么说，我这种考虑都是很有必要的。我特别讨厌坦克把尸体碾成肉浆发出的那种声音，即使是现在想起来，我也觉得难受。过了一会儿之后，坦克碰到了一个地雷，里面的三个人被困住了两个，只有一个逃出来了，但他的一只脚还被夹在里面。我不知道他是否觉察到这一点。

登陆的人看到形势有些好转之后，纷纷开始射击。其中有一部分人躲在水里射击,而我则趴在地面上。在我这个位置上,我能清楚地看到他们的射击。这时坦克在燃烧,正好可以做我的掩护。我对着对方的瞄准手瞄准,但因为打了低了一些,所以没有一枪就要了他的命。不过我来不及对付他了,因为我还得对付其他三个人。如果不是燃烧着的坦克发出的声音,我真受不了了,因为他们的嚎叫声真难听。但这几个家伙,我打的似乎也不是地方。

这时又不断传来爆炸声。汗水迷住了我的双眼,为了看清楚一些,我只好用力揉眼睛。上尉退回来了,他只有左臂还能动弹。"您能把我的右臂紧贴着身子包扎起来吗?"我说行,我着手用绑带缠绕他的胳膊,忽然,他两脚离地蹦了起来,整个人压在我身上,因为他身后飞来一颗手榴弹,他立刻变僵硬了。人说,劳累过度,死的时候就是这样的。不管怎么样,现在把他从我身上挪开倒比较方便。然后,我大概睡着了,等我醒来的时候,远处传来响声,一个钢盔全是红十字标记的伙计在给我斟咖啡哩。

二

后来我们向纵深前进。我们尽量应用教官的教导和我们在演习时学到的东西。刚才,迈克的吉普车回来了,是弗雷德开的车,迈克已被截成两半;他们和迈克一起,撞在一根铁丝上。我们正在给其他汽车的前面安装薄钢板,因为天太热,在防弹板升起的情况下是无法开车的。四处还在开火,我们不停地巡逻。我认为我们推得快了点儿,很难与后勤给养保持联系。今天早上他们至少毁了我们九辆坦克,而且发生了一件滑稽的事情。一个家伙的反坦克炮跟着炮弹一起射了出去,他被一根背带钩在后面,到四十米远的地方才降落了下来。我想我们不得不要求救援,因为我刚才听见后面一阵巨大的射击声,他们一定是截断我们与后方的联系了。

三

……这使我想起六个月前,他们来断我们后路的情景。目前我们大概已被团团包围住了。现在已不是夏天。幸亏我们还有吃的,也有弹药。每两个小时就得换班上岗,时间长了,挺累人。对方也穿上我们的军服,是从俘走我们的人那里搞到的,他们和我们穿得一样,得提防点。加上没有电灯,四面八方都能同时向我们脸上打枪。眼下，我们尽力与后方取得联系，他们应该给我们派飞机，香烟开始短缺了。外面有声响，大概又在搞什么名堂，我们连脱钢盔的时间都没有。

四

他们确实在搞名堂。四辆坦克开来，几乎冲到了我们跟前。

我看见第一辆，一出现就停住了，因为一颗手榴弹炸毁了它的一条履带。履带一下子散开，发出可怕的铁响声，可是坦克炮并没有因这点小毛病失灵。有人拿喷火器去烧，不过用这种办法很麻烦，因为在使用喷火器前先得把坦克顶盖锯开，否则坦克就会像栗子那样崩裂，里面的人是烧不透的。

我们三个人用一把钢锯去锯顶盖，但这时另外两辆坦克到了，只好不再锯了，把它炸掉拉倒。第二辆也被我们炸了。第三辆扭头就跑，其实是个圈套，因为它来的时候是倒开的，于是它朝跟在后面的人射击，这可有点出乎我们意料之外。他向我们发射十二枚88口径炮弹作为生日礼物。这样，我们住的那所房子，如果再想用的话，就得重修，不如占领另一所来得更快一些。

我们终于摘掉第三辆坦克，我们往一门反坦克炮里装催嚏炸药，轰了它一炮，里面的人大跳特跳，头撞到钢甲上，从里面拉出来时已是尸体了。只有驾驶员还奄奄一息，但他的头卡在驾驶盘里，拔不出来，坦克还是完好无损的，为了不损坏坦克，我们把那个家伙的头砍下来了。坦克后面是带冲锋枪的摩托手，来的这帮人大肆鼓噪，不过我们把他们解决了。这段时间，我们头上不时落下几颗炸弹，甚至还有一架飞机，但我们的防空部队打下飞机其实并不是有意的，因为原则上，我们的防空部队只对付坦克。我们连续失去了西蒙、摩东、布克和普·塞。剩下的是其他的一些人，外加斯利姆的一只胳膊。

五

我们仍旧被包围，两天来雨下个不停。屋顶上的瓦有一半没有了，好在雨水漏的正是地方，我们淋得不厉害。我们完全不知道这种状况还要持续多久，仍要巡逻，不过现在用潜望镜监视，这很不容易，因为没有经过训练。我们头顶上往下掉泥水，待上一刻钟就很累了。

我们昨天碰到一个巡逻队，不知道是我们的人还是对方的人，不过在滴滴答答的泥水下射击不会有什么危险,因为不会受伤,枪一打就卡壳了。我们千方百计想摆脱泥水,我们往地上倒了汽油,点火把泥泞烧干,但是,之后,在上面走路却烫脚。真正的解决办法是一直挖到硬土,做个硬土掩体,可是在硬土掩体里监视比在泥泞里监视更困难。最后也好歹对付过去了。麻烦的是泥浆涌进来太多,里面都快成泥河了。眼前还好,泥浆还只有栅栏门那么高,糟糕的是,一会儿,就要漫到第一层上,那就讨厌了。

六

今天早上我遇到了一件倒霉的事情。

我在木房后面的栅子里,从望远镜望去,看见两个家伙正在侦察我们的地形,我准备给他们开个玩笑。我有一门 81 口径的小迫击炮,我把它放在一辆孩儿车里,琼妮打扮成农家妇女,推着车。但是没有出发,迫击炮就掉了下来,压着了我的脚,这倒没有什么,那时随时都有这样的事情发生,可是当我抱住脚躺倒的时候,一声炮响,一颗炮弹呼啸地下了出去,在三楼爆炸了,正好落在上尉的钢琴上,他正在演奏效雅达理。一声可怕的巨响,钢琴毁坏了,糟糕的是,上尉没有受伤,至少伤得不重,他还可以揍人。幸好很快就在这个房间落下一颗 88 口径的炮弹。上尉没有想到,他们是根据我的那一炮引起的火烟瞄准的,因而他连声谢我,说我使他下楼,救了他的命。至于我,我对这种感谢无动于衷,因为我的两颗牙被砸掉了,还因为他钢琴下面所有的酒瓶全完了。我们被围困得越来越紧,我们头上还不停地有轰炸。幸亏天气开始好转,十二小时内只有九小时下雨,再过一个月,我们就可指望空投增援,可是我们只剩下三天的粮食了。

七

飞机开始向我们空投东西。我打开第一件时,感到失望,里面是一大堆药品。我把这些药物给了医生,换来两条檬仁巧克力糖,真正的好巧克力,不是那种配给的破烂货,还有半瓶白兰地①,可是他在给我包扎砸烂的脚时,要把它收回去,我只

---

① 白兰地:以水果为原料,经发酵、蒸馏制成的酒。通常所称的白兰地专指以葡萄为原料,通过发酵再蒸馏制成的酒。而以其他水果为原料,通过同样的方法制成的酒,常在白兰地酒前面加上水果原料的名称以区别其种类。

得把白兰地还给他。否则,说不定现在我就只剩下一只脚。上面又响起隆隆声,那边有一块空地,飞机投下了降落伞,不过,这次投下的好像是人。

八

确实是人。其中有两个家伙很滑稽。听说他们一路上扭在一起摔柔道,大打出手,还在机舱座位下打滚。跳伞的时候,两人一起往下跳,闹着用刀割对方的降落伞绳子,不巧,风把他们分开了,于是他们不得不用枪射击,我很少见到这样高明的射手。不一会儿,我们就着手埋葬他们了,因为他们掉下来的地方实在太高了点儿。

九

我们仍被包围。我们的坦克回来了,对方没有顶住。我由于脚伤,不能正正经经打仗,但我鼓励伙伴们。情况是非常激动人心的。从窗口望出去,我看得很清楚,昨天到的伞兵们打得非常勇猛。我搞到一条栗色底黄绿伞绸围巾,和我胡子的颜色很相称。可是明天,康复出院我得刮胡子。为此我非常恼火,朝琼妮头上扔去一块砖头,她已经躲过了一砖。现在我又少了两颗牙。真不值得为这场战争掉牙。习以为常,就不感到新鲜了。这话,我是在红十字站跟于盖特跳舞时说的(于盖特,她们都叫这样的名字)。她反驳道:"您是一位英雄。"我还没来得及找到一个恰到好处的回答,麦克就来拍我的肩膀,我不得不把她让给他。别的姑娘法语说不好。

十

这儿,乐队演奏时,节奏太快,我的脚还有点不灵便,但再过两星期,假期一完,我们就要出发了。

我扑上去搂着一个法国姑娘,但是军服太厚,使你感觉不到什么。这里有很多别国的姑娘,跟她们说话,她们倒还能听懂,这反倒使我脸红,但跟她们搞不出什么名堂。我走出红十字站,立即碰见很多别的女人,和里面的姑娘不是一个类型,她们比较懂事解人,但至少要五百法郎,这还是因为我是一个伤员。奇怪,这帮女人说话带德国口音。后来,我没有找到麦克,我喝了许多白兰地。今天早晨,我头上让美国宪兵打的那块地方痛得很厉害。我没有钱了,因为我把最后一点钱向一个英国军官买了一些法国香烟。我觉得烟发霉。我刚刚才把它们扔掉;抽起来,叫人恶心,他把这些烟脱手是对的。

十一

当你从红十字商店出来,带着一只放香烟、肥皂、糖块和报纸的硬纸箱的时候,在街上他们就用眼睛盯着你,我不明白为什么。他们的烧酒肯定卖得挺贵,才会有钱来买这些东西,再说他们的妻子也不是白跟人睡的。

我的脚差不多全好了。我不认为在这里还会逗留多久。我把香烟卖了,这样就可以出去玩玩,我碰见了麦克,但他不会轻易把那帮女人撒手的。我开始感到无聊。今晚我和雅克莉娜看电影,我是昨天晚上去俱乐部碰见她的,但我看出她不大懂事,因为每次她都把我的手挪开,而且跳舞的时候,一点也不摆动。这里的士兵使我心里发憷,他们衣冠太不整齐了,没有两个人是穿同样军服的。总之,今晚没有什么可做,只有等待。

十二

又进入战场。不管怎么样,不像在城里那么使人感到无聊。

我们推进得很慢。每次炮兵准备完毕,立即派出巡逻队,每次都有一名队员被零散狙击手打伤而归。于是,又重新准备炮轰,派出飞机,飞机把什么都毁了,但两分钟以后,零散的射手又开始射出。这时,飞机返回来,我数了一下,有 72 架。飞机不大,但村庄很小。从这里我们可以看到炸弹成螺旋形往下落,发出沉闷的隆隆声,炸弹落地,升起一股股好看的尘柱。我们又要发起进攻,但还得先派巡逻队。算我运气,这回轮到我。大约要步行一公里半,而我又不爱走这么长的路。可这是战争,人家是不让我们挑挑拣拣的。我们一起猫在一进村庄的几所房子的瓦砾堆后面,看得出,从村子这一头到那一头,没有一所完整的房子,看样子,也没有多少居民,我们看到的人都耷拉着脑袋——要是还有脑袋的话。但他们应该懂得,我们不会冒着减员的危险去救他们和他们的房子的。再说,四分之三的房子已经很旧,毫无价值。而且,对当地人来说,这是摆脱外来者的唯一手段,一般他们都懂得这一点,尽管有的人认为这不是唯一的手段。

语文新课标名家选

不管怎样，这是他们的事情，他们也许心疼他们的房子，但肯定不是心疼像现在这种样子的房子。

我们继续巡逻。我还是走在最后，这比较谨慎，走在最前面的一个刚才掉进满是水的炸弹坑里。他爬上来的时候，钢盔上尽是水螅，他还捞上来一条吓傻了的大鱼。回来后，麦克和鱼逗着玩，可是鱼不喜欢吃橡皮糖，不上钩。

十三

我刚才收到雅克莉娜的来信，她一定是把信交托别人寄出的，因为信装在我们用的信封里。真是一个古怪的姑娘，大概所有的姑娘都有一些不同寻常的想法。

从昨天起，我们后退了一点，但明天我们又要前进了。所见的村庄全都是一片废墟，看了叫人揪心。

有人发现一台崭新的收音机。他们正在试用。我不知道是否真的可以用一段蜡烛去代替一盏灯。我想是可以的：我听到演奏乐曲沙打努夏。离开那边以前，我和雅克莉娜跳过这个舞曲，我想，有时间的话，我要给她写回信。现在是斯派克·琼斯在唱。我也喜欢这段乐曲。我很希望这一切赶紧结束，好去买一条老百姓用的蓝黄条子的领带。

十四

刚才我们又出发了。我们再次进入前沿，炮弹又向我们飞来。

天下雨，不太冷，吉普车走的很好。我们马上就要下车继续步行了，有人说仗似乎快打完了。我不知道他们从哪里看出来的，但我希望尽量安然无恙地脱身出来，有的地方双方交锋还很激烈，不能预料以后会是个什么样子。再过两星期，我就又有一次假期了，我给雅克莉娜写信，让她等我。也许我不该这么做，不该坠入情网。

十五

我一直踩着地雷没有动。我们今天早上出来巡逻，像往常一样我走在最后，他们都从地雷旁边走了过去，而我一感到脚下有滴答的响声，马上站住了：脚一挪开，地雷就要爆炸。我把口袋里的东西扔给别人,我叫他们走开。现在只剩下我一个人了。我本应该等他们回来的,但我对他们说过了,不要回来。

我当然可以设法突然扑倒在地,但我厌恶失去双腿活着……我刚才只留下了小笔记本和铅笔。在挪腿以前,我还得把它们扔掉。我非得挪动腿不可,因为战争的滋味我尝够了,因为我的腿发麻,像有蚂蚁在上面爬。